ÉXODO BAJO LA LUNA

Los cuadernos del lobo II

Por: Miriam García

CONTENTS

"Y entre mis entrañas revivió la fiera
y me sentí lobo, malo de repente"
Rubén Darío, (Los Motivos del Lobo)

EXORDIO

Tanto que contar y tan pocas ganas de hacerlo, o quizá sí tengo ganas, no sé, soy un hombre de contrariedades, y decir que soy un hombre es una contrariedad en sí, pues no soy un hombre sino un animal imperfecto por el peso de su humanidad. Los licántropos somos eso, hombres y bestias a la vez.

Sí, aún tengo una historia de la cual desembarazarme, es por eso que he tomado otro cuaderno para escribirla. No he terminado mi catarsis, es por eso que me desahogo en letras. Lo hago para mí; el resto del mundo me da igual.

Hace mucho tiempo fui un caballero, un pequeño burgués aburrido de su vida tranquila. A muchos nos pasa, que tenemos todo a manos llenas y seguimos anhelando algo más; tal vez sea parte de la naturaleza del hombre, el estar inconforme. Deseaba aventuras. Entonces, una noche conocí a Rolando, a cuyo encanto no me pude resistir y fue así como eventualmente terminé convertido en lo que soy. Nadie en su sano juicio hubiera pensado que sería seguro ser amigo de un licántropo, pero yo no estaba pensando racionalmente, estaba fascinado de verme partícipe de su historia y sucumbí ante su encanto.

Fue también así como perdí a mi único amor, mi adorada Justina, a quien tras todos estos años sigo amando. La luna me dio sangre y poder, pero yo sólo quería el amor de ella. La deseé demasiado y la perdí por mi propia mano.

La vida es cambiante como el mar, una fuerza indómita que con cada marejada da o quita. Una noche arrastró a nuestras vidas a Mónica, la exquisita loba. Ella, Rolando y yo formamos un trío muy unido. Ellos me amaron y yo los amé también. Juntos pasamos por tanto. Pero el mar es incierto, lo mismo que la vida; uno nunca sabe cuándo volverá a subir la marea para arrebatar. Y aquí estoy ahora, escribiendo esto.

Dejaré el manuscrito abandonado en esta posada en la que ahora estoy y me iré de nuevo hacia donde tengo mi hogar. Pienso que ese lugar se construye donde el corazón pertenece. Alguna vez mi hogar estuvo con mis compañeros. Ellos me cambiaron, fue por ellos que dejé de cuestionarme tantas cosas y me entregué por completo a vivir como lo que soy, olvidándome para siempre de mi familia humana, cuyo recuerdo ahora veo como algo irreal que no significa nada para mí.

Mis compañeros, de ellos trata este cuaderno. A pesar de que traté de narrar una crónica personal, a veces mi presencia se ve reducida a la de un mero espectador. En ocasiones nuestro papel en la vida es el de ser público de alguien más, pero a diferencia de la audiencia que acude a un teatro y al final se va entretenido sin que la función le afecte, a mí la función me ha reducido a cenizas. Es lo que pasa cuando uno se involucra con los personajes, cuando se les ama con todos sus defectos y los comparte.

Nosotros nos creíamos superiores, intocables, pero no fue así. No somos más que bestias, pero muy diferentes a los verdaderos animales, pues por desgracia también tenemos algo humano, por lo que siempre existe una lucha entre instinto y razón, donde el primero parece tener siempre las de ganar. A veces parece que la razón se impondrá, pero es un mero espejismo.

Ahora que lo pienso, esta situación se repite, tanto con licántropos como con humanos: la razón y la moral dicen algo, pero los impulsos y el deseo mandan. Quizá es que, en realidad, los humanos y los monstruos no somos tan distintos. A veces los licántropos somos un poco peor. Otras veces lo es el ser humano, pues sin necesidad de poderes sobrenaturales, puede ser el monstruo más destructivo de este planeta.

He llegado a pensar que humanos y licántropos somos la misma porquería. Creo que no es menos bestia el hombre moderno de lo que fue en otras épocas, pues si algo he aprendido es que, pese a sus esfuerzos y sin importar lo que haga en aras de lo que llama civilización, el ser humano sigue siendo un animal. Pero eso no importa, me estoy desviando; mi historia no pretende ser un análisis de los humanos. Esta historia es sobre lobos.

Ernesto Santillán
Mayo de 1945

ENAMORAMIENTO

"De lobos y mujeres, lo que vieres"

Cruzamos el océano Atlántico para llegar a Europa. Una vez ahí, nos establecimos en Madrid por algunos meses. Pese a que el tiempo que estuvimos ahí fue placentero, nuestra estancia no fue más larga debido a que Rolando ansiaba viajar. Tenía un motivo fundamental: que conociéramos a otros hombres lobos, claro, siempre y cuando pudiéramos hallarlos.

Vivimos en diferentes ciudades y pueblos, en los que no nos quedábamos más de uno o dos años. Éramos como niños, encantados por las novedades de un mundo que se nos servía como en bandeja de oro, cargada de una variedad de exquisitos bocadillos, donde cada uno de nosotros tomó los que le apetecieron y los disfrutó a su manera.

Mónica era una mujer irresistible a la que era casi imposible no admirar, muchos sucumbieron al embrujo de sus hermosos ojos color zafiro. Ya no quedaba vestigio alguno de la joven que alguna vez fue, era como querer asociarla con una desconocida. Al carecer de lazos que la unieran o la hicieran pensar en su vida humana pasada, las experiencias vividas con sus sentidos lobunos se impusieron sobre los viejos recuerdos de una existencia gris, al punto en que ella olvidó muchas cosas de su vida pasada. A veces se acordaba de su madre, pero era muy poco lo que tenía en su memoria y era un recuerdo que prefería enterrar porque la llenaba de nostalgia.

La loba era una criatura calculadora capaz de aparentar la más pura inocencia, cuando en realidad era un depredador infalible. En el fondo era muy dulce, Rolando y yo queríamos mucho a la Mónica de verdad, la que no se mostraba a nadie más que a nosotros, la que estaba llena de amor para dar a manos llenas. Ella era apasionada, intensa, pero también un poco infantil.

En ocasiones Rolando se sentaba a su lado en la sala y ella le pedía que recostara la cabeza en sus piernas; le acariciaba la cabeza y le trenzaba los rojos cabellos con sus dedos, tan delicados y blancos que nadie hubiera creído que pertenecieran a una bestia asesina. Rolando nunca permitía que nadie tocara su cabello, pero dejaba a Mónica jugar con él. Mónica y Rolando pasaban mucho tiempo juntos; ella era la que siempre buscaba su compañía y él rara vez se la negaba.

Ella era muy coqueta, se peinaba y maquillaba con dedicación, se perfumaba, se cuidaba mucho las uñas y elegía muy bien sus vestidos y accesorios para realzar más su encanto. Además de ser una dama elegante, Mónica se convirtió en una mujer culta; devoraba cuantos libros estaban a su alcance. Para la mayoría de las personas ella representaba un enigma de mujer sensual con la mente de un erudito. Ella solía decir:

—No hay por qué separar atractivo e intelecto, pues no tiene que ser la sabiduría poco atractiva, ni la belleza menos inteligente.

Entonces nunca faltaba algún hipnotizado caballero que preguntara:

—¿Cuál de los dos eres tú?

A lo que ella respondía, a veces con la más arrebatadora de sus sonrisas, a veces con la mueca más altanera.

—Soy la que soy.

Me encariñé mucho con ellos, yo los amaba a ambos como si fueran mi verdadera y única familia. Sin embargo, ni Rolando ni Mónica pudieron hacer que olvidara el amor que le tuve a Justina. Extrañaba a mi princesa; cada vez que veía algo nuevo pensaba en ella y en la cara de asombro que hubiera puesto de haber estado a mi lado. Su ausencia ya no me dolía, sin embargo, pensaba en ella a menudo. Hay heridas que dejan marcas, así que uno, al ser consciente de ello, lo mejor que puede hacer es acostumbrarse a cargar con cierta melancolía. Lo malo es que llega uno a acostumbrarse tanto a ese sentimiento que prefería sentir esa añoranza a no sentir nada, a tener el corazón vacío, así como es preferible que los huesos duelan un poco de vez en cuando a tener los miembros amputados.

Los tres pasábamos mucho tiempo juntos. A veces Rolando se ponía a tocar el violín, mientras yo leía y Mónica bordaba. Otras veces nos sentábamos en la sala a escuchar a la loba tocar el piano. A veces, cuando Rolando tocaba el violín o el piano, yo me sentaba al lado de la loba y recargaba mi cabeza en sus piernas; ella me acariciaba el cabello con el amor de una madre, me hacía cosquillas en el oído y murmuraba en él frasecillas cursis. Otras veces cada uno estaba ensimismado en su propio libro.

Al poco de llegar a Europa, Mónica tomó un gusto por dormir conmigo de vez en cuando. Le gustaba sentarse en la cama con mi cabeza en sus piernas y murmurar:

—Duerme, que yo te voy a cuidar.

Recuerdo que lo hacía sobre todo cada vez que algo parecía afectarla. Así descubrí que Mónica lidiaba con sus inseguridades tomando actitudes protectoras hacia alguien más, en lugar de buscar consuelo para sí misma, y dado que, ante sus ojos, yo era como un cachorro con el corazón roto y el alma llena de recuerdos, ella sanaba sus momentos de vulnerabilidad siendo maternal conmigo.

Con Rolando las cosas tomaron otro matiz. Tan pronto llegamos a Madrid ellos comenzaron a fornicar. Fue algo que simplemente pasó. Una noche, mientras se besaban, las cosas tomaron otra dirección más intensa.

Aquello se volvió frecuente. Siendo ambos tan enérgicos y dominantes, sus encuentros eran intensos. Luego, a la noche siguiente, él adoptaba una actitud paternalista y volvía a tratarla como si fuera sólo una discípula brillante. Ella odiaba eso, no sólo por su falta de romanticismo novelesco hacia ella. También era porque, como acabo de decir, ella, al igual que él, tenía un temperamento dominante y no le gustaba sentirse como su protegida, lo que quería era ser su igual.

Esa actitud era de la clase de cosas a las que yo no le daba importancia, por lo mismo, no me di cuenta de cómo afectaba a Mónica, lo cual de haber notado me hubiera ayudado a prever lo que ocurrió después. Pero ya llegaré a eso.

Ella no le prodigaba a él los mismos cuidados maternales que a mí; él no necesitaba de su cuidado, él era el líder y ella lo sabía bien. Mónica lo quería como amante y como su pareja. Él dejó claro que lo suyo era una especie de comunión a través del sexo, un acto de confianza, una forma de compartir, un lazo de unión entre compañeros y de ninguna forma una manifestación romántica. Y al principio parecía que ella estaba de acuerdo.

Entonces, una mañana noté algo distinto. Rolando se disponía a irse a dormir, se despidió de mí con un beso en la boca, lo cual, a esas alturas de nuestras vidas, ya era común entre él y yo. Luego Rolando la besó y se detuvo. Ellos se miraron con intensidad. Algo en ese momento fue distinto, no sé qué fue. La loba lo atrajo hacia ella y él la besó de nuevo, esta vez con pasión. Luego se separó y ronroneó un "que duermas bien". Ella pareció flotar en el aire como entre ilusiones de satín blanco, mientras él retomaba su actitud arrogante. Mónica se quedó ahí temblorosa, con una dulce sonrisa en los labios como de quien acaba de conseguir una pequeña victoria.

Seguimos relacionándonos con humanos de buena posición, después de todo, mis compañeros eran fanáticos de la vida social aristócrata. También comenzamos a buscar licántropos, de los cuales hallamos muy pocos, casi todos fueron encuentros esporádicos con lobos que preferían alejarse.

Otra cosa que encontramos a nuestro paso fueron vampiros, entonces entendí la repulsión que Rolando tenía por estos seres; yo también los odié apenas tenerlos cerca, y no por el recuerdo de Julen, sino porque sentía una aversión automática hacia ellos. Es algo complicado de explicar, es como preguntarle al gato y al perro su antipatía, la misma que los licántropos y los gatos también compartimos, aunque creo que es más fácil para nosotros tolerar a los gatos que a los vampiros.

No nos inmiscuimos con ellos, los evitábamos y manteníamos una cordial distancia. Escuchamos hablar a uno de los nuestros que, a veces es cuestión de tiempo para acostumbrarse a su presencia, pues, así como hay perros y gatos que conviven bajo el mismo techo y hasta duermen juntos, también ha habido hombres lobos asociados con vampiros.

Por un tiempo, Mónica mostró interés en sus hábitos, sin embargo, eso fue algo pasajero que duró unos cuantos meses, para luego caer en la indiferencia hacia esta raza de inmortales. A mí nunca me interesó acercármeles, Rolando coincidía con mi opinión y eso es todo lo que tengo que decir sobre los vampiros.

Vivimos en diferentes lugares, desde España, Inglaterra, Portugal, territorio Germano, Prusia, Rumania. Fuimos al este, nos alejamos de Europa para ir a Egipto, donde nos maravillamos con las pirámides y del imponente desierto. En algún punto de nuestro peregrinaje, Mónica quiso visitar Grecia, pero Rolando se negó, alegando que tenía razones de más para no volver a poner un pie en esa tierra. Yo como siempre sentí curiosidad por conocer sus motivos, pero Rolando no quiso hablar al respecto.

—¿Acaso temes encontrarte a Lucas? —me atreví preguntar.

—Lucas no ha estado en esas tierras desde hace años.

—¿Alguna vez supiste que fue de él?

—No lo sé, la última vez que nos vimos, hablaba de visitar Oriente, para pasar otra vez una temporada en Japón; ese país es uno de sus favoritos. El viejo lobo ya ha recorrido cada lugar del mundo.

—¿Cuál es la razón para que no quieras volver? —insistió Mónica.

—No es asunto suyo —sentenció con desdén.

La historia fue similar cuando Mónica sugirió que visitáramos Génova; Rolando se negó. Aunque él nunca habló abiertamente de ello, yo de alguna forma comprendía que no quisiera regresar al lugar donde nació como ser humano hacía ya más de doscientos años y donde había enterrado a su padre. Creo que, en el fondo, él quería evitar una confrontación con sus demonios del pasado, aquellos a los que llamamos recuerdos; después de todo, mi amigo era muy orgulloso para admitir cualquier debilidad. Así que, en un gesto de camaradería, me puse de parte de mi querido amigo y eché por tierra cualquier posibilidad de ir a Génova, para decepción de la loba. Rolando, al ver mi postura, ya no dijo nada más, sólo me dedicó una afable sonrisa, de esas que casi no prodigaba, lo cual confirmó mis sospechas de los motivos que tenía para no regresar a su tierra natal.

Cansados de andar de un lado a otro, Mónica y yo insistimos en que queríamos ir a París, y si nos gustaba, queríamos quedarnos una temporada. Rolando tenía sus reservas sobre ir a París, parecía odiar ese lugar, pero al final accedió; se refirió al viaje a París como una segunda oportunidad. No entendí a qué se refería con aquello ni él hizo más comentarios. Ya lo entendería con el tiempo, no de la mejor forma, como comentaré más adelante.

Antes de París, nos quedamos en Viena por un par de meses. Estando ahí, una noche, Rolando y yo salimos a caminar juntos, Mónica quería estar sola para ir a divertirse con un humano que había decidido que la amaba a primera vista. Por su parte, ella estaba enamorada de un collar de esmeraldas, estaba segura de que podía lograr que él se lo regalara.

Rolando y yo queríamos ver la ciudad desde lo alto, buscamos un edificio, subimos y contemplamos la belleza de aquel lugar y del Danubio. Estuvimos así un rato hablando de tonterías, luego, Rolando se volvió hacia mí y guardamos silencio. No sé cuánto tiempo estuvimos así, solo mirándonos a la cara, entonces se acercó para besarme, primero de la forma lenta en que hasta entonces de vez en cuando lo hacía, luego, de forma apasionada.

Me quedé sin aliento, su beso era enervante, lo primero que

pensé es que debía detenerlo, pero a la vez no quería; a esas alturas de mi vida en que estaba más libre de prejuicios, era capaz de apreciar que se sentía bien.

—Alto —atiné a decir por fin y me separé apenas unos centímetros.

—No —murmuró—, ya me he detenido demasiados años.

Volvió a besarme y yo ya no puse más resistencia.

En la madrugada, al volver a casa, se quedó conmigo en mi habitación. Nos buscamos en la penumbra usando como guía las manos y el olfato, me brindó el cielo con su boca y se bebió mi éxtasis. Lo dejé que me tomara, seguimos el compás de nuestros instintos, entrelazados hasta alcanzar el placer. Después, ya exhaustos, yacimos en silencio. Él estaba encantado, con la satisfacción de quien consigue algo muy anhelado tras una larga espera.

—Te amo —murmuró.

—Lo sé. ¿Qué va a decir Mónica?

—A ella también la amo y ella a mí. Las cosas no podrían ir mejor.

—No lo sé.

—Tú deja que yo hable con ella.

Me quedé dormido. Para cuando desperté él ya se había ido. No me extrañaba, a él no le gustaba dormir con nadie, prefería hacerlo siempre solo.

Me levanté con el sol del atardecer, me vestí y salí de mi habitación. Rolando y Mónica ya estaban levantados, los encontré en la estancia hablando, él parecía confiado, con aquel desenfado que usaba para dar sus lecciones, ella no parecía muy contenta.

Me aproximé a ellos para escuchar lo que él decía.

—Lo que tenemos nosotros está más allá de las convenciones sociales, estamos por encima de la moral de los hombres, donde el bien y el mal son relativos, pues depende de quién haya escrito las reglas. Nosotros somos superiores, podemos tener lo que queramos, no tenemos por qué seguir patrones establecidos que sólo sirven para limitar al simple ser humano. Nuestra inmortalidad nos permite abarcar todo; somos manada, somos hermanos, somos familia y somos un trío, pertenecemos al mismo linaje inmortal, unidos por la luna, la sangre y el amor.

Mónica se tornó pensativa, él sonrió confiado, sus ojos azules eran fieros, los de un depredador que se imponen ante una presa, usaba su encanto para convencer y seducir. Le acarició la mejilla y se aproximó para besarla, ella no opuso resistencia, yo no sé qué sentí. Di unos pasos, Rolando se separó y ambos voltearon a verme.

—Ernesto, ya estás despierto. —Me tendió la mano—. Ven con nosotros.

Tomó una mano de Mónica, la puso sobre la mía y sostuvo ambas manos entre las suyas. Mónica y yo nos miramos en silencio, como si no supiéramos qué decir. Rolando fue el que habló.

—Estamos juntos en esto. Somos lobos de la misma estirpe, unidos en la camaradería y la intimidad. Todo lo que necesitamos en este mundo está aquí, entre nosotros.

Y fue así desde esa misma noche que oficialmente nos convertimos también en amantes. A veces nos amábamos los tres al mismo tiempo, a veces ellos prescindían de mí, otras éramos sólo él y yo, pero nunca, ni una sola vez, hubo algo a solas entre Mónica y yo. No lo sé, simplemente no funcionaba, ella no me veía de esa forma, como para pasar tiempo acariciándonos, ni yo a ella. Podíamos compartir la cama, pero solamente para platicar y dormir, como dos hermanos que se acompañan.

Era el año de 1862 cuando marchamos a París. Decidimos que nos quedaríamos ahí de manera indefinida. Alquilamos una bella casa en un barrio tranquilo. Nos establecimos sin servidumbre en la casa, sólo contábamos con los servicios de una mujer sordomuda que iba una vez a la semana a limpiar la casa. Compramos hermosos muebles, casi todos elegidos por Mónica, así como la decoración; Rolando y yo intervenimos muy poco en esta labor, preferimos dejar que fuera al gusto de ella, el cual era exquisito.

Nos rodeamos de lujos, buscábamos lo mejor. Mónica lucía elegantes vestidos, confeccionados con las más ricas telas. A la loba le gustaban las joyas, sabía cómo lucirlas y siempre se emocionaba mucho cuando le regalábamos alguna nueva. Yo, como siempre, me vestía siguiendo la usanza, llevaba el cabello cortado a la moda, y por aquella época dejé de usar bigote.

Rolando también seguía las tendencias en el vestir, pero el cabello era un caso aparte. Él estaba muy orgulloso del color cobrizo de su pelo, el cual ya le llegaba a media espalda. Lo cuidaba con gran esmero, más de una vez, al pasar por su habitación, lo observé cepillándolo con mucho cuidado, como si se tratara de algo muy valioso. Aún lo recuerdo, como si lo estuviera viendo frente a mí, cómo le caía el cabello sobre los hombros, el contraste que hacía con la blanca piel de su cara, sus ojos altaneros, fieros, con el garbo de quien está seguro de su propia belleza.

Tan pronto estuvimos instalados nos presentamos en sociedad, más que nada por insistencia de Rolando. Mónica y yo hicimos bien nuestra parte, después de todo, también nos gustaba merodear en círculos sociales altos. También deambulamos las calles buscando a otros como nosotros, Mónica y yo estábamos interesados en ello. Rolando nos pidió que fuéramos pacientes, también comenzó a hablarnos mucho de casos de hombres lobos, como el de un tal Jean Grenier y cómo por su torpeza terminó ejecutado.

Unos meses después de nuestra llegada a París, una mañana, justo cuando nos disponíamos a dormir, Rolando anunció:

—Prepárense, porque vamos a salir.

—¿A dónde vamos? —preguntó Mónica.

—Es una sorpresa.

—¿Qué clase de sorpresa? —pregunté.

—Si te lo dijera no sería sorpresa —respondió mi amigo alzando las cejas.

—Al menos dinos de qué se trata —insistió Mónica.

—Digamos que es una lección muy importante que deben aprender.

Salimos a la calle, íbamos ataviados con sombreros que protegían nuestras caras y cuellos, guantes y ropa que no llamaba mucho la atención. Caminamos en vez de tomar un carruaje. Avanzábamos siguiendo a Rolando, sin saber a dónde nos conduciría nuestra peregrinación matutina. La noche anterior había sido larga, Mónica y yo no dejábamos de bostezar. Rolando parecía sereno. Él era imbatible. Pronto distinguimos una construcción que me pareció familiar; era un lugar que ya habíamos visto días antes, se trataba de la prisión *la Grande Roquette*. Fruncí el ceño.

—Rolando, ¿qué hacemos aquí?

—Eso ya lo verás.

—Según sé —comentó Mónica—, a esta hora se celebran las ejecuciones de los condenados.

—Bien —asintió complacido Rolando—, me da gusto ver que al menos uno de ustedes dos tiene nociones de lo que ocurre a su alrededor. Deberías aprender, Ernesto.

Contuve el aliento antes de volver a hacer cualquier comentario. Un sinnúmero de ideas confusas se agrupó en mi mente. Sin pensarlo mucho, formulé una pregunta de respuesta obvia.

—¿Vamos a ver las ejecuciones?

—Así es, mi querido Ernesto.

—¿Por qué? ¿Acaso no te diviertes bastante con las que nosotros realizamos?

—Hermano Lobo —murmuró Rolando—, tan dramático como de costumbre.

—¡No me interesa esta clase de espectáculos! —rezongué.

—Créeme, a mí tampoco me llama mucho la atención ver estos actos de justicia humana, la cual es tan trivial que francamente me aburre.

—¿Por qué dices eso? —preguntó la bella loba.

—Porque no es más que una ilusión creada por el ser humano para sentirse bien consigo mismo, al pensar que hace lo correcto, cuando en realidad la justicia es relativa. ¿Qué es lo justo? Veámoslo de esta forma: nosotros matamos para alimentarnos cual dicta la ley natural, hay que matar para vivir. Es lo que hace el oso, el lobo, el tigre, el león, el gato, la serpiente, el águila y muchos otros animales, por lo tanto, es justo acabar con una vida a fin de preservar la propia. En el mundo humano las leyes te dicen que no robes ni mates, pero si un hombre debe recurrir a ello para comer o para dar a los suyos, porque la estructura social creada también por el ser humano a eso lo ha orillado, entonces, ¿es justo o injusto? A la luz de su miseria, su crimen no parece injusto, ¿por qué habría de serlo cuando no hay equidad en el mundo? Él se muere de hambre mientras otros se hartan sin freno. Sin embargo, si le preguntaras a la víctima del robo o del asesinato, o a los que de alguna forma se relacionaban con ella, sin duda te dirán que las acciones de nuestro criminal fueron injustas. Similar es la situación del soldado, que va a la guerra a defender su patria y los ideales que para ese soldado son justicia. Mata a otro soldado y se convierte en un héroe que ha cumplido su obligación. Pero ¿qué pasa con la familia o los aliados del soldado muerto? Para ellos ha sido una injusticia, pues se ha impuesto el poder contrario. Entonces, ¿qué es justicia? Muchas veces, lo que para algunos es justo, para otros es injusto, y lo que a los ojos de otros es injusto, para muchos otros será justicia. Pero eso dependerá del lado de la moneda en que está la persona que hace el juicio o de quien se convierta en el ganador de un conflicto e imponga su moral.

—Sin embargo, existen preceptos universales que marcan lo que se aproxima más al concepto de justicia, porque para algo existen las leyes que buscan la equidad de las partes —comentó Mónica.

—Es cierto. Y, aun así, nunca dejará de existir el elemento de la inconformidad, ante la búsqueda de lograr que prevalezca la propia razón o el propio beneficio. La inconformidad, junto con todo lo que busca el ser humano, tiene un único trasfondo: la búsqueda de poder. Tener razón es poder, tener el control es poder, que prevalezca lo que te conviene es no ceder poder. El que idealiza lo correcto, lo que busca es poder, y en la búsqueda de tener la razón recurrirá a juzgar a otros como justos o injustos. Dales voz a los antojos de todo el mundo y tendrás una sociedad de eternos quejosos, clamando que buscan justicia cuando en realidad sólo quieren tener la razón.

—Podría decirse —añadí—, que no hay una verdad absoluta, por lo tanto, tampoco existe la justicia absoluta.

—Así es —afirmó Rolando y concluyó—, y aun así puedo asegurar que habrá más de uno que al oír todo esto dirá que se trata de una exposición carente de fundamento, luego buscará las palabras adecuadas para formular un discurso a favor de lo que llama justicia de acuerdo con su posición social y sus creencias, luego se desgarrará la garganta clamando que tiene la razón, pues según he aprendido en mis más de doscientos años, no hay idea hecha por el hombre que el mismo hombre no intente refutar. Hay muchos hambrientos de tener la razón, de autocomplacencia y de sentirse bien consigo mismos y su moral, tanto que no pueden resistirse a tratar de imponer su opinión.

Mónica interrumpió:

—Toda esta conversación nos ha alejado del asunto inicial. Volviendo al punto, ¿por qué hemos venido aquí?

—Por un condenado que hoy perderá la cabeza.

—¿Por qué tanto interés en éste?

—Ya lo verán cuando estemos ahí.

Había muchas personas, avanzamos entre la multitud buscando un mejor lugar para observar. Logramos colocarnos hasta adelante, justo al frente del escenario donde se desarrollaría la acción. En el centro, como figura central, estaba un aparato, el cual consistía en una base de madera con un hoyo en el centro, a ambos lados se elevaban dos guías de madera, que sostenían una afilada y pesada cuchilla. Nunca en la vida, ni Mónica ni yo habíamos visto algo semejante. Era impresionante ver el brillo de la cuchilla en lo alto con la luz de la mañana.

—¿Qué es eso? —preguntó Mónica.

—Es una guillotina —respondió Rolando.

—¿Cómo funciona?

—Pronto lo verás, querida.

Contemplamos a los participantes como si se tratara de los actores de una macabra función que estaba por iniciar; el verdugo, los oficiales, las personas y, por supuesto, las víctimas. El primer turno fue para un sujeto calvo de aspecto flemático, con la mirada de quien está resignado por completo. Con las manos atadas en la espalda, lo recostaron en un tablón detrás del aparato y colocaron su cabeza entre las dos piezas con el agujero, luego la cerraron para que quedara bien sujeta. Se dio la señal y el verdugo soltó la cuchilla; esta silbó al descender, tan sutil como si se tratara de un suspiro en el viento, cortando el aire antes que la cabeza del condenado. La gente aplaudió, mientras que la cabeza caía a una cesta puesta debajo del infernal aparato. Retiraron el cadáver.

El verdugo volvió a subir la cuchilla, ahora teñida de sangre. La siguiente fue una mujer, quien reaccionó histérica al sentir una gota de sangre que le cayó de la cuchilla. Su cabeza también fue cortada apagando de golpe, con la misma facilidad, su vida y sus gritos.

—No deberíamos estar aquí —murmuró Mónica—, el olor a sangre inunda todo... es delicioso.

—Paciencia, querida, paciencia —respondió Rolando—, que hoy mismo verás por qué es importante para nosotros el autocontrol.

Yo no dije nada, aunque pensaba igual que Mónica. El olor me trastornaba, se me hacía agua la boca. Era una suerte que de día no podíamos transformarnos. Para distraerme del olor, dirigí la vista hacia el lugar en donde aguardaban los condenados, entre ellos había uno que llamó mi atención. Se trataba de un hombre maduro de cabello azabache, ojos azules y piel muy blanca. Sobre su cara se dibujaba la sombra de la barba de varios días. Sus mejillas estaban muy rosadas, como si hubiera pasado un largo rato bajo el sol. Su complexión era la de un hombre fuerte, pero a pesar de eso, parecía estar debilitado. Su cabello estaba enmarañado, tenía desarreglada la ropa, que mostraba una parte de su pecho. Sus ojos miraban fieros todo a su alrededor, mientras se retorcía tratando de librarse de las ataduras que lo sostenían.

—Veo que encontraste al objeto de nuestro interés —comentó Rolando.

—¿Lo conoces? —pregunté.

—En realidad no, ni siquiera sé su nombre.

Lo miré de nuevo con mayor atención, noté cómo escrutaba a la multitud, así fue como sus ojos dieron con nosotros. En su cara se dibujó una expresión de interés. Entonces, le llegó su turno de morir. Lo tomaron entre dos oficiales, el tipo gruñía y se retorcía desesperado por soltarse. Hizo un brusco movimiento con una velocidad y fuerza que provocó que los oficiales se tambalearan y lo soltaran por un instante; la multitud gritó, el hombre los miró con odio a todos. Me fijé en sus ojos, pestañeaba una y otra vez, como si la luz matutina le molestara.

Los oficiales se incorporaron, uno de ellos ladeó la cabeza con una sardónica sonrisa, y le dio un fuerte puñetazo en el estómago. Luego entre él y uno de sus compañeros lo volvieron a someter. Yo estaba sorprendido por esa pequeña demostración de velocidad y fuerzas sobrenaturales. El hombre volvió a retorcerse en un intento inútil de liberarse. Procedieron a leer sus crímenes, era una lista de macabros asesinatos. El hombre estiró el cuello para escupirle al que acababa de enlistar sus culpas. Apretó los dientes, y al hacerlo noté que sus colmillos tenían una forma inusual. Un gruñido salió de su garganta, el sonido me resultó muy familiar.

—Rolando —dije—, ¿observaste eso?

—Él es... —comentó Mónica casi inexpresiva.

—Uno de nosotros —anunció Rolando.

—Lo van a decapitar.

—Sí, se lo merece.

—¿Por sus crímenes? —exclamé sarcástico.

—Por su estupidez; dejó evidencia que lo ligó a la muerte de algunas de sus víctimas. De su otro secreto, dudo mucho que los humanos se hayan dado cuenta. De cualquier forma, el resultado sería el mismo.

—Pero no es posible que lo controlen así —prorrumpió Mónica—, nosotros somos muy fuertes, él pudo escapar, puede escapar.

—Se te olvida —respondió Rolando— que de día no somos tan fuertes como de noche.

—Pero nosotros no podemos morir de una simple decapitación —comenté—, tanto su cuerpo como su cabeza aún pueden volver a unirse y recobrar el conocimiento.

—Cierto, pero es que esto no termina aquí. Tras la ejecución su cadáver será quemado. Eso, denlo por hecho. Verán, hay otro detalle.

Nos hizo una seña para que miráramos al oficial que le había dado el puñetazo, era un hombre pálido, de ojos verdes. Llevaba guantes y un *kepi* con una visera inusualmente amplia que protegía sus ojos. Al darse cuenta de que lo observábamos, se tocó la visera como si nos saludara y su rostro esbozó una sonrisa. Su naturaleza sobrenatural era evidente.

—Existen asociaciones de licántropos encubiertos que se encargan de la destrucción de aquellos que arriesguen nuestro anonimato —explicó Rolando—. Algunos están infiltrados en el sistema de justicia humana y están siempre listos a terminar para siempre con la vida de algún condenado.

La idea de que debíamos temer a los de nuestra misma raza me dio escalofríos. No era esto lo que yo imaginaba, yo esperaba que existiera alguna especie de fraternidad entre los nuestros.

Volví a mirar al condenado, aquel hombre lobo estaba a punto de ser ejecutado. Nunca olvidaré su expresión, clavó como un relámpago su mirada en mí, luego lo escuché murmurar:

—Hermano, ayúdame.

Contuve el aliento, él sabía lo que éramos.

—¡Ayúdame! —gruñó, mientras que en su cara se dibujó una mueca de reclamo.

Ni siquiera me moví. Percibí el sonido de la cuchilla silbando en el aire, observé el helado metal cayendo, hubo un golpe seco y la cabeza de aquel hombre lobo fue a dar al cesto de cabezas. La última mirada que me dirigió se me quedó grabada, estaba tan llena de reproche. La gente a nuestro alrededor gritó entusiasmada.

Quitaron el cuerpo inerte del lobo. El licántropo vestido de oficial volteó a vernos otra vez, sonrió descarado, con un gesto que casi fue como una afrenta, como una advertencia para nosotros, la cual me estremeció, lo mismo que a Mónica, quien estaba más blanca que las perlas de los collares que tanto le gustaban. Rolando, en cambio, seguía tan ecuánime como cuando llegamos.

—Eso es todo —comentó mi amigo—. Andando, vamos a casa, no hay nada más que ver.

Emprendimos el regreso. Mónica estaba temblando con un gesto que revelaba que se sentía asqueada, yo marchaba cabizbajo. Rolando marchaba indiferente, tarareando *Non più andrai* de *Las Bodas de Fígaro* de Mozart.

Para cuando llegamos a casa, Mónica y yo aún estábamos deprimidos y Rolando seguía cantando.

—¡Maldición!, ¡cállate de una buena vez! — exclamé.

—¿Por qué te molestas? —respondió con descarado cinismo.

—Actúas como si viniéramos de una celebración.

—Así fue —me dijo—, ¡todo un festín de sangre!

Fruncí el entrecejo y le gruñí entre dientes. Mónica permanecía absorta en sus pensamientos, se quitó los guantes y el sombrero y los depositó en una de las mesas de la sala. Suspiró y murmuró:

—¿Qué hemos hecho? Debimos ayudar a nuestro hermano.

Rolando se tornó reflexivo, como si repasara lo que estaba a punto de decirnos. Dio algunos pasos a nuestro alrededor. El sonido de sus pisadas era acompasado como siguiendo el de las manecillas del reloj.

—¿Tienen idea de la cantidad de hombres lobo que han sido ejecutados por la justicia humana? —preguntó.

Mónica y yo nos miramos uno al otro, luego respondimos que no moviendo la cabeza.

—Muchos —sentenció mi amigo—. Alguna vez, en un pasado remoto, el hombre sintió admiración y temor por el espíritu animal, incluso por nuestra especie. Nuestra estirpe es tan antigua como las primeras sociedades humanas, en ese entonces, los hombres de las viejas civilizaciones respetaban y temían al mismo tiempo a las bestias de la naturaleza, y el lobo es uno de los animales que han causado mayor fascinación por su belleza y su fuerza. Sin embargo, los tiempos cambiaron, el temor se magnificó en las mentes de las personas y dio paso a la aversión. La admiración y el respeto por el lobo se tornó en odio, sobre todo, con la llegada del cristianismo.

»La deforestación causada por el ser humano convirtió al lobo en el peor de los enemigos. Los hombres esperaban vivir tranquilos en los parajes sin que nada ocurriera con sus ganados, pero se equivocaron, porque los depredadores necesitan alimentarse y no dejarían tan fácil el territorio que alguna vez les perteneció. Irrumpieron en la estampa bucólica para hacer del ganado o incluso del pastor presas fáciles. El hombre lo juzgó como su enemigo, clamó que el lobo no tenía derecho, cuando en primer lugar, fue el hombre quien se encontraba invadiendo una tierra que no siempre fue suya.

»Los lobos no iban a dejarse morir de hambre; atacaron al ganado, también vagaron por pueblos en busca de víctimas propicias. Vieron al lobo como una alimaña sanguinaria. Además, también se convirtió en símbolo del mal, en la bestia al servicio de Satán opuesta al divino Cordero. Por todo esto, aquí en Europa se extendió el deseo de acabar con el temido depredador. Todo eso sólo incrementó la hostilidad hacia los de nuestra especie. Las personas hablaban sobre leyendas y mitos de nuestra existencia. Lo interesante de muchas de las ideas sobrenaturales que existen es que no son tomadas en serio sino hasta que aparece un factor que las haga importantes, y no son consideradas reales sino hasta que pasa algo que obliga al humano a observar. Eso fue lo que ocurrió, los paradigmas antilobos hicieron que la gente tomara más en cuenta a los inmortales, los cuales desde hacía muchos años caminaban entre ellos. El terror se hizo latente y comenzó la persecución de hombres lobos y brujas, la gran cacería de la que tanto me hablaba Lucas.

Rolando tomó asiento con aire despreocupado y siguió:

—Francia fue uno de los principales lugares en donde se extendió la antilicantropía, miles de personas fueron ejecutadas, de ellas la mayor parte eran trastornados mentales y enfermos sin nexo alguno con nosotros, pero también se atraparon a muchos de los nuestros. Fue entonces que entre los licántropos se impuso una ley que condenaba a muerte a quien la rompiera, la ley del anonimato de nuestra especie. Creo que ahora comprenderán la razón por la cual no hemos encontrado muchos licántropos.

—Muchos han sido asesinados y los que están vivos prefieren esconderse —dijo Mónica.

—En efecto, querida. Los casos populares que se divulgaban entre las personas influenciaron la opinión popular y despertaron el pánico. A esto hay que sumarle el miedo que ya existía a los lobos. Lo peor es que nunca han faltado hombres lobos torpes que no supieron mantener bajo control sus instintos, que no fueron discretos a la hora de actuar y no supieron cómo escapar. Lucas me contó que hubo un hombre lobo llamado Gilles Garnier, quien confesó haber matado niños para alimentarse. Trató de librarse de la ejecución inventando una historia de brujería, algo sobre una pomada mágica, cuando en realidad la culpa era suya y de nadie más. Se dejó llevar por el poder sin control y terminó quemado vivo después de que su esposa lo delatara. El cazador se convirtió en presa de los humanos por culpa de su propia estupidez.

—Jamás había pensado en que nuestra especie pudiera ser cazada, nosotros somos depredadores, no víctimas —comenté.

—Sí, yo sé que no es sencillo de creer, pero así fue. Muchos fueron sentenciados a morir por la acusación de licantropía. Los que enviaron de nuestra especie a la hoguera, terminaron ahí sus vidas. A los que enviaron a la horca o a la rueda de despedazar aún tenían una oportunidad si los bajaban de noche y alguien los ayudaba a escapar para recuperarse. De todos los métodos de ejecución de los humanos, la horca es la más inofensiva, uno sólo se desmaya por falta de aire. Si la cuerda se rompe o llega la noche y el lobo despierta o los humanos bajan los cuerpos, el lobo puede escapar sin mayor problema. Es ahí donde entran lobos como aquel oficial que procuran quemar de día al ejecutado para garantizar su muerte.

—¿Cómo pueden actuar así? —pregunté—. Sin ningún tipo de camaradería hacia su especie.

—Debido al peligro al que estuvieron expuestos los nuestros en la gran cacería, muchos licántropos opinan que aquellos que no puedan controlarse o no sepan mantener nuestra existencia en secreto no merecen vivir. Son licántropos fanáticos, cuyo objetivo es asegurar la desaparición de los que representen un riesgo para los demás.

—¿Y qué pasa si ayudas a un ejecutado? —preguntó Mónica con una nota triste.

—Puedes meterte en problemas si te descubren. Los lobos que han adoptado los roles de jueces y verdugos son estrictos, muy severos en cuanto a sus ideas de lo que consideran justicia. Lo mejor es alejarse de ellos.

—Pareciera como si tú ya hubieras tenido algún encuentro con ellos —comenté de forma recriminatoria.

—Tal vez —dijo con descaro—. En mi juventud fui torpe. Pero no voy a hablarles de ello. Créanme, es mejor que no sepan de ellos ni los conozcan.

Rolando guardó un largo silencio, luego prosiguió con voz lenta y pausada, listo para observar el efecto que sus palabras causarían en nosotros.

—Ustedes saben bien que los hombres lobo tenemos un temperamento violento, somos la fusión del carácter voluntarioso de los hombres y de los instintos animales.

Aprender a vivir con estas cualidades es lo que nos vuelve superiores, pero también es nuestra debilidad, pues dejarnos dominar por nuestras pasiones e instintos es lo que nos degrada. Esta es la lección que deben aprender; sean lo que son, vivan de acuerdo con su naturaleza, pero tengan cuidado con sus actos, no vaya a ser que el éxtasis de esta vida se convierta en su perdición.

—Debemos ocultar lo que somos —murmuró Mónica.

—Deben disimular —corrigió Rolando; guardó otro largo silencio antes de continuar—. Sean discretos frente a los humanos, ellos son supersticiosos, cualquier anormalidad los pone alerta. Sean cautos, no subestimen ni siquiera sus creencias más absurdas. Mi caso, por ejemplo —con una mano tomó un mechón de cabello rojo—, mi mayor tesoro podría ser mi perdición, porque algunos humanos tienen la creencia de que todo aquel que sea pelirrojo es un hombre lobo o un vampiro. Si yo cometiera un error de discreción, mi cabello sería tomado como una prueba más para demostrar mi culpabilidad.

Se puso de pie sin dejar de observarnos como un padre severo o un inquisidor.

—Existe un proverbio ruso que dice: "no se ríe el lobo cuando muestran los dientes". ¿No crees, Ernesto, que es una ironía? Cuando me conociste notaste que cuando me reía, era discreto en no mostrarte mis colmillos, no te dejé verlos de lleno sino hasta la noche en que te lo conté todo, en que hice un movimiento para "cazar", porque yo ya te deseaba desde la noche en que te salvé la vida de aquellos asaltantes, pero me movía con cautela y jugaba al juego de buscar sólo tu amistad. Lo cierto es que el lobo no muestra sus colmillos si no es porque piensa cazar y los humanos no dudarán en sospechar de un lobo torpe que sonríe demasiado. ¡Tengan cuidado con sus actitudes de licántropos! Los humanos podrían descubrirlos y perseguirlos. Pero, sobre todo, teman a los licántropos fanáticos, los cuales no dudarán en destruirlos por el bien común.

Rolando se levantó. Se dirigió hacia las escaleras y comenzó a subir.

—No tengo más que decirles. Estoy cansado, me voy a dormir. Piensen en lo que hemos visto hoy.

Mónica lo siguió y al pie de las escaleras lo llamó. Rolando se volvió hacia ella.

—Rolando, ¿qué hay de la piedad y la solidaridad entre licántropos? Pudimos ayudarlo.

—Lo único que sé —respondió Rolando—, es que cada individuo debe buscar su propia supervivencia y que todo aquel que pierda el control de sus instintos, merece lo que le pasó a ese hombre lobo. Y esto es algo que tú, si sabes lo que te conviene, debes tener siempre muy presente, querida.

Luego se dio la vuelta y siguió su camino hasta su habitación.

Solo, ya en mi cama, medité sobre las palabras de Rolando. ¿Qué clase de licántropos eran aquellos que él llamaba fanáticos? No me gustaba la idea de que nosotros también fuéramos vulnerables a nuestras presas humanas, y menos aún a otros licántropos. Tras un rato de dar vueltas por la redondez de mi mente a aquellos pensamientos, girándolos y girándolos con la cadencia de un trompo, suspiré indiferente y llegué a la conclusión de que en realidad me importaba menos de lo que hubiera querido. Lo único que tenía que hacer era mantenerme alejado de su mira y ya. Estaba a punto de caer dormido cuando escuché la puerta abrirse: era Mónica en camisón de dormir.

—¿Ocurre algo? —pregunté.

—No.

Ella permaneció de pie en la puerta con la ingenuidad de una niña que ha tenido una pesadilla.

—¿Quieres dormir conmigo?

Ella asintió como envuelta en un halo de ingenuidad, sus ojos reflejaban el pesar de su corazón. La llamé a mi lado, ella saltó a mi cama y se acurrucó contra mi pecho. Volví a disponerme a dormir, cerré los ojos.

—Ernesto.

Su voz me llamó con aquella tonalidad de miel con que a

veces me hablaba.

—Sí —murmuré y volví a abrir los ojos. Esta vez ella no disimuló su melancolía.

—¿No tienes miedo?

—Estoy bien —sonreí.

—Lo sé. Sólo quería cerciorarme de ello. —Me acarició el cabello y las mejillas, sonrió y prosiguió con el tono solemne de una madre—. ¿Sabes?, tú eres muy especial para mí, no importa lo que pase, siempre voy a cuidar de ti.

—Y yo de ti, somos un equipo.

—Lo sé. Que duermas bien.

Depositó un beso en mi frente que tenía algo de maternal. Pobre loba, estaba asustada por todo lo que habíamos visto. Ella no era de la clase de personas que admiten lo que sienten. Como dije antes, ella enfocaba su temor en alguien más y actuaba maternal como mecanismo de defensa de sus propias crisis, para ella era mejor preocupase por mí en vez de admitir lo mucho que le afectaba sentirse vulnerable.

En ese momento no lo pensé, pero ahora que escribo esto, creo que la ejecución la atemorizó como si fuera alguna clase de premonición, como si pudiera saborear anticipadamente el sabor de cenizas de la fatalidad.

El temor de Mónica desapareció días después. Pronto ya estaba tan jovial como siempre. Unas semanas después de aquella ejecución, nos topamos en la calle con una pareja de hombres lobos. Intercambiamos algunas palabras y eso fue todo. Se despidieron alabando mucho la belleza de Mónica y le dijeron a Rolando que había sido agradable ver que los años lo habían vuelto más sensato.

Nuestras vidas siguieron su curso normal de satisfacción. Fueron tiempos de felicidad. Todo a nuestro alrededor nos placía; la ciudad, el teatro, las personas, el clima, como si cada cosa existente estuviera ahí con el único propósito de agradarnos. Debo decir que todo ese tiempo, nuestras relaciones con humanos fueron restringidas, lo suficiente apenas para colarnos de vez en cuando en alguna fiesta. Asistíamos a salones de baile donde las parejas se movían al son de la música, girando y girando, con el mundo, con las manecillas del reloj, como si danzaran al compás del movimiento de la tela de los vestidos de Mónica y los ágiles pasos de baile de Rolando al guiarla.

Hacer el amor se convirtió en uno de nuestros pasatiempos más frecuentes. Nos amamos intensamente, dimos rienda suelta a nuestras pasiones en las alcobas y fuera de ellas. Nos llenamos de caricias, hicimos que nuestros dedos memorizaran nuestros puntos más sensibles. En la privacidad de nuestra casa, cualquier espacio era bueno. Hicimos crujir camas y sillones, manchamos alfombras y muebles, llenamos toda la casa con el olor de nuestros efluvios y nuestras lenguas se embriagaron con ellos.

El mundo cantaba al unísono en una melodía perfecta, nuestra pequeña manada se colmaba de placer. La canción de nuestra felicidad sonaba en cada cosa que tocábamos, en el resplandor de la luna llena, en nuestras noches de caza por las silenciosas calles, en los aullidos apagados, en los últimos latidos de los corazones de nuestras víctimas y en la sangre que embelesaba nuestros labios.

Nunca establecimos lazos de amistad con otros licántropos, a veces nos encontrábamos con otros, pero no pasaba de un simple saludo. Nuestra jauría mantuvo su número, éramos felices siendo un trío.

Tiempo después, Rolando nos contó algunos rumores sobre un hombre lobo que había sido atrapado tras encontrarlo culpable de una serie de asesinatos. Según supe fue condenado a muerte, pero por alguna razón, al parecer, fue perdonado y se cambió su sentencia a cadena perpetua. Rolando nos dijo que entre licántropos se sabía que se le había permitido escapar después de algunos años de encierro, no hubiera sido lógico que viviera más que sus carceleros. Otros decían que fue ejecutado en secreto por hombres lobos, otros decían que lo perdonaron, lo cual sonó interesante para Mónica.

—Entonces eso significa que existe la piedad entre los nuestros —comentó la loba.

—No lo sé —replicó Rolando—, tal vez, supongo que depende de qué tan fanáticos sean los lobos que te juzguen o si tienes a alguien poderoso de tu parte abogando por ti para que te dejen ir.

—Así como tú tenías a Lucas —añadí con ironía.

Rolando se volvió a mí con un gesto hostil. Mónica asintió a mi comentario y pareció que iba a decir algo, pero se quedó callada. Ella sabía del pasado de Rolando lo mismo que yo, así que era de esperarse que ambos intuyéramos lo mismo, que se separó de Lucas tras cometer algún error del que él nunca quiso hablar y que le atrajo problemas con otros lobos fanáticos.

—En cuanto a aquel lobo que desapareció —comentó retomando su historia—, quien sabe cuál sea la verdad, lo único que se sabe es que desapareció y nadie lo ha vuelto a ver. Tal vez la historia ni es cierta, a veces, creo que esas historias se cuentan entre los de nuestra especie como un recordatorio de que debemos respetar nuestro anonimato.

Luego, Rolando cambió el tema como si hablar de otros lobos le aburriera.

Pasaron dieciséis años, fue una buena época la que vivimos en París, sin embargo, uno nunca sabe cómo cada cosa, cada respiración, cada mirada, cada caricia o hasta cada latido de corazón pueden afectar el curso de la vida, más de lo que incluso quisiéramos.

Una noche Rolando y yo nos quedamos en la casa mientras Mónica marchó al teatro. Él y yo no teníamos ganas de acudir, le dijimos que pasaríamos por ella cuando terminara la función. Eso nos daría a nosotros un par de horas a solas.

Más tarde salimos a pasear, hablábamos de todo un poco en una armonía perfecta. En algún momento, él comentó que se sentía feliz con nosotros, y al hacerlo lo decía con verdadero sentimiento, sin embargo, por un instante, me dio la impresión de que también sonaba aburrido. Dentro de mí me pregunté qué haría esta vez, alguien tan voluble y caprichoso como él, que tendía a caer en extremos para entretenerse. Hacía tiempo que no frecuentaba tabernas de mala muerte, pero tampoco había tenido ningún periodo de intenso estudio en los últimos años.

En lo que a mí respecta, yo no necesitaba mucho, estaba satisfecho con nuestras vidas. Lástima que él no fuera así, él era cambiante. Y pensar que esa misma noche Rolando encontró su nuevo pasatiempo.

Cuando llegamos al teatro, buscamos a Mónica entre la multitud. La encontramos conversando con una joven. Mónica nos hizo una señal con la mano para que nos acercáramos, fuimos hasta donde ellas estaban. De pronto noté algo raro en la expresión de Rolando, parecía sorprendido. Tenía la vista fija en la acompañante de Mónica, como fascinado con el cabello oscuro y los ojos color miel; era una criatura atractiva, sin ser nada espectacular, a mi parecer, por lo que me extrañó ver a mi amigo hipnotizado. Ella sonreía con el encanto virginal de sus dieciséis años.

—Ya están aquí —anunció complacida la loba—. Permitan que les presente a Juliette, nos conocimos durante la función.

Rolando la saludó educadamente y tomó su mano para besarla. Un leve rubor cubrió las mejillas de la joven; por lo visto, la atracción era mutua.

—Ya es tarde —comentó Juliette—, tengo que retirarme y mi carruaje ya debe estar aquí.

—Permítame escoltarla —murmuró Rolando.

Le ofreció su brazo, ella aceptó sin dejar de mirarlo. Mónica y yo los seguimos hasta la larga fila de cocheros, donde había uno esperando con los padres de Juliette. Intercambiamos cortesías con ellos, luego nos despedimos y los vimos partir.

Rolando estaba pensativo. Mónica hablaba de algo referente a la obra que acababa de ver y del hallazgo que representaba aquella apetitosa joven.

—¿Qué dices? —le preguntó a Rolando—. Se ve como un buen bocado, ¿no lo crees?

Él respondió con frialdad.

—No seas tonta, querida, se ve que es una joven conocida de buena familia y bastantes personas te vieron hablando con ella. Olvídalo, cazar a esa joven llamaría mucho la atención. Necesitamos presas fáciles y relativamente anónimas que nadie vaya a extrañar u otros que tarden en notar su ausencia.

Ella se encogió de hombros y se disculpó. Yo, que había permanecido en silencio todo aquel rato, fui consciente de cómo él sonreía, igual que quien saborea una victoria.

Con el paso de los días noté un nuevo ánimo en mi amigo que no tenía antes. Rolando comenzó a salir solo. Pasaba más tiempo despierto de día. Se quedaba despierto en la mañana o se levantaba al medio día, se arreglaba y se iba. Se las ingeniaba para que no lo siguiéramos y nunca nos hablaba de lo que hacía; también dejó de interesarse en tocarnos a Mónica o a mí, decía que no estaba de humor. A mí no me importaba, pero a la loba sí, sin embargo, decía que entendía y no sospechaba nada, no se daba cuenta de que el cambio de actitud había iniciado la noche en que conoció a Juliette y que era a quien iba a ver durante el día. Él nunca nos lo dijo, yo simplemente lo supe.

Debo admitir que en ese tiempo siempre pensé que todo eso pasaría como un juego sin importancia para él, no era la primera vez que se dedicaba a seducir humanos por diversión. Pronto descubrí que esta vez era distinto, me bastó espiarlo para notar lo serio que era el asunto para mi compañero. Él parecía enamorado. Me di cuenta a pesar de la discreción con la que se conducía. No pasó desapercibido por mí que siempre estaba silbando alguna tonada romántica de moda. Una mañana lo espié mientras se marchaba y noté que en su rostro resplandecía algo muy similar a la ilusión, yo lo sabía porque era la misma actitud que yo tenía cuando iba a visitar a mi adorada Tina.

Me sentí desconcertado, no comprendía a Rolando, él mismo me había dicho que no valía la pena sentir afecto por alguien diferente a nosotros, por humanos. Nos enseñó a no establecer nexos con aquellos que no compartieran nuestra condición de inmortales. Esa lección yo la había aprendido bien, hay que amar lo trascendental y nunca la vida efímera. Él se contradecía, lo cual supuse que era de esperarse en alguien tan voluble como él.

Una noche, un poco más de tres meses después de que conocimos a Juliette, Mónica tocaba el piano y mi amigo y yo escuchábamos. De pronto me dije que aquel juego de enamoramiento ya comenzaba a alargarse y tuve la necesidad de encarar a Rolando al respecto, no sólo sobre Juliette, sino también sobre otro asunto que me preocupaba aún más: la bella mujer loba. Mónica no se había dado cuenta de nada gracias a la cautela de mi amigo y también, porque, al amar a Rolando como lo hacía, no desconfiaba de él. Para Mónica, Rolando era luz de luna y ella creía cuanto salía de la boca del lobo.

Era cuestión de tiempo antes de que se enterara del interés especial que él sentía por aquella joven, entonces me pregunté qué diría Mónica cuando lo supiera, y al hacerlo, desfilaron ante mis ojos todas las posibles acciones de una herida y celosa Mónica. Ya una vez ocasionó una matanza en un barco porque no le gustó cómo la veían unos marineros. Sus reacciones eran terribles cuando algo le molestaba en verdad, sin duda que no tomaría bien si se sentía traicionada.

Mónica llegó al final de la pieza, Rolando la aplaudió entusiasmado.

—Maravilloso, espectacular, eres la mejor, mi hermosa Mónica.

Yo estaba ausente, vagando en el reino de mis pensamientos, permanecí impasible, sin siquiera moverme de mi asiento. Rolando se levantó y se acercó a Mónica y ella resplandeció ilusionada. ¡Pobre! No cabía duda de que era imperativo hablar del tema con Rolando.

Mónica le sonreía al pelirrojo con la emoción de una adolescente que ha recibido una carta de su amor.

—Tengo hambre, vamos a cazar —sugirió la loba.

—Me parece una estupenda idea, ¿qué opinas, Ernesto?

—No tengo hambre —repliqué con frialdad.

Mónica tomó a Rolando de la mano y tiró con actitud juguetona.

—Vamos tú y yo.

—Adelántate, querida —sonrió el lobo y le acarició la barbilla con el dorso de los dedos—, yo te alcanzaré después.

Ella me miró, luego se volvió a Rolando quien le hizo una señal con la mano de que quería que se fuera, ella asintió con la cabeza, sonrió y le dio a Rolando un beso en la mejilla.

—Como tú digas.

Salió con una expresión dulce sin decir más. Escuchamos cuando se cerró la puerta y nos quedamos en silencio por espacio de unos cuantos minutos, al cabo de los cuales Rolando rompió el silencio:

—¿Todo bien?

—¿Cuándo se lo dirás?

—¿A quién? —preguntó Rolando con descaro.

—¿Cuándo se lo dirás a Mónica?

—¿Decirle qué?

—Ya sabes a lo que me refiero.

—No te entiendo —comentó el muy cínico.

—No juegues al tonto conmigo —me quejé.

—Mi querido Ernesto, no tengo idea de qué estás hablando.

—¿Por qué haces esto? —protesté—. No creas que no me he dado cuenta.

—¿Te has dado cuenta de qué?

—Olvídalo —contesté con tono gélido y me quedé callado.

Estuvimos en silencio un rato hasta que Rolando volvió a prorrumpir:

—¿Ernesto?

No obtuvo respuesta

—¿Ernesto?

Silencio.

—¿Ernesto?

Suspiré y comencé de nuevo.

—¿Cuándo le hablarás a Mónica acerca de lo que hay entre

tú y Juliette?

—¿Qué te hace pensar que hay algo entre esa joven y yo? —contestó con cinismo; por lo visto le divertía aquella conversación.

—Rolando, te conozco. Más bien, ¿qué te hace pensar que yo no me daría cuenta de lo que haces?

Rolando se puso de pie y se rio con cierta malicia.

—Tienes razón, Juliette me gusta, ¿y qué con eso?

—¿Por qué no lo has discutido con nosotros?

—Porque no consideré necesario hacerlo, no era importante.

—¿Y ahora lo es?

—¿Qué te hace pensar eso?

—Tu actitud. Te conozco, no tienes la misma actitud que has mostrado en el pasado cuando solo juegas con otros. Esta vez se nota que te importa, estás entusiasmado.

—Tienes razón —se sinceró—, es diferente.

Se sentó a mi lado y se quedó pensativo.

—Debes hablar con Mónica.

—Muy bien, lo haré si así lo quieres, no es la gran cosa.

—No es tan sencillo —murmuré recargándome en el respaldo—, Mónica te ama y eso va a herirla.

—¿Cómo puedes pensar eso? Tú también me amas y no pareces herido.

—No es igual, Mónica te idolatra como a su salvador, como a un maestro. Para ella tú eres su mundo y ella es posesiva de tu persona. Además, ¿qué hay de toda tu doctrina respecto a la insignificancia de los humanos? ¿Por qué te contradices y muestras interés por algo que no es eterno como nosotros? Eso la va a lastimar mucho.

Él permaneció en silencio meditando sin la menor intención de responder, casi como si se burlara de mi preocupación. Fue mi mirada inquisidora la que le sacó una respuesta.

—Hago esto porque el amor me divierte, no lo sé, hay algo en el enamoramiento, la conquista y el cortejo que me emociona.

Es un buen pasatiempo y me entretiene ver qué tanto puede durar. Creo que ya te había contado que estuve casado tres veces. No me importaría hacerlo una cuarta.

—¿Y Mónica?

—No lo sé —replicó con descaro—. Mónica, Mónica, sólo preguntas por ella, pero no me has dicho nada de ti. —Puso una mano en mi rodilla, con la otra me acarició la mejilla—. ¿Es que acaso tú no estás celoso ni un poco?

Lo aparté de un manotazo, él se rio. Guardamos silencio. No le vi caso continuar esa conversación, para él nada importaba, no era todo más que un juego, uno de tantos con la única función de satisfacerlo. Bajé la vista, entonces percibí una ligera corriente de aire y escuché un sonido de la puerta abriéndose y cerrándose. Me levanté de mi asiento, fui al vestíbulo, abrí la puerta y miré hacia ambos lados de la calle, había oscuridad y silencio. Volví a cerrarla mientras trataba de ordenar mis ideas.

— ¿Ocurre algo? —preguntó Rolando con un gesto inquieto.

—Temo que sí—respondí.

Los dos lo supimos: ella había escuchado todo. En el ambiente se respiraba el rastro de su persistente aroma y me hacía sentir culpable. Me mordí los labios.

—Estoy aburrido, ¿quieres que salgamos a caminar?

Pensé en Mónica, en su corazón que estaría roto y en el sujeto que tenía frente a mí mirándose las uñas para cerciorarse de tenerlas limpias y brillantes, y por primera vez en el tiempo que tenía de conocerlo, me sentí asqueado por su arrogancia.

Esa noche no matamos a nadie, no teníamos tanta hambre y ninguna de las personas que se atravesaron en nuestro camino nos pareció apetecible. Tuvimos un clima excelente, Rolando estaba tranquilo, yo en cambio tuve una sensación muy rara, como si de pronto me hubiera hecho consciente de que en realidad no era tan joven como me sentía, sino con el peso de mi edad, quizá por preocuparme de más, en ese momento no lo sabía.

No encontramos a Mónica por ningún lado. De vuelta en

casa, esperamos verla ahí, pero no había regresado. ¿Por qué pasaba esto? Ansiaba su regreso. Ya estaba cerca el amanecer cuando decidí irme a dormir. Estaba cansado y no tenía deseos de esperar más tiempo. Rolando hizo lo mismo. Ya llevaba alrededor de una hora en mi cuarto cuando escuché un sonido sutil de faldas deslizándose por los peldaños. Ella subió en silencio y se encerró en su habitación. Traté de no darle importancia, todo se arreglaría, me dije. Después de eso me quedé dormido.

Al caer la tarde siguiente desperté y me arreglé para salir. Estaba aburrido y no tenía intenciones de quedarme en casa pasara lo que pasara. Salí de mi habitación para encontrarme con la novedad de que Mónica se había ido temprano sin hacer ruido. Me reuní con Rolando para salir en busca de alguna presa fácil. Al regresar con el alba a cuestas, descubrimos que Mónica no había regresado.

—No te preocupes, seguro tiene cosas que hacer. Ya sabes cómo es ella; un minuto le gusta algo y al siguiente otra cosa capta su atención.

—Creo que eso lo heredó cuando le diste tu sangre —respondí con sarcasmo.

Rolando sonrió.

—¿De verdad lo crees?

—Tú haces lo mismo. Te interesas en algún asunto novedoso y luego lo desechas, alegando que es decadente o que te aburre. Pero la diferencia es que tarde o temprano vuelves sobre tus pasos y de nuevo recuperas tus viejas costumbres. Hasta el amor es para ti un pasatiempo. Es más, ahora que lo pienso, tal vez Mónica no resulte herida, conociéndote, ella, al igual que yo, pensará que Juliette no es más que un pasatiempo.

—¿Tú crees eso? —replicó con un cierto tono irritado.

—Espero, después de todo, fuiste tú él que me dijo que nunca se debe amar lo que no es como nosotros.

—Sí, tal vez el amor sea un pasatiempo para mí, ¡y qué! Los humanos son hermosos a su manera, pese a ser tan vulnerables.

34

Por ahora creo que estoy enamorado de Juliette y no me importa qué pasará después; tal vez me aburra y la deje, tal vez la convierta en mi cena o tal vez la transforme en uno de nosotros, eso no lo sé, sólo importa lo que siento ahora.

—Espero sepas lo que haces.

—Dime algo, mera curiosidad, ¿aún crees que Mónica se parece a Justina?

Permanecí en silencio un minuto antes de contestar. Era raro que Rolando mencionara a mí adorada Tina, sobre todo sabiendo la nostalgia que me causaba pensar en ella. Pasé saliva y respondí con voz fría:

—No, tenías razón, no se parecen tanto. Son muy distintas.

—¿Sabes?, me enorgullece haberla transformado, Mónica es una digna inmortal, sin duda que dejar una belleza y una personalidad como la suya marchitarse hubiera sido un crimen. Sólo lamento que no haya surgido ninguna clase de sentimiento entre ustedes, esperaba que ese parecido que le encontraste aquella noche hiciera surgir algo. En fin, a veces las cosas no resultan como uno espera.

Seguimos la conversación sobre otros asuntos. Varias horas más tarde, nos despedimos para retirarnos a dormir sin haber conseguido ver a la loba.

La historia se repitió, Mónica regresó ya entrada la mañana, entró sin hacer ruido y se encerró en su habitación. La noche siguiente Rolando y yo salimos a cazar solos. Al volver a casa antes del alba, él se retiró su habitación. Subí a mi cuarto, me quité la camisa, que era lo único que llevaba puesto, y comencé a lavarme la sangre de la cara y las manos. Luego me vestí y me senté en la cama, completamente inmóvil, a esperar a que se escuchara algún ruido que me indicara que Mónica estaba en casa.

Mi plan era simple, como dice el refrán: "por uno que madruga, otro que no se acuesta". Ya era de mañana cuando oí el ruido de la perilla girando y la puerta abrirse. Me levanté y bajé hasta el pie de la escalera. Ella abrió los ojos zarcos, grandes y redondos con aspecto de una muñeca consternada; era obvio que no esperaba encontrarme ahí.

—Hola, Mónica —saludé.

—¿Qué estás haciendo aquí? —refunfuñó la licántropo.

—No te hemos visto en días, ¿dónde has estado? —dijo una voz desde la escalera. Era Rolando.

Por fin ahí estábamos reunidos, los que madrugan y la que no se acuesta. Mónica saludó a Rolando. Él descendió hasta donde estábamos.

—Fui a caminar, quería estar sola y, si no les importa, quiero estar sola.

—Quizá sea tiempo de que tengamos una conversación —anunció Rolando.

—¿Es que acaso hay un problema en que quiera estar sola? —replicó la loba a la defensiva—. Todos tenemos nuestros pasatiempos, sin importar lo ridículos que parezcan. Por ahora disfruto un poco andar sola, es todo. Siento mucho si se sintieron de alguna forma excluidos, pero pensé que, dado que Rolando ha estado ocupado en sus propios asuntos, yo bien podría hacer lo mismo.

Hizo una pausa para controlar la exaltación que comenzaba a hacerse evidente en su voz. Los pómulos de su rostro se le relajaron, el gesto de su cara de nuevo pareció sereno, luego prosiguió:

—No tenemos que hablar de lo que hacemos cuando no estamos juntos, a menos que ocurra algo significativo, no me interesa saber.

Volteé a ver a Rolando, él parecía pensativo, luego sonrió con aquella mueca calculadora tan propia de él.

—Por supuesto, querida, si así lo prefieres, no hablemos de asuntos banales. Solamente te pido que trates de dedicar un tiempo para nosotros... Ernesto estuvo preguntando por ti toda la noche.

Le dirigí una mirada asesina, él sonrió con descaro.

Mónica se le acercó coqueta al pelirrojo.

—Tal vez mañana podamos pasar tiempo los tres juntos.

—Tal vez.

Mónica se le acercó y lo besó en la mejilla, luego se despidió y subió a toda prisa. Apenas escuchamos cerrarse la puerta me dirigí a Rolando con voz muy baja, apenas audible para nosotros.

—¿Qué fue todo eso?

—No tengo idea, no tengo habilidades psíquicas ni jamás he logrado comprender del todo a las mujeres. El punto es que cada uno puede hacer lo que le venga en gana y no tenemos que hablar a menos que algo vaya a cambiar.

De esta forma quedó un acuerdo no establecido, Rolando podía entretenerse con su juego de enamoramiento y ella no quería saber nada mientras durara, a la espera de que no sería sino otro de los pasatiempos temporales de Rolando. Ella tenía confianza en que nada iba a suceder. Excepto que sí sucedió.

Un par de noches más tarde, los encontré besándose junto al piano, ella parecía absorta con sus dedos enredados en el cabello rojo de mi amigo; él, en cambio, no mostraba tener el mismo interés. No sabría cómo explicarlo, algo en el ritmo, en la forma en que la miraba, como con cierta lástima, como quien prodiga amor por cumplir, pero no porque lo desee. Él reparó en mi presencia y me invitó a unírmeles, les dije que no y mejor me fui a caminar solo hasta que amaneció.

Después de esa noche, él no volvió a tratar siquiera de besarnos a ninguno de los dos. Rolando salía de día, de vez en cuando, a ver a aquella humana. En las noches, Mónica hacía esfuerzos desesperados por agradarle con alguna nueva canción en el piano, con discusiones de libros, adornándose con maquillaje y alhajas que resaltaran su belleza, cualquier cosa. Él la llenaba de halagos que sonaban paternales, pero no parecía interesado de la forma en que a ella le hubiera gustado.

La loba empezó a buscar cualquier pretexto para permanecer al lado de Rolando, se volvió posesiva y actuaba celosa cuando él me prestaba mucha atención a mí. Se quedaba despierta por las mañanas y le rogaba que no saliera o se pegaba a él para seguirlo, lo cual comenzó a irritarlo.

Una mañana me mantuvo despierto, Rolando se preparó para salir. Cuando Mónica dijo que quería ir con él, se negó rotundamente y me pidió que yo me ocupara de entretenerla para que no se sintiera sola. Luego se marchó. Me ofrecí a acompañar a Mónica con una modista a que le hiciera algunos vestidos nuevos. Ella apretó los puños; se tornó colérica. Me dijo que prefería estar sola y se encerró en su habitación, de donde no salió hasta la noche del día siguiente.

Unas noches después, él se aproximó a ella con la intención de hablar. Mónica estaba sentada al piano. Rolando se acomodó a su lado y la escuchó con atención hasta que terminó la pieza.

—Magnífico, simplemente magnífico.

—Aprendí del mejor —ronroneó y tomó su mano.

Ella parecía radiante, entonces, mi compañero se tornó severo.

—Mónica, hay algo que debo decirte.

—¿Es importante? —preguntó ella con aire ingenuo.

—Sí.

Mónica se puso a hojear las partituras que tenía sobre el piano.

—Deja eso para después, debo decirte algo.

Mónica se levantó y fue a abrir la ventana.

—Mira la luna, está tan bella esta noche.

Rolando guardó un largo silencio. Mónica sonrió con dulzura y siguió con un parloteo sobre la luna que no llevaba a ninguna parte. Rolando expulsó aire enfadado.

—Veo que tendré que ser más tajante contigo. Te aprecio, eres mi familia, pero tenemos que hablar y tú no dejas de desviar tu atención.

Ella balbuceó, se disculpó y trató de salir de la habitación. Él se movió rápido para detenerla, la capturó por el brazo.

—Escúchame, Mónica, hay algo que quiero que sepas.

Ella hizo un último esfuerzo inútil por cambiar la conversación. El lobo pronunció con fuerza el nombre de ella.

Mónica guardó silencio y bajo la vista.

—Escúchame —ordenó, luego se volvió hacia mí—. Ernesto, quiero que tú también prestes atención a lo que voy a decir.

Dejé a un lado el libro que estaba leyendo. Mónica se tornó cabizbaja, ya no le quedaba nada más que decir. Al principio pareció enojada, con los labios apretados y las alas de la nariz temblándole, luego esa expresión desapareció dejando a su rostro inexpresivo, vacío como una casa abandonada. Rolando la soltó, los brazos de ella cayeron a ambos lados de sus costados. Su fortaleza estaba totalmente derrumbada.

—Mónica —continuó Rolando—, desde hace tiempo...

—No sigas —interrumpió la bella mujer lobo con la voz entrecortada. Las lágrimas que se le acumulaban hicieron que lo blanco de sus ojos brillara como nieve derretida.

—Mónica —murmuré con un hilo de voz.

En todos los años que llevábamos viviendo juntos nunca la había visto tan herida ni la había visto llorar así. ¿Cómo describir su tristeza? Lo único que sé es que por primera vez en mi cerebro surgió la idea de Mónica, no como una mujer fuerte, como una asesina carnicera, como una Galatea, una mujer fatal, radiante de belleza y encanto. En ese momento la vi como una joven vulnerable, vacía, aplastada por la desilusión.

Rolando prosiguió:

—Somos una jauría, por eso debemos hablar. Mónica, yo sé que quizá sientas algo que te incomoda, pero te aseguro que le estás dando demasiada importancia.

—¿Qué sabes de mi corazón? —prorrumpió ella—. ¡No te atrevas a hablar como si tuvieras el derecho de sentir lástima por mí! ¡No soy una niña! No tienes que decirme qué sentir y qué no.

Me impresionó el destello color azul mortal de los ojos de la loba, fue una de las miradas más fatales que le hubiera visto, mezcla de frustración y de reproche.

—Tengo que decirte lo que está pasando.

—No necesitas decirme nada —exclamó ella—. ¡Hipócrita! Hubiera preferido mantener viva la imagen de mi maestro como alguien íntegro a sus principios. No puedo creer que un ser superior prefiera a su presa antes que a una igual.

—Mónica —traté de intervenir.

—¡Cállate, tú no te metas! —me gruñó, luego se volvió a Rolando—. Y tú, eres un farsante, ¿dónde están tus enseñanzas? Al principio me dije: si es solo un pasatiempo, está bien, déjalo que se divierta. Pero de haber sido un mero pasatiempo no hubieras actuado a escondidas, hubieras sido el descarado de siempre. En cambio, perseguiste a esa joven ocultándote porque te interesaba. Y ahora quieres hablar porque esto es más serio que un mero pasatiempo, ¿o me equivoco?

—Esto es muy serio.

—No eres más que un maldito miserable.

Rolando apretó la mandíbula, si algo no toleraba es que lo insultaran. La indignación que tembló de sus dedos tensos fue como el preludio de una reclamación que quedó contenida bajo la piel del licántropo. Mónica decidió que no tenía nada más que decir. Salió corriendo a toda prisa. Traté de detenerla, pero ella pasó a mi lado como si no estuviera ahí.

—Déjala —suspiró Rolando— ya se le pasará.

—Te lo dije —le reproché.

—¿Y qué quieres que haga? —preguntó irritado—, ¿Por qué no sales corriendo, anunciándolo para que otros te aplaudan?

No respondí, si hay algo que no me gusta es una discusión innecesaria. Como si no lo hubiera escuchado, me fui a buscar a Mónica.

Crucé la puerta de su alcoba, las puertas del balcón estaban abiertas de par en par, ahí estaba ella, derrumbada en el suelo agarrada a los barrotes del balcón llorando.

—Mónica —murmuré.

—Déjame.

Me acerqué a su lado y me puse en cuclillas.

—Mónica, por favor, no llores.

—¿Cómo pudo suceder esto? Él debería de fijarse en mí, no en una simple humana. No es mejor que yo, podría ser nuestra cena. Ya es bastante el tener que compartirlo contigo. ¿Qué va a pasar con ella? ¿Vamos a convertirnos en un cuarteto o se va a largar con ella?

Me acerqué para abrazarla, ella rechazó mi contacto, insistí, ella trató de evadirme otra vez, yo no cedí y ella terminó por aceptar mi abrazo. Hasta ahora yo había sido aquel a quien ella consolaba cuando me sentía melancólico por mis recuerdos. Ahora ella era mi protegida.

Ahí estábamos, dos solitarios con el corazón destrozado, dos corrientes de agua en un mar de desilusión. Le hablé con voz serena, pretendiendo de alguna forma consolarla. Ella se separó de mí y comentó:

—Aquella noche los escuché. Yo sé que Rolando confía más en ti que en mí. Por eso no salí, sólo fingí hacerlo para escuchar. Ya había notado su comportamiento sospechoso, tal como le dije a él, supe de inmediato que no era uno más de sus pasatiempos, pero esperaba que con el tiempo se aburriera. Me bastó que dijera que tenía que hablar conmigo para saber que él ha tomado una decisión y que este pasatiempo va a tornarse formal.

Ella gimoteó, yo le acaricié el cabello. La loba prosiguió:

—Me duele que la quiera a ella y me duele que te aprecie más a ti que a mí. A veces no entiendo qué lugar tengo en su vida, ni en la tuya. ¿De verdad me aman o soy solo un accesorio?

No sabía qué responder. Quería decirle tantas cosas, sin embargo, fue como si mi lengua se hubiera fusionado con mi paladar. Creo que nunca fue más evidente como para ella el hecho de que entró a nuestras vidas como un pretexto usado por Rolando para sacarme del infierno espinoso en el que yo me encontraba. Fue con el tiempo que Rolando la apreció de verdad, porque ella tenía madera de licántropo. Haberla elegido fue un accidente afortunado.

—Lo siento —murmuré.

Ella hizo un largo silencio, luego meneó la cabeza de un lado a otro, provocando un vaivén de olas doradas de cabello que danzaban al son de una melancolía hipnótica.

—No puedo entenderlo, ella es un ser inferior. ¿Qué hay de todo lo que nos decía de que los licántropos somos superiores? Yo soy parte de esa raza, ¿por qué me humilla así?

Traté de volver a abrazarla, ella no lo permitió, esta vez su rechazo fue definitivo.

—Tú también me traicionaste, Ernesto. Ahora déjame, quiero estar sola.

Me incorporé, ella bajó la vista en dirección a la calle. No dije nada más, no tenía caso. Me retiré dejándola sola con el mudo aullido de su corazón roto.

Las cosas ya no volvieron a ser iguales, fue como si ya no fuéramos los mismos que habían compartido sus vidas durante décadas. Nos convertimos en extraños que se hacían daño con el simple hecho de estar cerca. La algarabía de Mónica desapareció, se volvió callada, su mirada se tornó sombría, el brillo zafiro de sus ojos se cubrió con el velo del odio. Leía mucho a solas.

Con el paso del tiempo el trato de la loba volvió a tener cierta naturalidad parecida a la de antes, la sonrisa regresó a sus labios y su trato se dulcificó. Pensé que ella se había resignado, me hizo creer que había disminuido toda esa pesadumbre que llevaba dentro de sí, que su despecho, la desilusión y el resentimiento había abandonado la casa oscura que construyeron en su alma. ¡Qué equivocado estaba! Esos sentimientos nunca la dejaron, Mónica los ocultaba y sufría en silencio. Antes lidiaba con sus momentos de angustia adoptando una actitud protectora hacia alguien más. Ahora en cambio se encontraba sola, sin saber cómo consolarse.

Rolando dejó en claro sus intenciones de cortejar oficialmente a Juliette, ante nosotros y la familia de ella. El pelirrojo parecía enamorado. Ella era delicada, discreta, con una voz de soprano que iluminaba todo cuando cantaba acompañada de Rolando al piano. Muchas veces pensé que Rolando se enamoró de ella porque no era tan parecida a él como lo era Mónica; Juliette era mucho más sensata que impulsiva.

Tras varios meses de cortejo, una noche Rolando anunció que ya había fijado plazo para casarse con Juliette.

Mónica estalló:

—¡No puedes hacer esto!

—Puedo y lo voy a hacer, querida. Ustedes saben que este día llegaría, por eso la he estado cortejando —replicó con descaro.

—¿La vas a transformar en uno de nosotros?

—No, lamentablemente ella no tiene madera de depredador.

—Ella descubrirá lo que eres.

—¿Sabes?, siempre me he preguntado por cuánto tiempo podría mantener oculta mi otra faceta. Es un juego entretenido que estoy dispuesto a jugar por meses o años, eso depende de qué tan comprensiva sea mi futura esposa con el que será su amoroso pero distante marido.

—¡Eres un idiota! ¿Entonces todo esto es un juego?

—Algo así, disfruto el enamoramiento. Voy a gozar con esto mientras dure, luego ya veremos qué ocurre. Además, su dote es muy generosa. Vamos a ganar mucho dinero con este matrimonio, lo cual se traduce en buenas cosas para ustedes, como esos vestidos y joyas que a ti tanto te gustan. Como ves, todos salimos ganando.

—¡No! —rugió la loba—. No lo permitiré.

Rolando se levantó, fue hacia ella y le apretó el brazo.

—Tú a mí no me dices qué hacer, querida. Te recuerdo que yo soy tu amo, soy el lobo alfa de esta jauría y ustedes me pertenecen. En lugar de comportarte así, sería mejor que le des menos importancia de la que tiene y dejes de actuar de esta manera.

Mónica guardó silencio, estaba temblando de ira. Yo contemplé la escena sin intervenir.

Se iniciaron los planes para la boda. Rolando nos presentó a Mónica y a mí ante la familia de Juliette como sus hermanos, cosa que nadie cuestionó pese al poco parecido que yo guardaba con ellos, al menos el lobo y la loba tenían ojos azules. Rolando era un experto en inventar una vida de mentiras que satisficiera la necesidad de la familia de Juliette por saber más de él y su origen. Les dijo que nuestros padres habían muerto hacía años y que tanto él como yo velábamos por el bien de nuestra querida Mónica, una joven, en opinión de la madre de Juliette, tan bella y refinada a la que seguro pronto le lloverían las propuestas de matrimonio.

Mónica no estaba feliz ni un poco, pero se guardó de opinar o hablar nada que arruinara los planes de Rolando; él le advirtió en casa que ni se atreviera a decir nada que lo comprometiera. Yo me sumí en un estoico silencio, había llegado a la conclusión de que me importaba un carajo el juego de casamiento que Rolando jugaba, en unos cuantos años, se aburriría de ella, lo veía venir, Juliette era una joven muy común que aspiraba a una rutina y un hogar de acuerdo a lo que le había enseñado la sociedad, era demasiado cándida y demasiado impresionable para ser uno de nosotros, no tenía ese fuego animal que en cambio sí tenía Mónica, ni la sed por algo más fuera de lo convencional que me arrastró a mí hacia Rolando. Traté de hacérselo ver a Mónica, pero ella no quería escuchar nada.

Me daba pena verla tan melancólica, así que insistí en tratar de tranquilizarla.

—No te pongas así, ya sabes cómo es Rolando, a él le entretiene ver por cuánto tiempo puede mantener esta farsa y vamos a sacar mucho dinero de esto.

—Quizá deberías probar hacer lo mismo que yo y arruinar a un noble —sugirió Rolando con desdén—. De vez en cuando es divertido pretender ser un humano y vivir esa vida

—Y actuar como lo que no soy, como un lobo con piel de oveja que quiere saber lo que se siente ser oveja, ser una hipócrita como tú.

—Me está empezando a fastidiar tu negatividad, querida —musitó con enojo.

—No puedes pedirme que esté contenta cuando estás arruinando lo que tenemos. Dime algo, ¿puedes garantizarme que será temporal?

—Siempre existe la posibilidad de que me encariñe con

44

ella o que vea que tiene potencial, la corrompa y la traiga con nosotros.

—O te vayas con ella.

—Eso no lo sé.

Mónica se levantó de golpe con los puños apretados, se dirigió a la ventana para contemplar las estrellas y la luna menguante. Era tal la tristeza que tenía que me pareció que se iba a poner a aullar de un momento a otro, como una perra a la que le han quitado sus cachorros.

—Mi familia estaba bien como estaba. Pensé que al menos me necesitaban un poco.

Rolando puso una mueca burlona.

—Si lo que necesitas es algo que cuidar, compra un perro.

Un par de semanas después, Rolando fue a visitar a su prometida. La encontró con lágrimas en los ojos, se veía asustada. Él la cuestionó, ella al principio no quería hablar al respecto pues temía que él pensaría que estaba alterada, quizá por los nervios de la boda. Rolando insistió, le aseguró que la amaba y sólo quería ayudarla. Por fin ella le contó:

—Tengo miedo. He tenido horribles pesadillas en las que veo a un monstruo similar a un lobo que me vigila desde la ventana.

Rolando contuvo el aliento antes de murmurar:

—Por favor, continúa.

—Es un lobo que me observa desde la ventana. Luego cuando despierto sigue ahí en la oscuridad. Parece real, pero es parte del sueño, creo, porque cuando yo grito y alguien llega en mi ayuda con lámparas, el monstruo ya no está. No sé qué hacer, me estoy volviendo loca. No puedo dormir.

Rolando la estrechó en sus brazos para tratar de consolarla, mientras que un destello de odio cruzó su mirada.

—No pasa nada, amor de mi vida. Ten calma, que mientras yo esté aquí contigo nadie te hará daño.

Rolando aguardó en la sala el resto del día hasta que Mónica se despertó y bajó al vestíbulo. Se dirigió directamente a ella, la sujetó con fuerza del brazo. Una y otra vez la sacudió con una hostilidad que nunca había tenido hacia nosotros.

—Me quieres explicar qué estabas haciendo —rugió mi amigo.

Ella lo miró ofendida, alzó la cabeza para enfrentarlo.

—No sé a qué te refieres —respondió ardiendo de indignación.

—Has estado acosando a Juliette.

—Yo no he acosado a esa zorra.

El aire silbó, la mano de Rolando dejó una marca rosada en la mejilla de Mónica. Ella se llevó la mano a la mejilla y lo contempló herida y sorprendida, Rolando jamás le había pegado.

—No te toleraré groserías —clamó el licántropo.

Escuché el ligero sollozo de Mónica. Ella lo reprimió hasta reducirlo a un simple suspiro. Volvió a mirar a Rolando, presa de la consternación. En un segundo aquellos pozos azules de su mirar se llenaron de odio. Quise intervenir, pero me contuve. Me limité a hacerle una seña a Rolando de que se calmara.

—¿Qué pretendes? —preguntó el lobo—. ¿Por qué te comportas de esa manera?

—¿Y cómo se supone que actúe? ¿Como una muñeca de porcelana? ¿Como si fuera un adorno más en esta casa mientras tú te largas con alguien más? Te gusta presumir que tienes a tu lado a una loba de extraordinaria belleza, de la misma forma en que un rico hacendado presume un caballo. Eres tan egoísta que no entiendo cómo no me di cuenta antes de lo mucho que me subestimas.

—Estás exagerando —intervine.

—¿De qué sirvo ahora que ya no soy una novedad para aliviarte de tus sentimientos de culpabilidad por la que murió en tus brazos, Ernesto? —me reprochó, luego se volvió a Rolando—. ¿Qué debo ser ahora que no soy más una excusa para retenerlo a él a tu lado? Él te es leal, más de lo que mereces. Me pregunto si fuera él quien te hiciera una escena de celos, qué tan pronto renunciarías a Juliette.

—Licántropo insolente —respondió Rolando—. Yo te saqué del burdel donde tu padre te obligaba a trabajar, yo te eduqué y te di una vida que jamás hubieras soñado. Antes jamás hubieras aspirado a tener un vestido ni la mitad de costoso del que llevas puesto ahora. De no ser por mí nunca hubieras visto todo lo que has visto. De no ser por mí serías comida de gusanos, hubieras muerto hace mucho tiempo, fea y sin dientes, tal vez de sífilis, loca y pudriéndote en tus propios orines. ¿Así es como me pagas? Molestando a mi prometida, entrometiéndote en mis planes, arriesgándonos a ser descubiertos por los humanos.

Mónica estaba indignada, por un momento me pareció que quiso levantar la voz, sus labios se separaron, luego se volvieron a unir al tiempo que un velo reflexivo flotó por su frente; por lo visto ya no quería seguir discutiendo.

—No me hables de gratitud —sentenció ella con aire hostil —, tú no haces nada sin obtener un beneficio. Fuiste caritativo conmigo porque era conveniente para tus planes.

El tono de voz con que Mónica lanzó este último reproche fue el preludio del silencio que se cimbró sobre nuestras cabezas. Nos miramos a la cara varias veces; fue doloroso tener que resistirnos las miradas furiosas. Rolando le lanzó una mirada fulminante llena de todo el desprecio del que podía ser capaz.

—Aléjate de Juliette.

Ella lo miró de arriba abajo, su boca se torció en una mueca de desprecio, alzó la nariz más alta que el pico del más arrogante pavorreal y se fue a la calle.

En cuanto nos quedamos solos, me aproximé a Rolando y murmuré:

—No creaste a una Galatea, sino una Pandora, y presiento que apenas está empezando a liberar todo lo que hay en la caja.

Rolando tomó muy en serio mi advertencia, por eso me pidió que mantuviera vigilada a Mónica, sin embargo, ella no se volvió a acercar a la casa de Juliette.

Finalmente, una noche, la loba se disculpó con Rolando, le dijo que él tenía razón, que era su benefactor y ella le debía demasiado, le dijo que tenía derecho a divertirse como mejor conviniera y que no lo molestaría más. Y en efecto, su actitud cambió, se mantenía callada, no volvió a recriminarle nada y hasta pareció que su melancolía había disminuido. Para mi amigo esto fue más que suficiente. De cualquier forma, seguimos vigilantes, él no confiaba en Mónica y no se equivocaba.

Los padres de Juliette hicieron una fiesta para celebrar el compromiso. Sobre el techo flotaban notas de un cuarteto de cuerdas, enmarcando una estampa romántica de lo que prometía ser una noche perfecta. El ambiente estaba impregnado de murmullos de las personas y el aroma del champagne. Rolando estaba feliz, en verdad que no lo reconocía, ese Rolando que estaba ahí junto a aquella joven, no se parecía en nada al arrogante monstruo que una noche, muchos años atrás, me devolvió mi reloj robado.

Creo que fingía muy bien, no me refiero a que no amara a aquella joven, sino que sabía utilizar el disfraz de hombre afable e inocente hasta que llegaba el momento de mostrar su lado siniestro. Sin embargo, había algo auténtico en él, no sabría decir qué, pero no me quedaba duda de que no sólo le importaba el dinero de aquella familia; parecía enamorado, tanto como lo podría estar un egocentrista como él.

Los caballeros presentes de cuando en cuando dirigían sus ojos a una joven rubia de deslumbrante belleza, la más hermosa que nadie hubiera visto jamás, era mi compañera loba, que esa noche usaba un elegante vestido azul que la hacía relucir como una estrella. Bajo mi vigilante mirada, ella deambulaba entre las personas, igual que un perro que se pasea entre las ovejas de un rebaño. Mónica casi no hablaba con nadie, parecía distante; yo pienso que pocas cosas reflejan tanto la soledad de un alma como el estar dentro de una fiesta sin ser parte de ella.

Se hizo un brindis por los futuros esposos, en ese momento me aproximé a Mónica decidido a quedarme con ella. Tras el brindis, la llevé de un lado a otro; saludábamos a alguien, conversábamos con otro, tomábamos vino como si disfrutáramos su sabor. Nos encontramos con la madre de la prometida, conversé con ella, una mujer obesa de cabello castaño claro, ojos verdes y una papada que rodeaba todo su mentón. Ella hablaba emocionada, yo asentía a todo de su conversación, luego llegaron otras mujeres, todas amigas de la madre de Juliette y tan parlanchinas como ella. Todas querían mi atención, yo me comporté como un caballero, sonriente y atento a lo que decían.

Pasado un rato volteé a mi derecha, no encontré lo que buscaba, miré a mi izquierda, descubrí que Mónica se había ido. Miré por encima, no la veía por ninguna parte. Me disculpé de mis acompañantes, crucé el salón olfateando el aire, el olor de Mónica estaba en todas partes.

«Así que eso era», me dije

De pronto comprendí: al andar deambulando entre los invitados buscaba impregnar a todos con su aroma para que no pudiera rastrearla. Esto no me gustaba. Busqué a Rolando con la vista, lo vi en el salón, él parecía tan sereno como de costumbre; su prometida no estaba por ningún lado. Me pregunté si él habría notado algo, preferí no alarmarlo y encontrar a Mónica por mi cuenta.

Puse atención a los sonidos, esperando dar con uno, el de su voz, su respiración, cualquier ruido entre aquel barullo de voces, copas, música, faldas y otros sonidos. Temí problemas. Salí del salón con los oídos y la nariz absortos en escudriñar el ambiente. Al pasar por el vestíbulo distinguí algo en el caleidoscopio olfativo, era un aroma que yo conocía muy bien, el de la sangre fresca. Lo seguí, iba hacia la puerta principal, me dirigí hacía ella, un sirviente me preguntó si deseaba algo.

—¿Ha visto a la señorita Juliette?

—Salió hace un rato con otra dama, dijo que no tardarían.

Supe que no era así, ella no volvería.

Me dirigí apresurado hacia donde estaba Rolando, él estaba entretenido charlando con otros caballeros. Lo jalé del brazo y le indiqué que necesitaba hablar con él.

—¿Ocurre algo?

—Juliette, creo que Mónica se la llevó.

Estas palabras bastaron para cambiar su semblante, en un segundo se derrumbó la careta de hombre afable y en sus ojos brilló el asesino carnicero que bien conocía.

La familia de Juliette no tardó en notar su ausencia y en preocuparse, no entendían a dónde podría haber ido su hija. El padre de Juliette dijo que quizá estaba nerviosa por el compromiso. Como fuera, esa no era forma de comportarse de una señorita decente, luego salió con otros caballeros con la intención de encontrarla y hacerla volver.

Rolando y yo abandonamos la fiesta con la misma excusa, seguimos el cuento de que había salido por nervios, aunque sabíamos que no era así. A ella se la había llevado Mónica, por quien, para nuestra fortuna, nadie preguntó, por cierto.

Buscamos su olor, el rastro de Mónica y Juliette se perdía en la calle, debían haber tomado un carruaje, al parecer Mónica lo tenía todo muy bien planificado. No podía creer cómo no me di cuenta.

Rolando estaba furioso, pero, sobre todo, preocupado, la desaparición de una joven de buena familia era algo que se notaba pronto, porque tal es la respuesta de las sociedades que a nadie le importa que le corten la cabeza a un pobre, mientras que el desmayo de un rico siempre es motivo de alarma. Eso no era bueno, Rolando temía que llamaría la atención de lobos como aquel que vimos de uniforme, la mañana que conocí la guillotina.

No nos dimos por vencidos, no dormimos en dos días, que fue el tiempo que nos tomó encontrar a Mónica. Percibimos su olor cerca de un cementerio. Ya era de noche, fuimos hasta ahí. Recuerdo la luna sobre las tumbas, la sensación que me invadió de que nada volvería a ser igual.

Entramos en una vieja capilla, olía a humedad, también había un cierto olor en el ambiente, el de sangre seca y lágrimas, ahí encontramos a Mónica sentada en el suelo, rodeando por la espalda a Juliette, la joven tenía la cara sucia por la tierra y las lágrimas. Corrimos a su encuentro.

—¡Alto ahí! —ordenó Mónica—. Un paso más y le romperé el cuello. Sabes que lo haré.

Rolando se congeló en el acto, Juliette pareció lista para suplicar por su ayuda.

—¡Ah, ah, ah! —canturreó la loba—. Ni una palabra o te arrancaré la otra oreja.

Noté horrorizado que era verdad, Juliette tenía sangre seca en un lado de la cara. Me fijé en su vestido, estaba manchado de sangre, le hacían falta las puntas de dos dedos de la mano derecha.

Me preparé en silencio a intervenir en caso de ser necesario. Mónica sonreía con malicia. Se relamió los labios.

—¿Qué has hecho? —la increpó el pelirrojo.

—Ahora te comprendo, Rolando, en verdad que esta mujer es deliciosa.

—¡Suéltala! —ordenó e hizo un movimiento.

—¡Quieto! —replicó la loba en el acto, Rolando se congeló en su sitio.

—Si la matas, yo te mataré a ti.

Siguió un largo silencio invadido por los suspiros temerosos de Juliette.

—¡Ah, Rolando! —suspiró Mónica—. Pretendes casarte sin ser honesto con tu futura esposa. Mentiroso, debería avergonzarte no haberle dicho la verdad. Ella merece saber la clase de sabandija que eres y la vida que llevaría contigo. —Luego se dirigió a Juliette—. Él tiene un problema de personalidad, verás, él no siempre se ve así.

—Basta —ordenó Rolando— te prohíbo...

—Rolando no es un hombre ordinario —prosiguió Mónica haciendo caso omiso—, él es un monstruo como yo. Es verdad, querida, él puede cambiar como yo, ¿quieres que te vuelva a enseñar ese aspecto?

La joven negó con un nervioso movimiento de cabeza.

—Pregúntale a tu prometido. Adelante, hazlo.

—Rolando —preguntó Juliette con voz temblorosa—, ¿es verdad?

Rolando guardó silencio.

—¿Vas a negarle que no eres una bestia asesina? —lo acusó Mónica—. ¿Sabes, Juliette?, somos animales a los que nos gusta cazar humanos.

—Puedo explicarlo —comentó Rolando.

Mónica se rio. Le acarició la mejilla a Juliette. Rolando estaba iracundo, tanto que no pudo contener un gruñido sobrenatural que emergió de su garganta.

—Mónica, esta vez te has excedido.

El pelirrojo se abalanzó con su agilidad lobuna hacia Mónica. De igual forma, ella dio un salto sin soltar su presa, Juliette gritó presa de terror, esto hizo a Rolando paralizarse a un metro de Mónica. Ella sonrió siniestra y complacida.

—¿Has visto su velocidad? —preguntó a Juliette, ella no respondió—. Habla o esta vez sí me voy a comer toda tu mano.

—Sí —murmuró aterrada.

—¿Sabes?, no sé qué hacer contigo. Verás, se supone que nadie debe saber de nuestra existencia. Ahora que lo sabes… eso representa un terrible inconveniente. —Chasqueó la lengua—. No te preocupes, yo no te silenciaré para siempre, prefiero que sea tu amor el que se encargue de ti.

Empujó a Juliette hacia Rolando como quien se deshace de una muñeca de trapo. Acto seguido se lanzó por una ventana para escapar.

Rolando se puso en cuclillas junto a Juliette, ella tenía cuatro marcas verticales en el cuello, causadas por las uñas de Mónica, por fortuna sólo eran rasguños superficiales. Él trató de tocarla, ella gimió aterrada.

—¿Quién eres? —preguntó llorosa—. Convives con monstruos que afirman que eres uno de ellos. ¿Es cierto que eres un asesino?

—Escucha, puedo explicar....

—¡Aléjate de mí! —exclamó presa del pánico.

Me acerqué en silencio, esto no era bueno. Ella sabía, entendió todo sobre lo que éramos. Tuve que decirle a mi compañero algo que ambos sabíamos, una verdad incómoda.

—No podemos dejarla con vida, ella contará a otros lo que somos, nuestro anonimato peligra.

—Yo no quiero lastimarla —respondió derrotado.

—Comprendo, pero no tenemos muchas opciones. Una persona puede guardar un secreto por un tiempo si su voluntad lo decide, pero sólo la muerte lo calla para siempre.

Rolando se puso de pie, se veía herido.

—Esto no debía ser así.

—Si quieres lo haré yo por ti —ofrecí.

—No, está bien, yo me encargo. Juliette, lo siento —se transformó frente a ella—, él tiene razón, no te puedo dejar con vida.

Ella lo contempló con una mezcla de asombro y pavor, iba a lanzar un grito, pero se contuvo. En vez de eso suplicó.

—No, por favor, quiero volver a ver a mi madre.

Rolando se puso en cuatro patas y le enseñó los colmillos, ella era presa de la histeria, volvió a suplicar. Él se arrojó sobre ella, Juliette gritó y eso fue todo. No hubo huesos rotos, ni más sangre derramada, ni nada más. El lobo se congeló sobre la que fuera su prometida.

—Si quieres vivir, tendrás que jurar que nunca hablarás, si lo haces, te mataré a ti y a tu familia, ¿eso quieres?

Ella negó con la cabeza.

—¡Júralo!

—Juro por mis padres que callaré… por favor, por… favor.

Rolando se incorporó, aquello debía haber sido muy difícil para él. Ayudó a Juliette a levantarse, ella tenía tanto miedo que no dejaba de temblar. Pude distinguir el olor de la orina y el sudor proveniente de ella. Rolando repitió su amenaza, ella sus juramentos. Luego la cargó entre sus brazos y salimos de ahí. No entendía del todo por qué ella representaba tanto para el lobo rojo al punto de perdonarle la vida. Era arriesgado confiar en que se callaría.

Regresamos a Juliette con su familia, dijimos que la habíamos encontrado y que no sabíamos nada. Ella se negó a pronunciar una sola palabra al respecto.

Unas horas después, cuando volvimos a casa, Rolando y Mónica tuvieron una terrible discusión. Ella estaba orgullosa de lo que había hecho, él muy ofendido. Sus reclamos fueron subiendo de nivel como leche hirviendo con sabor a hiel.

—Has arruinado todo con tus celos estúpidos. ¿Cómo te atreves a exponernos así? Tú harás que nos maten. Estúpida, ¡no debiste intervenir así en mis asuntos!

—¡Estoy cansada de tu hipocresía! Tú solo juegas con las personas, pero no quieres a nadie.

Las cosas se pusieron violentas, él trató de atacarla y ella le propinó un fuerte puñetazo en la nariz. Fue entonces que por fin intervine, me acerqué con la velocidad sobrenatural de mi especie para separarlos. El lobo rojo se inclinó hacia el frente mientras un chorro de sangre le salió de la nariz.

—Me das asco, traidor a tu raza —sentenció ella altanera.

Rolando trató de liberarse, lo sujeté, ella se fue corriendo a su cuarto donde se encerró el resto de la noche.

No hay mucho más que pueda agregar sobre Juliette y su familia. Juliette dio a conocer la ruptura de su compromiso al día siguiente. Estaba cambiada, nerviosa y deprimida, no comía y se rehusaba a hablar. Nadie supo la verdad de lo que le ocurrió.

Una semana después, se marchó de París. Según escuchamos, se enclaustró en un convento donde tomó votos de silencio. Poco se volvió a saber de ella. Eventualmente su familia también se fue de París y eso fue todo.

ESTIRPE

"Los lobos no se muerden, se respetan".
Benito Juárez

Rolando odió a Mónica y ella le correspondió igual. Yo no me salvé de su enojo, ambos alegaron que tenían algo qué reprocharme. Mi compañero me recriminó que no hubiera estado más al pendiente de Mónica en la fiesta; ella, por su parte, estaba recelosa por lo cercana que era mi relación con él. Rolando estaba melancólico, pasó unos días solo sentado frente a la ventana, mirando el ciclo de la luna. Traté de acercarme a preguntar si estaba bien, como si adivinara mis intenciones, me detuvo.

—No hagas preguntas, déjalo así.

Me quedó claro que no sólo le importaba el dinero, él de verdad tenía un interés personal en aquella chica. Pero eso fue algo que jamás conversamos.

El ambiente estuvo tenso en casa durante varias semanas. No sé si esperaban que mostrara simpatía por alguno, pero lo cierto es que la situación me irritó tanto que empecé a llenarme de indiferencia hacia ellos. Prefería ignorarlos, decidí que si las cosas mejoraban o no me importaba un carajo, ya se arreglarían entre ellos y así fue. Con el paso de los días volvieron a hablarse, mantenían la cordialidad más limitada y necesaria.

Mónica estaba dolida, no lo decía tampoco, era tan parecida a Rolando en que no hablaba de sus sentimientos. Yo lo sabía porque la conocía. Ella era posesiva, lo único que quería era retener una familia que sintiera propia. Poco a poco entendí que odió a Juliette no sólo por ser una rival en ganar los afectos de Rolando, sino porque la veía como una intrusa que venía a romper con la relación que los tres teníamos. Ella tenía algo como una familia y ahora estaba rota por culpa de la intrusa y de Rolando.

Fue en ese momento de confusión, entre la decepción amorosa, los celos, la necesidad de posesión y pertenencia a una familia y la ira, que un instinto animal muy poderoso despertó en ella, un instinto posesivo y sobreprotector. Si tan solo me hubiera dado cuenta antes y me hubiera importado más, quizá hubiera intervenido y las cosas habrían sido distintas para los tres.

La loba comenzó a salir sola, no quería mi compañía, mucho menos la del melancólico Rolando. Salió a la calle y buscó un amante humano.

Rolando pronto superó su melancolía, alguien tan voluble y orgulloso como él, no podía durar mucho en ese estado. Estaba aburrido, se dijo que quizá se ocuparía en leer y adquirir conocimiento. Pasaba horas estudiando; cuando tenía ganas de compañía, me buscaba. Mónica, en cambio, se hizo de otro amante y luego de otro y se mantenía ocupada con sus humanos. En el fondo, ella estaba melancólica, yo no le di mucha importancia.

Una noche, cuatro meses después, Mónica miraba por la ventana cuando notó algo.

—Compañeros, alguien nos vigila.

—¿A qué te refieres? —pregunté indiferente.

—Hace días que un oficial uniformado camina fuera de la casa. Trata de aparentar que pasa por casualidad, pero sé que nos vigila.

—Así que por fin uno de ustedes se dio cuenta —señaló Rolando sin levantar la cara del libro que leía—. Pensé que lo notarías primero tú, Ernesto.

Me quedé sorprendido, tuve que preguntarle:

—¿Ya lo habías visto?

—Tiene meses ahí, desde el pequeño incidente con... —hizo

una larga pausa y le dedicó una mirada asesina a Mónica, me quedó claro a qué se refería.

—No hablas en serio.

Rolando cerró el libro y habló derrochando desdén.

—¿Eso te parece, querida? Les dije que había lobos que se tomaban muy en serio su papel de vigilantes. Ellos se pusieron en alerta después de nuestra escena en el cementerio, Ahora nos acechan, vigilan nuestros movimientos a la espera de que cometamos otro error.

Comprendí en un segundo: así que por eso el repentino interés del lobo en estudiar en vez de salir; mantenía un perfil bajo.

—Bueno, pues si tienen algo en nuestra contra, quizá debamos hablar con él, no puede ser tan malo.

La loba caminó hacia la puerta. Rolando se levantó.

—No te atrevas.

—¿Por qué no?

—Es mejor no tener contacto con ellos.

Ella sonrió sardónica.

—Obsérvame.

Salió a la calle. Rolando y yo corrimos hacia la ventana, la vimos avanzar tranquila, sonriente, haciendo gala de su belleza, con pasos delicados en una cadencia seductora. Fue hasta una oscura orilla, buscaba olfateando, luego se alejó y fue tragada por la oscuridad de la calle. Pensamos que no lograría nada. Unos minutos después volvió acompañada de un oficial. Corrimos hacia la puerta, la abrimos, él se acercó a la casa y se detuvo enfrente en la banqueta. Me quedé congelado, lo reconocí, era el mismo que vimos la mañana de las ejecuciones en la guillotina.

—Estos son Ernesto y Rolando —nos presentó Mónica —. Tal vez quieras pasar y conversar con los tres, estaremos encantados de tener una charla civilizada.

Él parecía mantenerse a la defensiva, observaba todo a su alrededor, como un gato que estudia las posibles vías de escape.

—De acuerdo, puedo hacer eso, siempre y cuando tengan algo que ofrecerme de tomar. ¿Tienen algún alimento humano que darme? Después de todo, los lobos toleramos algunos alimentos y bebidas.

—Tenemos pan —dijo la loba.

—¿A ti te gusta el pan?

—Mucho —asintió la loba—, y las tartas y pasteles.

—¿Qué hay de ustedes? —nos preguntó.

—Verduras crudas —respondí.

—Leche —dijo Rolando.

—Bueno, pues a mí me gusta el té, ¿tendrán en casa?

Los tres negamos con la cabeza, no nos gustaba ni el té ni el café. El lobo prosiguió.

—Muy bien, siendo así, les propongo algo. Consigan un buen té para prepararme una taza, quizá algunas tartas de las que le gustan a esta encantadora dama, y entonces pueden volver a invitarme a pasar para charlar con ustedes, ¿les parece bien?

Mónica accedió, le dijo que conseguiría té para prepararle una taza y tener una charla, quizá la próxima semana.

Siete días más tarde, el lobo uniformado volvió. Mónica lo invitó a pasar y él accedió despreocupado. Rolando estaba inquieto.

—Todo esto del té no fue sino una excusa para buscar refuerzos en caso de que algo ocurra con nosotros —comentó en voz baja Rolando; se notaba incómodo.

Miré hacia afuera, alcancé a ver cómo se escondían otros dos hombres, uno en el tejado de la casa de en frente y otro aguardaba en la oscuridad de la calle.

Mónica estaba radiante, derrochando cortesía como toda una anfitriona.

—Por favor, toma asiento. Por cierto, no nos has dicho tu nombre.

—Gilbert —se presentó el oficial.

—Mucho gusto, Gilbert. ¿Quieres azúcar o leche?

—Azúcar está bien.

Gilbert se sentó tranquilamente, como quien está en total

control y no tiene nada que temer. Rolando estaba enfadado, ni siquiera tomó asiento, se paseaba de un lado a otro de la estancia sin quitarle la vista de encima. Yo tomé asiento, mientras Mónica jugaba a ser la perfecta anfitriona.

—Deberás disculparme, no recibimos muchas visitas. Notarás que el juego de té es nuevo, ¿no te parece hermoso, Gilbert?

—Exquisito, pero no tanto como tu belleza, señorita…

—Mónica.

—Por supuesto, Mónica. Sin duda la mujer loba más hermosa que haya visto en mi vida, debiste haber pertenecido a la realeza en tu anterior vida, cuando eras humana.

—Oh no, ella viene de abajo, de mucho más abajo en el escalafón social —comentó Rolando con un tomo burlón, Mónica hizo una mueca incómoda.

—En realidad no importa quiénes hayamos sido antes, sino lo que somos en realidad; bien puede un licántropo haber sido el educado hijo de un mercader y aun así haber sido y seguir siendo un gran estúpido, ¿o me equivoco?

Rolando fingió una sonrisa, Gilbert en cambio parecía divertido.

—Tienes razón, Mónica, tienes razón, lo importante es lo que somos ahora. Algo que también es muy importante, es el que podamos seguir ciertas reglas para evitar encuentros desafortunados. Por cierto, Rolando, Stanislav te manda saludos.

Ante la mención de aquel nombre, Rolando de nuevo se mostró incómodo. Hizo una mueca severa y enfrentó a Gilbert.

—Quizá podamos dejarnos de juegos de té y conversaciones triviales para hablar de lo que verdaderamente queremos saber.

—Y con eso te refieres… ¿a qué? —comentó despreocupado al tiempo que tomaba la taza y la acercaba a sus labios.

Gilbert sopló sobre la taza caliente, que sostenía con cuatro dedos de la mano juntos, mientras que mantenía el meñique levantado, como a quien no le importa la etiqueta en realidad.

—A lo que mi compañero se refiere —tomó la palabra Mónica—, es a que queremos saber por qué han mantenido una estrecha vigilancia en torno a nuestro hogar todos estos meses. Si tienen ese interés en nosotros, debe ser importante y merecemos saber.

Gilbert bebió, luego bajó la taza, pero sin soltarla ni bajar su irreverente dedo meñique.

—Muy bien, si es lo que les interesa. —Volvió a beber, luego bajó la taza—. Hemos mantenido vigilancia porque necesitábamos saber si su comportamiento de alguna forma sería un peligro para nuestra estirpe de licántropos. La vigilancia, por supuesto, no se limita a un par de semanas, necesitábamos observar por espacio de algunos meses antes de obtener datos conclusivos.

—¿Y por qué temen que seamos un peligro? —preguntó la loba.

—Nuestra hermandad está preocupada por lo que parece ser un incidente de indiscreción de parte de dos licántropos: una loba con gusto por asustar doncellas y un lobo prometido con una humana que desaparece causa alarma entre conocidos y autoridades, sólo para reaparecer días después sin una oreja y sin deseos de hablar. La gente está aterrada, y ya saben lo que hacen los humanos cuando se asustan, empiezan a hablar de cosas extrañas, como que la joven tenía pesadillas de lobos o de que siempre pensaron que había algo extraño en su prometido y sus hermanos. Hay un tercer lobo en la historia, según lo que dicen los reportes, al tipo parece no importarle lo que pase a su alrededor y eso tampoco es bueno.

—¿Por qué? —pregunté.

—¿Nunca escuchaste hablar de los pecados de omisión? La falta de acción y la indiferencia de quien se limita a ver sin hacer nada puede ser tan dañina como las acciones de quienes obran mal a su lado.

—¿Y exactamente qué es lo bueno y lo malo? —preguntó Rolando y se recargó contra una pared.

—Romper las reglas de todos los hombres lobos es algo malo.

—Malo desde el punto de vista de quien inventó las reglas.

—Las reglas existen por una razón y tú mejor que ellos deberías saberlo. Ustedes dos también deberían estar conscientes de lo importante que es mantener el anonimato de nuestra especie.

—Lo estamos —afirmó Mónica—. De haber tenido yo el poder de decisión, la joven hubiera muerto y nadie jamás habría encontrado su cadáver. Pero fue Rolando quien la dejó con vida.

—¿Es verdad, Rolando? Dejaste ir a una testigo en vez de silenciarla para siempre.

Gilbert sonrió, tomó de nuevo la taza con cuatro dedos y bebió, con el dedo meñique bien erguido. Rolando se notaba furioso.

—Si la dejé ir fue porque estaba seguro de que no comprometería nuestro silencio. Sé lo que hago. Yo la conocía bien, era mi prometida, con quien planeaba un casamiento temporal por interés.

—Y te encariñaste con ella, por eso no pudiste silenciarla.

—Algo hay de eso —murmuró como si las palabras fueran amargas en su boca.

—El exceso de cariño puede ser peligroso si se convierte en una debilidad de carácter, si nubla la razón y te hace tomar decisiones con el corazón en vez de la cabeza.

—Como mencioné, yo la conocía bien, sabía que ella guardaría silencio y así es.

—Entiendo. Y, ¿estás seguro de que así será?

—Absolutamente.

—Pareces muy confiado, quizá no deberías estarlo, los secretos tienden a escaparse. Yo no me quedaría tan tranquilo, al contrario, ya hubiera ido a terminar con su mísera existencia.

—Si Rolando no quiere, está bien. Si te soy sincera, Gilbert, creo que hay algo dramático y romántico en la idea de pensar en la damisela convertida en monja, recordando la vez que casi se convirtió en esposa —comentó la loba arrastrando las palabras.

Rolando suspiró enfurruñado, ella se burlaba de él. Gilbert comentó:

—Veo que encuentras esto divertido; no deberías, nuestro

deber como licántropos es garantizar el anonimato de nuestra especie. Los secretos son escurridizos, a veces se escapan. Puedes comprar silencio con oro, al menos por un tiempo; el miedo es más barato y a veces funciona mejor, pero nada garantiza un silencio permanente como el saber que la persona yace bajo tierra.

—Confía en mí —insistió Rolando—, ella jamás dirá nada.

—Eso espero, de lo contrario, los tres tendrán que comparecer frente a la Familia de Rómulo.

—¿Quiénes son ellos? —pregunté, por fin algo de aquella conversación me resultaba interesante.

—Nadie —me contestó el pelirrojo.

—Pues para ser nadie, debe ser importante.

—Me parece, Rolando, que debes tener una larga plática con los tuyos sobre la estructura social de nuestra estirpe y nuestras leyes. No querrás exponer a tu manada y a ti mismo.

—Les he dicho lo que tienen que saber, no sé qué más podría contarles, yo mismo no sé nada.

—No recuerdo tu nombre, compañero lobo.

—Ernesto.

—Muy bien, Ernesto y Mónica. Contéstenme, ¿Rolando les ha hablado de nuestro anonimato y lo que les pasa a los lobos que lo rompen?

—Lo hemos visto —respondí indiferente—, ya asistimos a una ejecución.

—Es verdad, recuerdo sus caras. ¿Algo más que necesiten saber?

—¡No te atrevas a hablar de más en esta casa! —bramó Rolando—. No quiero ni siquiera que vuelvas a mencionarlos.

—A la Familia…

Rolando gruñó.

—Seguro notaste que no volví solo. Dos de mis compañeros están afuera.

—Y me encantaría ver lo que pueden hacer contra mí. Podemos pasar una velada pacífica o pelear, tú decides.

Se hizo silencio. Gilbert dejó la taza de té, se recargó en el respaldo, cruzó una pierna sobre su rodilla y adoptó una postura relajada.

—Por supuesto, qué clase de invitado sería si tuviera una indiscreción así. Es mejor que tú tengas ciertas conversaciones en privado con los tuyos. A lo que yo me refería es a… ¡lo más básico! Ernesto, Mónica, entienden lo que deben saber del ser un licántropo, nuestras habilidades, fortalezas, lo que podemos hacer. No sé, ¿hay algo sobre nuestra naturaleza de licántropos que les gustaría saber?

Yo negué con la cabeza, Mónica se tornó pensativa, bajó la vista como buscando entre los pliegues de su falda las palabras.

—Yo tengo una pregunta —murmuró.

—Adelante.

—Nosotros tenemos instintos sexuales, ¿es acaso posible para los licántropos tener hijos?

—¿Te preocupa quedar embarazada o que tus compañeros vayan por ahí esparciendo su semilla?

—Mera curiosidad —dijo.

Noté en su voz una leve turbación, Rolando también y de inmediato pareció interesado en ella.

—Dime algo, ¿cuándo fue la última vez que tuviste tu sangre mensual? —Mónica se encogió de hombros, Gilbert prosiguió—. No tienes que responder, yo sé la respuesta, no desde que eras humana. Eso es porque somos estériles, no hay manera de que puedas quedar embarazada jamás. De igual forma, en el caso de los machos, nuestra semilla está muerta. No importa cuántas veces eyacule un hombre lobo, jamás podrá fecundar vientre alguno, ni de humanas, ni de lobas, ni de vampiras, ni de brujas, ni de nadie.

Mónica contuvo el aliento por un segundo, luego sonrió. Rolando no le quitaba la vista de encima, tenía el interés de quien acaba de encontrar algo que le gusta.

—Ya veo, tal y como lo suponía —comentó con gracia la loba.

—No tienes nada que temer de que alguno de tus amantes humanos o tus compañeros te deje preñada, si era eso lo que te preocupaba.

—En realidad era una mera curiosidad.

—No lo creo —murmuró Rolando.

Se acercó a la estancia y tomó asiento junto a mí, para así tener de frente a la loba y a nuestro invitado.

—Dime algo, Gilbert, es también una mera curiosidad mía.

—Te escucho.

—Los licántropos somos criaturas volátiles debido a lo intensos que son los instintos animales en nosotros, ¿estás de acuerdo en ello?

—Así es, es debido a ello que, muchos lobos han perdido el control y han cometido imprudencias.

—Podría decirse que los instintos animales alteran la mente humana del licántropo, quizá pierde la razón y cae en un estado de desequilibrio, llamémosle, locura.

—Así es.

—Por cierto, no todos los licántropos se ven afectados por la misma locura. Hay diversos instintos animales y, por ende, podrían existir diversos tipos de locura. Unos pierden el control por la sangre, otros con sus pasiones carnales, otros desafortunados se vuelven nerviosos y tienen un constante miedo que los vuelve agresivos y desconfiados.

—Oh sí, yo he visto diversos casos. ¿Hay algo que te gustaría preguntar al respecto?

—No, yo entiendo, en mis más de doscientos años de vida he visto de todo. También he aprendido a reconocer la mirada y la actitud de un lobo o loba que está inquieto. Por cierto —se dirigió a nosotros—, Mónica, Ernesto, tal vez no sabían que la maternidad es también un instinto poderoso, el deseo de proteger una cría. Hay animales que no temen a enfrentarse a depredadores mayores por proteger a sus crías.

—¿A qué viene todo esto? —pregunté.

Rolando volteó en dirección a Mónica, sonrió y comenzó a reírse burlón. Ella contuvo el aliento.

—¿Cuál es el chiste? —preguntó Gilbert.

—Ninguno, me río porque sí.

Gilbert bebió lo último de la taza, luego se puso de pie.

—Bueno, pues si no tienen más preguntas, me retiro. La noche ha avanzado y mis compañeros y yo tenemos cosas que hacer.

—¿Cuánto tiempo más nos van a vigilar? —preguntó Rolando.

—No mucho. Creo que sabemos lo que tenemos que saber de ustedes. Parecen civilizados, no creo que vayan a causar problemas. Sin embargo, les aconsejo que tengan cuidado con lo que hacen en el futuro. No queremos otro incidente como el anterior.

—No ocurrirá, ¿verdad, Mónica?

—Por supuesto que no, Rolando.

—Muy bien, así lo espero. Que pasen buenas noches.

Gilbert se retiró.

Estuvimos en silencio por algunos minutos, luego Rolando interrumpió aquel mutismo.

—Así que, mi estimada loba, ¿algo que te haga sentir mal y que quieras compartir?

—¡Idiota!

Se puso de pie, él también, noté cierta hostilidad, así que por una vez me decidí a intervenir.

—Basta, ya duró suficiente esta enemistad. Los dos van a dejar de comportarse así, me tienen harto. Dejen el pasado en el pasado de una buena vez. No vamos a lograr nada si mantienen esta actitud y sólo se hacen la vida insoportable. Esto se acaba esta noche, ¿está claro?

—Lo que deberíamos de hacer es largarnos de París cuanto antes, empacar ya mismo y alejarnos de todo —sentenció Rolando con acidez.

—Pues yo me quiero quedar —lo desafió Mónica.

—No nos vamos de aquí aún —anuncié—. Van a aprender a comportarse, ¿entendido? —Guardé silencio—. No los escucho, quiero saber si entendieron.

Ellos se miraron en silencio, luego Rolando respondió con

cinismo.

—Entendido.

—Está bien, todo sea por hacer la vida más llevadera.

Asentí satisfecho. No sabía si aquello había sido honesto o cuánto duraría, pero no me importaba, sólo estaba fastidiado de escucharlos y estaba dispuesto a intervenir en mejorar las cosas entre ambos si así por fin lograba que se callaran y que la casa volviera a estar en silencio.

Gilbert y sus compañeros dejaron de vigilarnos. Los meses corrieron. Rolando seguía ensimismado en sus estudios. Mónica en leer o tocar el piano. No volvieron a pelear ni a mencionar siquiera a Juliette. La relación entre los tres se tornó cordial de nuevo, aunque no como antes. Nos comportábamos como tres hermanos que se toleran, que se acompañan, pero prefieren evitarse. Al menos estábamos en calma. Fue entonces que las aguas volvieron a agitarse.

Una noche de luna llena estábamos en casa, no podíamos transformarnos debido a que el cielo estaba nublado e impedía el paso de la luz de luna. Hubiera sido sencillo transformarnos y ya, pero en las noches de luna llena la transformación no es voluntaria y la luna es necesaria para lograrlo. Estábamos inquietos, odiaba esas noches porque nuestros cuerpos saben que la luna estaba ahí y el no poder verla nos causa una sensación dolorosa, cada célula de nuestros cuerpos reclama la plena luz del argentino satélite. Todo duele y el temperamento se eleva a niveles de rabia extrema.

Rolando llevaba un rato tocando el piano, interpretaba una y otra vez una pieza ruidosa y rápida, como si quisiera expulsar su furia volcánica a través de las teclas del piano, como un desahogo para su propio espíritu que pedía a gritos luz de luna, para el animal que le carcomía las entrañas. Yo estaba en silencio, caminando de un lado a otro con el pecho en llamas. De los tres yo había sido siempre el que mejor toleraba no ver la luna llena, gracias a los meses que la evité tras la muerte de

Justina. Mónica era la que menos lo podía soportar, sin embargo, esa noche no era así.

En su primer año de loba, la primera vez que ella experimentó sobre los efectos de esconderse de la luna llena para evitar la transformación involuntaria, se tornó muy violenta. Pues bien, esa noche estaba inexpresiva, sentada junto a la ventana, completamente inescrutable. Me sorprendió su inmovilidad, era como estar mirando una estatua. Me pareció admirable que ella hubiera aprendido a controlar sus impulsos a ese grado. Sin embargo, no era así, subestimé la profundidad del océano de su naturaleza; sus instintos animales estaban más latentes que nunca.

Después de un rato sin siquiera pestañear, ella se levantó con un movimiento tan delicioso como el de un narciso que se inclina con la brisa, se puso una capa y se dirigió a la puerta.

—¿A dónde vas? —pregunté.

—A dar un paseo —respondió con la voz más dulce que haya oído jamás.

—Te acompaño.

—No, gracias, voy yo sola.

En toda la noche las nubes no se disiparon. Mónica no volvió sino hasta ya entrada la madrugada. Dijo que había comido un pequeño aperitivo, aunque no había trazas sanguinolentas de caza en su vestido ni en su pelo. La blancura de su rostro resplandecía con absoluta calma, como si ni el más pequeño impulso salvaje hubiera cruzado su faz en toda la noche. Algo en su paseo la llenó de paz, una que no tenía desde hacía meses y que le sentaba bien, la hacía resplandecer como una princesa coronada de jazmines y diamantes.

Esa fue la primera de varias noches en las que ella salió sola, para luego regresar más tarde diciendo que ya había comido y con aquella calma sublime dibujada en el rostro. Rolando y yo comentamos que lo que fuera que estuviera haciendo por lo visto le hacía bien, así que no cuestionamos sus acciones. Yo no le di mucha importancia, era casi como si en realidad no me importara si ella estaba bien o mal. Esta actitud se estaba volviendo más frecuente en mí, los años me estaban convirtiendo en un viejo lobo indiferente a casi todo.

La loba dejó de cazar y de comer con nosotros. Podíamos estar rasgando carne de una presa en su presencia y ella ni se inmutaba. Por un momento creí que estaba ayunando de la misma manera en que yo lo hiciera al morir Justina, sin embargo, no se veía famélica, el apetito de Mónica no era del tipo que se detiene. Lo que ocurrió es que cambió su dieta. Ella se alimentaba esporádicamente y a solas. La curiosidad nos llevó a seguirla, fue así como pronto descubrimos, no sin cierta repulsión de mi parte, el tipo de presa que buscaba.

Salía por las tardes antes de que el sol se pusiera en el horizonte; las horas de luz eran magníficas para el tipo de víctima que prefería. Rondaba por las calles en las horas en que sabía que había niños jugando, aguardaba por aquellos que se separaran del grupo, niños que anduvieran solos y entonces atrapaba a uno. Se llevaba al pequeño, le daba una muerte rápida, para que no gritara o llorara, luego se lo llevaba lejos, donde nadie la interrumpiera y ahí lo devoraba con calma.

A mí me pareció imperdonable tomar vidas tan inocentes, no podía creer que encontrara paz en este tipo de caza. No pude resistirme a enfrentarla. No hay mucho que pueda decir de esa conversación, quizá porque no dijo nada, ni siquiera se molestó de que la hubiéramos seguido. Yo la critiqué y la reprendí, ella se encogió de hombros con indiferencia y se retiró, dejándome con la palabra en la boca.

Tantas veces tratara de abordar el tema, ella se limitaba a escucharme. Un día, quizá algo fastidiada de mis argumentos, me contestó:

—Absurdo, un humano es un humano sin importar la edad.

Lo peor es que Rolando estuvo de acuerdo en esa premisa, sólo le pidió que tuviera cuidado de no llamar la atención.

Pasaron varios meses. Una noche Rolando y yo trabajábamos con el libro de cuentas de nuestros bienes y gastos.

Estaba preparando documentos para heredarse a sí mismo otra vez. Esta es una necesidad a la que recurrimos cada cierto tiempo para mantener nuestro capital. Sería muy raro que nuestros bienes siempre pertenecieran a la misma persona. Por regla general debe haber un fallecido, un heredero y alguien que haga el papeleo, quizá un abogado o funcionario de moral flexible, listo para firmar y que todo parezca en orden. No entraré en detalles en materia de aspectos legales.

Toda la mañana Mónica estuvo melancólica. La encontré sola, sentada en la escalera, mirando hacia la ventana. Yo me le acerqué y me senté a su lado en completo silencio. Tras un rato, un pensamiento escapó de sus labios.

—Debe ser muy lindo ser llamada *mamá* por un niño, tomar su manita entre las mías y protegerlo —suspiró.

—Qué lástima que no existan los niños lobos —se burló Rolando desde su lugar de trabajo—. Por cierto, ¿sabían que no se puede transformar a un menor? Nuestros fluidos los vuelve salvajes, como animales, pero no los transforma. Se vuelven taciturnos e inestables, sus reacciones son histéricas y siempre mueren antes de llegar a los dieciséis años, envenenados por nuestro poder. Curioso, creo que esa es la edad mínima para convertir a alguien en uno de nosotros, ¿o era diecisiete? No importa en realidad.

Mónica se separó de mi lado y se fue a su cuarto, Rolando parecía divertido por ese atisbo de vulnerabilidad de Mónica. Alzando la voz para que lo escuchara, exclamó:

—Si tanto deseas tener algo que abrazar, consigue un perro o un gato y confórmate con eso.

Me levanté y fui hasta donde estaba Rolando.

—No tenías que ser grosero. Algo en ella no está bien.

—Es común entre algunos lobos tener intensificado el instinto paternal. Podría pensarse que es más fuerte en las hembras, pero lo cierto es que en la naturaleza hay especies en las que el macho tiene un fuerte sentido de proteger a sus crías. Como sea, es parte de la naturaleza animal. El problema es que la actitud muchas veces no es del tipo que preserva, sino más bien posesivo, como un tarado mental que acaricia una y otra vez a un conejo hasta que lo mata. En Mónica es fuerte, quizá tiene sentido que sea así, dado lo celosa y posesiva que es. Qué sé yo, yo no entiendo de esas cosas.

Pobre Mónica, tenía sentido. Rolando dijo bien, ella era posesiva. Bastó romperle el corazón y sentir que le arrebataban lo que más le importaba para desencadenar sus instintos animales. No me permitió acercarme a hablar al respecto, ella era muy arrogante, por eso es que, al haber quedado expuesta esta flaqueza de su persona, se volvió muy distante, sobre todo, con Rolando. Aprendió a simular alegría, pero en sus ojos se leía una profunda tristeza.

A fin de desahogar su tristeza, recurrió más a la caza niños. Traté de no darle mucha importancia, hasta que escuché un rumor que corría por las calles de los barrios bajos acerca de la desaparición de niños. Rolando se molestó, sin embargo, se le pasó pronto ante el hecho de que esas pequeñas desapariciones eran crímenes que a nadie le interesaba resolver; siendo niños de clase baja, desamparados, no era como que a nadie le fuera a interesar.

Mónica se acercaba a ellos, acechándolos desde el anonimato, escondiendo sus intenciones bajo el velo de la dulce señora que siempre tenía algo que ofrecer, caramelos, galletas o frutas. Ellos eran atraídos, igual que abejas a las flores en primavera, por su bella sonrisa y sus deliciosos obsequios. Ella se acercaba procurando que no la vieran y les cantaba con su dulce voz, *"Ven a mí, ven a mí, a tu lado soy feliz, porque te tengo junto a mí, bajo este cielo carmesí"*. Los pequeños la seguían como si estuvieran bajo el hechizo de una bruja, como si estuvieran tras las notas mortales del flautista de Hamelin.

Las horas nocturnas no representaban obstáculo alguno para Mónica; la noche es nuestra mejor cómplice, por ser cuando tenemos nuestros poderes completos y por ofrecernos un ambiente lóbrego en el cual movernos. Los desamparados que vivían en la calle eran presa fácil. Y si tenían un hogar, igual encontraba la forma de hacerlos salir o entrar por ellos.

La bella loba se las ingeniaba para apoderarse de niños de todas las edades, sin importar que ya estuvieran en casa durmiendo. Su sistema era simple. Los más fáciles de cazar eran los maltratados, aquellos para los que la palabra "hogar" era sinónimo de abuso. Era un proceso que podía tomar días. Ella se ganaba su confianza, les llenaba la mente con promesas de frutas, dinero y cuanto ellos quisieran. Luego aguardaba. Una noche cualquiera la víctima en turno era golpeada, entonces se escabullía fuera de su casa en busca del ángel protector que casualmente merodeaba por ahí. Ella recibía al pequeño en sus brazos, le daba una galleta, lo llenaba de mimos, de palabras de consuelo, lo llevaba lejos y entonces lo mataba.

Mónica definía su siguiente víctima antes de hacerla suya. Escogía con mucho cuidado a su presa, la vigilaba por espacio de varios días. Tenía mucho cuidado de que no la vieran. Los más fáciles eran los más pequeños, los que se distraían y se separaban por un momento de con quien estuvieran. Entonces se acercaba silenciosa, lo atraía y se alejaba sin ser descubierta por otros niños o por las angustiadas madres que gemían por su pequeño al que no volverían a ver.

Nunca discutimos a fondo el tema de los niños con Mónica. Para mí, Mónica se había convertido en la personificación de la pesadilla de todo infante; la dulce hada que de pronto se convertía en una bruja hambrienta de sangre inocente. Se lo comenté a Rolando y él mencionó que el mito de la bruja devoradora de niños, sin duda, se había nutrido por lobos que habían actuado como ella en el pasado.

No me atreví a criticarla, después de todo, yo había atacado a la que más he amado hacía ya tanto tiempo. En cuanto a Rolando, él opinaba que aquello era algo demasiado impráctico, pues los niños tenían muy poca carne.

Una noche, Mónica salió de casa a caminar sola. Al cabo de un rato, nosotros optamos por hacer lo mismo. Dentro de unas cuantas noches más tendríamos luna llena. La espera me tenía ansioso. Rolando tuvo una idea:

—Tengo ganas de alejarme de la ciudad, salgamos a correr por el campo, lejos de la ciudad y veamos los campos teñidos de luna.

Me agradó la idea y accedí, le dije que esa noche tenía ganas de complacerlo en todo lo que él quisiera.

Corrimos lejos, disfruté sentir la brisa helada acariciando mi rostro. El rumor del viento en los árboles y el ruido de los animales e insectos creaban una atmósfera mágica, fantasmal. Anduvimos acompañados del sonido de nuestras patas contra el suelo, seguidos por nuestras largas sombras.

Después de un rato fuimos al cementerio para dar un paseo entre las tumbas. Las lápidas más viejas me hicieron pensar en Tina, me pregunté en qué estado estaría la tumba de mi amor, si estaba llena de hierbas secas, si la piedra ya estaba ennegrecida, si el paso del tiempo había desgastado las letras hasta hacerlas casi ilegibles.

Nos alejamos entre los árboles, ahí Rolando buscó un lugar propicio para quedarnos y pasar un rato juntos. Más tarde, ya exhaustos, cuando calculamos que el amanecer estaba a tan solo un par de horas, nos incorporamos y volvimos a casa.

Llegamos con el alba, estábamos rendidos y de buen humor. Nos despedimos con un largo beso y nos retiramos a dormir, cada uno a su respectiva alcoba. Aquella había sido una noche muy agradable. Lástima que el día siguiente no fue igual.

Nos despertamos por la tarde. No había señales de que Mónica estuviera en casa por lo que nos marchamos sin ella. Salimos a caminar bajo los tolerables rayos del sol del atardecer. Vagando por las calles escuchamos que había alarma entre las personas. Rolando quiso que investigáramos qué había ocurrido; yo asentí indiferente mientras mi atención se adhería a las patas de un diminuto insecto que pasó volando justo delante de mi nariz.

Escuchamos a un hombre diciendo, "sin duda es un crimen espantoso". Nos acercamos. El sujeto era de complexión gruesa y escaso cabello, todo su cuerpo estaba impregnado de un fuerte olor a trementina. Rolando le preguntó:

—Disculpe, ¿nos podría decir qué ha ocurrido?

El hombre tragó saliva, carraspeó con tosquedad y respondió:

—Una mujer embarazada fue asesinada. Un crimen horrible, hay mucha sangre. Dicen que parece obra de un animal, pero yo creo que si no es obra de un loco es obra de un demonio.

Esa respuesta despertó un mal presentimiento. Decidimos investigar un poco más. Tras preguntar y escuchar conversaciones, tuvimos una idea más completa de lo que se decía. Un hombre, cuya esposa estaba por dar a luz, salió a buscar a la partera, pero no pudo encontrarla. Fue a buscar a alguien más, pero al parecer esa otra partera también estaba ocupada. Le tomó varias horas regresar a su casa con una anciana que prometió ayudar. Fue entonces que hicieron un escabroso descubrimiento: encontraron a su esposa muerta, con el abdomen abierto de par en par y ni un rastro del recién nacido. Uno de los vecinos aseguró que se despertó porque escuchó un alarido estremecedor, se asomó por la ventana y vio salir de la casa de la madre asesinada a una mujer rubia, a la que creía haber visto antes merodeando por las calles.

La historia se extendió entre la gente, creando una ola de furia e histeria colectiva. Entonces, una mujer agitada dijo que meses atrás uno de sus hijos había desaparecido y que el hermano menor aseguraba que se había escapado con el ángel, al cual describía como una dama muy bella de cabello dorado.

El ambiente estaba tenso y los vecinos cada vez más violentos. En algún momento alguien gritó:

—¡Es una bruja, hay que detenerla antes de que se lleve a nuestros hijos!

Luego un grupo de personas comenzaron a apuntar a una mujer de cabello amarillo a la que separaron de la multitud a empujones y golpearon. Fue necesario la intervención de las autoridades para evitar que la gente la destrozara. Por fortuna había testigos que hablaron en su favor:

—¡Esa no es! ¡Yo estaba con ella anoche!

—Sí, además esta es vieja y fea.

—Me parece haberla visto en compañía de un hombre pelirrojo —dijo alguien más.

—No, estás equivocado, no era pelirrojo sino de cabello oscuro.

Rolando me jaló hacia atrás, teníamos que salir de ahí antes que la chusma comenzara a señalarnos. Nos apartamos apresurados, mientras elementos de las autoridades pedían descripciones o cualquier información que sirviera para dar con la bruja.

Cuando estuvimos lejos, nos miramos sin saber qué decir. El mismo pensamiento asaltó nuestros cerebros. Nos sentimos como si estuviéramos parados sobre un hormiguero.

—Esta vez sí se metió en un gran problema.

Bajé la cabeza y la moví en repetidas ocasiones en un gesto de negación.

—¿Por qué ha hecho esto?

—Se ha vuelto loca, por eso. —Suspiró fastidiado, se quedó pensativo y sin más, comenzó a reírse entre dientes—. No puedo creerlo, qué maldita coincidencia.

—¿Coincidencia?

Guardó silencio, me miró con cautela como quien ha hablado de más.

—Quiero decir... ya había escuchado una historia similar antes, un tal Peter Stubbe. Lucas me habló de eso, ya te contaré más tarde... Lo importante es encontrar a Mónica antes de que alguien más la atrape.

—¿Te refieres a la Familia de Rómulo? —señalé retador. Obviamente los humanos no son tu principal preocupación.

—Es verdad. Me preocupan los hombres lobos.

—Y a mí el que no nos has contado lo que sabes de la Familia...

—¡Basta ya! No los vuelvas a nombrar. No sabes quién podría estar escuchando.

Guardé silencio, me molestaba que no hablara con claridad

de ese tema importante.

—¿Qué pasará si la encuentran?

—La matarán y tal vez también a nosotros por la relación que tenemos con ella.

—¿Por qué? —mi tono era imperativo y demandaba respuestas.

Rolando suspiró derrotado.

—Al ser parte de nuestra jauría, para ellos nosotros también somos culpables. Quizá haya un juicio, pero a menos que alguien con autoridad hable en tu favor, no suelen terminar bien. Escucha, debemos apresurarnos a encontrar a Mónica antes que los humanos o los licántropos.

—Muy bien, por ahora eso es primordial. ¡Por ahora! Cuando esto termine vas a contarnos lo que sabes de "ellos" y no más evasivas.

Rolando asintió.

Se ató el cabello y se lo acomodó dentro del sombrero. Fuimos hasta la casa donde se había cometido el crimen. Manteníamos una discreta distancia. Rolando parecía un hombre fuera de sí, inclinándose para olfatear aquí y allá, buscando un rastro, alguna pista que nos condujera a Mónica. Fui yo quien percibió un olor a sangre. Bajo mis pies había una mancha de sangre nueva, una gota mezclada con la tierra, demasiado pequeña para que los humanos la notaran o consideraran significante. Para alguien con mi olfato superior era un vestigio que gritaba. Me incliné para olerla mejor. Junto con ella detecté el olor de Mónica.

—Ya la encontré —anuncié lacónico.

—¿Hacia dónde se dirige? —preguntó Rolando en un arranque de impulsividad nada propio de él.

Tomé una bocanada de aire, un sendero oloroso se dibujó ante mis narices.

Seguimos esa ruta la cual nos condujo por intrincados laberintos de calles y huellas ocultas, de olores perdidos entre la peste de los efluvios que inundaban París, orina, heces, podredumbre. Pasar por cualquier punto donde su olor se perdiera junto a otro más penetrante servía. Estaba sorprendido de lo hábil que se había vuelto Mónica para camuflar su rastro; debo admitir que el saber que un carnicero como ella pudiera escabullirse con tanta habilidad me parecía admirable y temible; pobre de en quien ella se fijara para hacerlo su cena.

Seguimos con paso firme. Rolando era todo un maestro y yo también era hábil en la tarea de rastrear, además, conocíamos mejor que nadie a Mónica, su olor, su manera de pensar, por lo que teníamos idea de cómo buscarla.

Se nos fue toda la noche en seguirle el rastro. Continuamos nuestra cacería hasta cerca de la madrugada que llegamos hasta una iglesia. No recordaba cuándo había sido la última vez que estuve en una. Me parecía una hipocresía presentarme en la casa de Dios con las manos manchadas de sangre. Con cautela subí los escalones, uno por uno hasta la vieja puerta de madera incrustada de gruesos clavos metálicos. La puerta estaba bien cerrada. Buscamos otra entrada, dimos con una puerta lateral que estaba abierta; alguien ya había violado la entrada al recinto. Rolando empujó la puerta, esta rechinó sobre sus goznes. Entramos, al principio dudé en hacerlo, pero al ver a mi compañero deslizarse, no me quedó más remedio que seguirlo.

Adentro reinaba el más absoluto silencio. El olor a cera de las velas se confundía con el de la humedad de la madera y el moho presente en el lugar. El aire era helado, rico, como si sobre nuestras cabezas danzaran los vestigios del humo incienso y el de miles de velas encendidas a través de los años por las oraciones de los fieles, algunas atendidas, la mayoría ignoradas.

Sentí el temor de Dios que alguna vez tuve en mi vida mortal, como si su ira fuera a descargarse sobre mi osamenta como castigo de todas las víctimas que había cobrado en mi vida de licántropo. Me encontraba tan absorto en estos pensamientos que no me fijé en qué momento fui a chocar con una de las bancas de madera. El ruido de la fricción de la madera al rechinar contra el suelo me despertó de mi trance. Rolando se volvió hacia mí y me dirigió una mirada hostil que demandaba silencio.

—Lo siento —murmuré.

Llegamos hasta el final de la nave, nos acercamos hasta el altar. El temor de Dios volvió a manifestarse en mi mente cuando los delgados dedos de Rolando se posaron sobre el altar. Me pareció un sacrilegio el que ese animal carnicero, ese asesino despiadado sediento de sangre humana, lo tocara casi como un desafío. No me atreví a subir junto a él. Rolando se dio la vuelta.

—Ernesto, ¿qué estás esperando para venir aquí?

—No voy a profanar aquello consagrado a Dios.

Rolando suspiró y volteó los ojos en una mueca de enfado.

—Hermano Lobo, creí que después de tantos años por fin habías superado tu religiosidad.

No respondí, me limité a mirar en otra dirección. Descubrí un olor peculiar, como a perfume y algo más, una sangre muy nueva, era el olor de Mónica que flotaba sutil.

—Quizá si dejaras de perder el tiempo en eso habrías notado que el olor de Mónica no viene de esa dirección sino de allá —lo reprendí y apunté hacia una entrada angosta.

Me dirigí hacia allá, Rolando volvió a mi lado en silencio. La entrada conducía hacia un pasillo y una escalera descendente que bajaba a las criptas. Adentro el aire se sentía húmedo, cargado con un olor a muerte, de pronto notamos un aroma a sangre fresca, cortando el olor viejo con su delgada pero bien definida presencia, de la misma manera en que un rayo de sol se colaría en la espesa oscuridad de una caverna. Seguimos avanzando, el olor se iba acentuando igual que la voz de una soprano in crescendo. Al fondo, divisamos algo en el suelo. Rolando se acercó corriendo, tomo entre sus dedos una alargada materia ensangrentada.

—Es el cordón umbilical —exclamó—, ella estuvo aquí.

—¿Crees que haya devorado al recién nacido?

—No lo sé —murmuró Rolando con aire de incertidumbre. Se recargó en la pared y se dejó caer para quedar sentado con la espalda apoyada contra el muro.

Me senté frente a Rolando, comencé a mover la cabeza de un lado a otro.

—Nunca imaginé que ella sería capaz de algo tan bajo.

Rolando se quedó pensativo.

—Debí haberlo imaginado —sentenció.

—¿A qué te refieres? —pregunté.

—Dime algo, Ernesto, ¿qué fue lo que te dije hace años sobre el control de tu nueva naturaleza y por qué?

—Cuando era un lobo joven me dijiste que debía tener mucho cuidado en no obsesionarme con nada cuyo gusto se originara en alguno de mis instintos, porque los licántropos somos una mala combinación de todos los instintos animales y los vicios humanos.

Rolando suspiró. De manera mecánica le dio una mordida a nuestro hallazgo y con un ademán me ofreció un poco. Su mirada y su gesto solemne me hicieron ver que lo devoraba para ocultar la evidencia y no por hambre o el gusto de la carne. Accedí a comerme la mitad.

—Hace mucho tiempo —comentó—, durante uno de mis tantos viajes, escuché una historia sobre un hombre que tenía una granja en la cual criaba puercos. Él aseguraba que una vez una de sus cerdas persiguió y mató a un lobo que trató de robarse a una de sus crías.

—¿De verdad eso ocurrió?

—Así fue como me lo contaron. En realidad, ¿qué madre no dudaría en atacar al agresor de sus hijos para defenderlos? Claro que, si el oponente es demasiado poderoso, quizá no le quedaría más opción que retroceder, sin embargo, la mayor parte de las madres animales pelean con verdadera furia para proteger a sus crías. Lo cierto es que el ser padre es una cosa curiosa en el reino animal. Jamás he estado en África, pero Lucas sí estuvo ahí. Él decía que, cuando un león macho gana supremacía frente a otro y le quita su harem de hembras, lo primero que hace es matar a todas las crías del rey caído. Luego, el nuevo rey toma posesión y se encarga de crear una nueva dinastía, suya y de nadie más.

—Eso suena terrible.

—Los animales tienen su manera de encargarse de sus crías, ya sea protegiéndolas o matando y comiéndose a los débiles y enfermos. El punto es que la paternidad es uno de los instintos animales más poderosos que hay y es el que ha enloquecido a Mónica. —Bajó la cabeza y se llevó una mano cerrada hasta la barbilla—. Debí haberlo visto venir. Ahora ha cometido un terrible error que nos va a costar nuestro actual estilo de vida.

Guardamos otro largo silencio. En mi cabeza repasé todo lo que acababa de escuchar. De nuevo pensé en las brujas de los cuentos de hadas.

—¿Dónde podrá estar? —susurré.

—Ojalá tuviera forma de saberlo. Hay que encontrarla cuanto antes.

Nos pusimos de pie y nos marchamos de aquel lugar. Una vez fuera me percaté de que los ventanales resplandecían con el tenue fantasma de la madrugada. Teníamos que salir de ahí lo más pronto posible, lo que menos queríamos era ser vistos, pero en contra de nuestros deseos, desde el fondo del recinto una voz grave resonó haciendo eco: era el sacristán. Nosotros sólo lo miramos un segundo y salimos a toda velocidad, ignorando sus reclamos.

Volvimos a casa procurando las pocas sombras que quedaban. Llegamos con mucho sueño, queríamos dormir. Apenas subimos la escalera noté en el ambiente un olor a sangre que no estaba cuando salimos. En menos de un segundo Rolando dio señales de quedar atraído por lo mismo que yo. Frunció el ceño y alzó la nariz, con un gesto me indicó que lo siguiera. Nos dirigimos al cuarto de Mónica. La puerta estaba cerrada, llamé con los nudillos.

—Mónica, ¿estás ahí?

No obtuvimos respuesta.

—Está adentro —gruñó Rolando—, estoy seguro.

Puso su mano en la perilla, esta no obedeció. Rolando se echó para atrás y se abalanzó contra la puerta, esta se abrió de golpe. Ahí encontramos a Mónica, sentada en una silla mirando hacia la ventana; tenía entre sus brazos el cuerpo sin vida de un recién nacido, al que arrullaba como si su mortal sueño no fuera eterno. Mónica, con semblante lúgubre, estaba tarareando entre dientes una canción de cuna.

—Lo sabía —rabió entre dientes Rolando.

Ella ni siquiera se inmutó, siguió acunando el cadáver del pequeño.

—Sabía que habías sido tú —acusó Rolando levantando la voz y sacudió a Mónica de los hombros. Ella gruñó y apretó a la criatura contra su pecho.

—Basta —interrumpí.

Rolando se calmó, ella volvió a arrullar al pequeño. Toda esta escena me hizo sentir muy incómodo, dentro de mí tuve una fuerte necesidad de salir de ahí y dejarlos que se pelearan, fue un brote de apatía hacia mis compañeros que emergía desde el fondo de mis entrañas. Suspiré y me obligué a acercarme a Mónica; ella necesitaba algo de compasión. Me puse en cuclillas a su lado y le hablé con voz suave.

—¿Por qué has hecho esto?

No obtuve respuesta. Mónica me daba lástima, parecía no darse cuenta de que estaba abrazando un cadáver. Miré al pequeño, la azulada piel de su rostro estaba manchada de sangre seca, tenía una expresión de absoluta paz, con los ojos cerrados y los labios rígidos. Nunca había visto un recién nacido en ese estado. Contuve el aliento. Mis dedos se aferraron en torno a la muñeca de la loba.

—Mónica, creo que ya no es necesario que lo arrulles, ahora duerme un sueño del que no va a despertar.

—No pude evitarlo —fue la frase que emergió de sus labios.

Ella se volvió a mí por primera vez, se liberó de su carga y se arrojó a mis brazos sollozando. El cadáver del niño rodó por el suelo a sus pies. Estuvimos así durante un rato, luego me desprendí de Mónica. Sujeté su bello rostro entre mis manos. Incluso en ese momento en que estaba tan descompuesta por la desesperación, con surcos de lágrimas por su cara, su belleza seguía siendo deslumbrante, de la misma forma en que la luna es hermosa tanto en un cielo limpio como en un cielo con nubes.

—No tiene caso llorar más —le dije.

—Tú no comprendes lo que siento —me reprochó.

—Entonces, ayúdame a entender.

Mónica lloraba y a mí me conmovía. Y pensar que unos minutos antes me sentía indiferente frente a ella y Rolando, con deseos de alejarme de ellos y sus problemas. No cabe duda de que hay mujeres cuyas lágrimas son invencibles.

Rolando caminaba de un lado a otro, con los puños y los colmillos apretados, gruñendo como un animal listo para atacar.

—Las autoridades te están buscando —refunfuñó Rolando —, ahora tendremos que irnos de aquí. Nuestro tiempo en París ha llegado a su fin.

—Yo... no quise hacer esto —se disculpó la loba.

—Disculparse no sirve de nada, ¿entiendes? No has hecho sino causar problemas, justo en esta ciudad, a donde pensé que podía volver para demostrar a todos lo diferente que eran las cosas.

—Claro, porque siempre se trata de ti y de que todo el mundo te vea. Eres tan vanidoso que me repugnas.

Rolando la encaró con actitud dominante, tomó aire como si se contuviera, luego le dio un puntapié al cadáver del infante, el sonido seco de cuerpecito provocó una reacción histérica por parte de Mónica. Ella se arrojó hacia el pequeño, yo la detuve conteniéndola entre mis brazos, ella se derrumbó en el suelo apegada a mí y rompió a llorar. Rolando mantenía su actitud fiera, emitió un gruñido iracundo.

—¡Basta! —exclamé hacia Rolando.

Poco a poco los gimoteos de la loba fueron cesando hasta desaparecer. Tomó una profunda bocanada de aire.

—Cuando vi el dolor de la madre —murmuró como autómata—, me invadió una desesperación morbosa, me pregunté cómo sería sentir a un ser vivo luchando por salir de mis entrañas. Quise arrebatarle su dolor y hacerlo mío. Actué con la única intención de acallar una angustia que yo nunca podré sentir y que ella estaba presumiéndome, igual que Niobe al burlarse de Latona, debido a que la primera estaba orgullosa de tener muchos hijos mientras que la segunda solo tenía dos.

Entonces, la ira convirtió mis manos en garras y la ataqué para ponerle fin al trance que atravesaba.

Mónica cerró los ojos, creo que se visualizaba a sí misma una y otra vez frente a la mujer mientras su esposo buscaba ayuda, ella padeciendo los dolores del parto, la loba enferma de ira volviéndose contra la madre para destrozarle el abdomen abultado y el rapto del infante.

—Por más que hurgué en sus entrañas, en su carne, no encontré la forma de hacerme con su dolor —murmuró Mónica—, pero sí me apoderé de su hijo; era tan hermoso. Sin embargo, Dios me castigó haciendo que mi presa naciera muerta.

Rolando se asomó por la ventana, mi atención brincó de la loba al pelirrojo, igual que un saltamontes se mueve de una planta a otra. Mi amigo se veía inquieto, como sacudido por una tensión nerviosa nada común en él. Él miraba a discreción, como si temiera ser visto, luego se volvió a nosotros. Tomó a Mónica del brazo y la hizo que se incorporara. Con un movimiento de cabeza me indicó que hiciera lo mismo.

—Escucha, a pesar de todo lo que has hecho y aunque no lo creas, aún te amo a mi manera. No voy a permitir que te destruyan, debemos esconderte —explicó Rolando a la loba—. Comiencen a empacar. Mónica, tú y Ernesto pasarán este día en una posada a las afueras de París. Yo me reuniré con ustedes en la noche, debo ordenar nuestros asuntos para que podamos partir. Hay que actuar rápido, temo que no tengamos mucho tiempo.

—Iré contigo —dije con determinación.

—No, Ernesto. Debes cuidar a Mónica; en caso de que logren dar con ella o no saldrá bien librada si la encuentran sola. Además, lo que tengo que hacer es mejor si voy solo.

—Vas a ir con ellos, ¿no es así? —dije con tono inquisitivo.

—Voy a negociar nuestra partida.

—Está bien —respondí al fin—, pero cuando todo esto termine, no más evasivas, nos vas a contar lo que sepas de ellos.

Rolando asintió con la cabeza, furioso y derrotado.

Nos pusimos de pie y comenzamos a abrir cajones y roperos para sacar todas nuestras pertenencias. Rolando tomó el cadáver del niño y lo envolvió con una manta.

—Yo me encargaré de deshacerme de esto.

—Gracias —dijo Mónica con un hilo de voz.

—No me agradezcas, esto aún no se acaba —fue la gélida respuesta.

Guardé algunas posesiones, todo lo demás se quedaría ahí para que lo tomara quien quisiera. En realidad, no me hubiera importado escapar sin muchas de esas cosas, salvo el rebozo negro de Justina que aún conservaba conmigo, el mismo que llevaba puesto la noche en que murió. Le di un beso antes de guardarlo a en mi equipaje.

El hecho de que teníamos que marcharnos de aquella ciudad, me hizo meditar sobre todos los acontecimientos pasados, en especial los del último año, esto me hizo sentir decepcionado de mis compañeros; uno había sido incongruente, se sentía superior a los humanos, pero había amado a una doncella de esta especie; la otra actuó sin prudencia alguna.

Mejor me guardaba mis críticas, después de todo, ¿quién era yo para juzgar si actuaban bien o mal? Yo que había amado a quien no debía de amar para luego darle muerte; yo que era un depredador que había disfrutado cada segundo de caza, embriagado de poder y sangre; yo, que, con cada acontecimiento, como los recientes, en vez de unirme más a mis compañeros, me sentía fastidiado de ellos. Yo no tenía derecho a criticarlos, yo no era mejor que ellos. Mientras terminaba de empacar llegué a una conclusión: los tres éramos la misma porquería, sólo que manifestada de diferente manera.

Pronto estuvimos listos. Mónica y yo tomamos un carruaje que nos llevó fuera de París. Antes del mediodía nos hospedamos en una posada que encontramos en el camino. Mónica ya estaba un poco más tranquila. Estuvimos en nuestra habitación el resto del día. Llegó la noche. Ansiosos, esperábamos a que Rolando se reuniera con nosotros en cualquier momento.

—¿Dónde estará? —suspiraba Mónica.

—No lo sé.

—Está tardando mucho —comentó y bajó la cabeza.

—Debemos ser pacientes.

—¿Por qué? ¿No te has puesto a pensar que quizá exagera? Por supuesto que no, tú lo sigues en todo lo que él ordene. No quiero estar aquí... —Se frotó las manos—. Detesto este encierro.

—Mónica, él sabe lo que hace.

—Yo digo que salgamos y actuemos como cualquier otro viajero.

—No, no saldrás de aquí —sentencié—. Por favor, sé razonable —la sujeté de los hombros con suavidad—, hazme caso.

Ella suspiró derrotada

—¿Cómo lo haces? —me preguntó al tiempo que clavaba sus ojos zarcos en los míos, como si quisiera leerme el alma— Siempre te mantienes tan tranquilo, no te pareces a Rolando ni a mí.

—Prométeme que serás paciente y confiarás.

Ella bajó la mirada, meditó un momento y sus rizos se sacudieron mientras movía la cabeza en una negativa.

—Perdóname, no me hagas caso. Es sólo que estoy nerviosa. Pienso en Gilbert, en las ejecuciones y me da miedo pensar lo que pueda suceder.

La abracé, luego ella se echó en la cama y yo me acomodé junto a ella. Mónica me acarició el cabello con ternura. No habíamos tenido un momento como ese en mucho tiempo. Una lágrima rodaba en su mejilla. No dije nada, me limité a limpiarla con mis dedos, luego cerré los ojos y me quedé dormido.

Saltaron en mi cerebro las escenas de aquella noche en que comimos tiburón. Los recuerdos surgían igual que agua fresca de manantial salpicando en mi cara; tan vívidos, tan olorosos de sal, de arena y de dicha. Las células de todo mi cuerpo palpitaron con la memoria de la brisa marina y la ruda caricia de las olas sobre mi cuerpo mientras jugueteaba en la playa con mis compañeros. Fue como una noche en el paraíso, tan tranquilo, tan inocente, tan puro. Tres seres corriendo desnudos, jugando como niños. Si tan solo el mar y el viento de esa noche nos hubieran encadenado con sus rebeldes cabellos transparentes a ese momento para hacerlo eterno. Si tan solo nuestras vidas hubieran seguido sus marchas con esa armonía.

Me sacudió para traerme de vuelta del reino onírico.

—Despierta, Ernesto.

Abrí los ojos.

—¿Qué ha pasado? ¿Ya está aquí Rolando?

—No —respondió en un susurro—. Escucha.

Guardé silencio, oí el crepitar del fuego en la chimenea y percibí el rumor de las voces en el piso de abajo, sólo era el dueño y otro viajero. Todo parecía en orden, sin embargo, no era así, el sonido de unas pisadas aproximándose puso a mi sentido lobuno en alerta. Mónica parecía alterada al confirmar que yo también tuve una sensación de peligro. No eran más que pisadas, podría ser cualquier persona, sin embargo, había algo en la lentitud con la que se movían y algo en el ambiente que despertaba un sentido de temor y alerta en nosotros.

Me incorporé. Nos quedamos en silencio oyendo las manecillas del reloj de nuestra habitación. Los pasos se detuvieron, luego aquellos pies volvieron a ponerse en marcha, esta vez acompañados. Nuestro instinto animal se disparó, no sabíamos quién era, pero nos estaba desquiciando. Mónica me miró como una niña asustada con una expresión suplicante. Los pasos estaban cerca, más cerca. Su ritmo no era apresurado, era claro que se acercaban con la cautela de un cazador, ¡nos estaban buscando! Me llevé el dedo índice a los labios, le indiqué a la loba que no hiciera ruido, la tomé de la mano y nos dirigimos al armario, nos acomodamos adentro y cerramos las puertas.

Esperamos, no pasó mucho antes que escucháramos a alguien tocar a la puerta. Mónica se acurrucó entre mis brazos como un cachorrito indefenso. Pegué mis labios a la coronilla de su cabeza y sembré un beso entre sus rizos para trasmitirle algo de serenidad. El puño volvió a tocar la puerta, de nuevo no obtuvo respuesta. Escuchamos el sonido seco de un mecanismo metálico, estaban abriendo la cerradura.

La puerta rechinó al abrirse despacio, los pasos entraron con cautela, eran tres personas. Mónica se aferró a mí, intercambiamos una mirada de resolución; estábamos listos para entrar en acción de ser necesario. Los escuché inspeccionando el cuarto. No hablaban entre ellos, sólo se movían por el cuarto casi con indiferencia. Pasaron frente a nuestro escondite. El corazón me latía con fuerza, el miedo se concentraba en mis venas. Contuve la respiración. Por una abertura vi a un sujeto que estaba a tan solo unos pasos de distancia, llevaba el uniforme de la policía, pero no pude verle la cara.

—No hay nada aquí —dijo el hombre.

Salió de la habitación seguido de sus acompañantes. Mónica y yo suspiramos de alivió, nos miramos a los ojos y sonreímos. Sujeté su rostro entre mis manos, cerré los ojos y pegué mi frente a la suya.

Lo que siguió después fue muy rápido, escuchamos pasos muy apresurados que se acercaban a la velocidad a la que nos movemos los lobos. La puerta de nuestro escondite se abrió de golpe. Ahí estaban los tres mirándonos con sonrisas de quien se divierte haciendo sufrir a una presa fácil de atrapar. Antes de que pudiéramos hacer algo, dos de ellos tomaron a Mónica de los brazos y la sacaron fuera de un tirón. Me levanté dispuesto a atacar para protegerla, el tercer hombre me sujetó y me arrojó contra un mueble. Mónica luchaba para liberarse de sus opresores sin tener éxito, eran dos contra una.

Me incorporé en un parpadeo, a la misma velocidad el líder de aquel grupo me detuvo. Él era un tipo rubio, tan blanco como el papel y de penetrantes ojos verde lechoso, tan claros que parecían casi blancos, me arrojó de nuevo por los aires. Él me dedicó una sonrisa socarrona, le gruñí mostrándole los colmillos, él se rio y se transformó frente a mis ojos en un hombre lobo de pelaje cenizo, casi blanco.

—Han cometido muchos errores —sentenció con la voz ronca, parecía divertido con nosotros—. Su indiscreción expone a nuestro clan, y nosotros odiamos eso más que nada, ¿no es cierto, hermanos?

Los otros dos licántropos asintieron.

—Ella pagará su crimen en una ejecución frente a nuestra asamblea lobuna. En cuanto a ti, tal vez no te venga mal unos años de encierro por complicidad. Serás un perro a los pies de nuestro alfa, quién sabe, tal vez aprendas a rodar y a dar la pata.

Mónica se transformó no así sus atacantes, cuyos ojos brillaron de excitación. Ambos mostraron sus colmillos; parecían ansiosos por terminar con ella. Me transformé y me abalancé contra mi oponente en una furiosa pelea envuelta de gruñidos de perros rabiosos. Zarpazos volaban por todas partes; él era muy fuerte, más que yo. Con un movimiento ágil me tomó de las solapas y me azotó contra el suelo. Se puso sobre mí, quedé sometido sin poder moverme. Los opresores de Mónica la golpearon, ella se dobló, quedó inmóvil.

—Llévense a la mujer —ordenó mi oponente, luego se dirigió a la loba—. Por tu propio bien te aconsejo que recuperes tu aspecto humano, muñeca. No nos obligues a lastimarte. —Después se dirigió otra vez a sus hombres— Si no vuelve a su apariencia humana ya saben qué hacer.

—¡Ernesto! —gritó Mónica.

—¡Mónica! —respondí con voz potente.

La arrastraron hacia la puerta, ella seguía llamando mi nombre, lo mismo que yo el de ella. Luché por liberarme, no estaba dispuesto a ceder, así que ofrecí pelea. Mi oponente me miró con un gesto fiero en sus facciones de licántropo, como queriéndome matar con los puñales de ópalo verdoso de sus ojos; se estaba dando cuenta de que yo no era tan fácil de contener como creyó en un principio.

De repente, escuché un gemido de perro herido, luego otro y el sonido similar al de dos bultos que cae en el piso. Mi atacante no prestó atención, entretenido como estaba tratando de mantenerme sometido, no se dio cuenta de cuando alguien lo golpeó por la espalda y lo arrojó por los aires. Chocó con la pared y se quedó ahí tendido.

—¿Estás bien?

—Sí —le contesté a mi compañero—. ¿Dónde está Mónica?

Me incorporé ayudado por el pelirrojo, Mónica estaba a su lado.

—Ernesto, Mónica, escúchenme bien, cada licántropo tiene un poder similar al del lobo que lo hizo. Yo soy descendiente de Lucas y ustedes lo son de mí, ¡así que no me decepcionen! Usen toda su fuerza.

Los captores de Mónica entraron al cuarto. El líder del grupo también se puso en pie, sus facciones dibujaron una mueca de desprecio que lo hacía parecer más fiero.

—Rolando —musitó con desprecio el líder.

—Stanislav, ha pasado tiempo.

—Nos volvemos a ver en una situación similar, hasta pareciera que te gusta repetir tus errores para desafiarnos —le respondió a mi amigo—. Esta vez no escaparás de la Familia de Rómulo. Tú y los tuyos pagarán —rugió.

Se lanzaron en nuestra contra. Rolando ni siquiera se transformó, era el único de los seis licántropos en esa habitación que conservó su forma humana. Mi amigo peleó con la habilidad de un experto; su rival no era sencillo, se notaba que Stanislav era un lobo veterano. Aun así, Rolando se las ingenió para propinarle varios poderosos golpes.

Yo derribé a otro de aquellos hombres haciendo un esfuerzo adicional; fue un combate intenso. Mónica se enfrentó al que quedaba. El combate entre Stanislav y Rolando era feroz. Rolando se transformó; arremetió a su agresor con una habilidad y violencia que nunca había visto en él hasta esa noche. Jamás me hubiera imaginado que Rolando pudiera ser un enemigo tan poderoso. La lucha cuerpo a cuerpo siguió así hasta que Rolando le dio un golpe a su oponente que lo hizo soltar un alarido y recuperar su forma humana al instante.

Rolando extrajo un papel, lo abrió frente a Stanislav y lo dejó caer sobre su pecho.

—Aquí lo tienes, nuestro boleto de partida. Todo está en orden. Ahora jódete.

Mónica y yo pusimos fuera de combate a nuestros agresores. No había sido fácil, pero al final vencí, con varias heridas. Me volví hacia Mónica, digna discípula de Rolando, y muy para mi vergüenza, ella había hecho mejor combate contra su enemigo, al cual logró derribar sin resultar tan herida como yo.

Aquel lobo aún no estaba vencido, hizo acopio de fuerza para levantarse. Mónica le mostró los colmillos, se preparó para volver a atacar. Rolando se acercó a gran velocidad hacia aquel enemigo y, antes de que este hubiera terminado de levantarse, le asestó un golpe en el flanco derecho. El lobo se estremeció como si lo hubiera invadido una descarga eléctrica, volvió a su forma humana y cayó al suelo revolcándose de dolor. Luego, el enemigo que yo había derrotado se levantó, Rolando se apresuró a atacarlo, golpeándolo con rapidez, sólo recibió un ataque del pelirrojo y también se desplomó al tiempo que volvía a su forma humana. No entendía como Rolando había logrado hacerles un daño así. Fue entonces que noté que Rolando tenía en la mano un puñal ensangrentado.

Recobramos nuestros aspectos humanos. Rolando se guardó el puñal, colocándolo cuidadosamente en una funda de cuero que llevaba con él, luego se dirigió a nosotros.

—Rápido, tenemos que marcharnos antes de que las cosas se compliquen.

Salimos de la habitación. Bajamos las escaleras, ahí descubrimos el cadáver asfixiado del dueño de la posada y de otro viajero, los únicos humanos que estaban en ese lugar con nosotros. Dado que sabíamos que nuestra estancia ahí era sólo de paso, nuestras pertenencias se habían quedado en la carreta que usamos para salir de París. Nos apresuramos a enganchar los caballos. Rolando tomó el asiento del conductor.

En ese momento, Stanislav salió con su forma humana, tambaleándose. Mónica y yo nos estábamos subiendo a la carreta cuando Stanislav se recargó contra el marco de la puerta, sacó una pistola y disparó un tiro certero que hizo blanco en la espalda de Mónica; ella gimió y se desplomó en el interior de la carreta, yo me tiré al lado de la loba. Rolando, con las manos firmes en las riendas, echó a andar a los caballos a toda velocidad. Escuché más disparos, por fortuna ninguno nos dio.

Miré hacia atrás, Stanislav soltó el arma y gritó con voz potente:

—Rolando Solari, sigue corriendo como la rata que eres. Huyan y que la Familia de Rómulo no vuelva a saber de ustedes en esta ciudad.

El aire helado me daba en las orejas. Miré a Rolando, él mantenía la vista al frente. Escuché a Mónica llamarme con voz débil, me acerqué a ella y le tomé la mano. Observé su espalda, estaba perdiendo mucha sangre.

Recordé la noche en que le dispararon a Rolando en el barco, en aquella ocasión él estaba herido, pero no tenía un aspecto tan malo como el de Mónica. Algo me hizo abrigar un mal presentimiento, sobre todo por lo que Rolando nos había recordado unos minutos atrás, el que un licántropo gana fuerza dependiendo de quién lo haya hecho. Tranquilicé a mi compañera diciéndole que todo saldría bien, luego me acerqué a Rolando y le pregunté:

—¿Para dónde vamos?

—Lo más lejos posible, después ya veremos.

—Mónica está herida, se ve muy mal.

—¿Qué tan grave? —preguntó con tono severo.

—Está sangrando mucho.

—¿Cómo está su temperatura?

Toqué la frente de Mónica, tenía el rostro pálido y la piel estaba inusualmente gélida.

—Está helada.

—¿Está adormilada?

Miré el rostro de la licántropo, sus ojos se ponían más y más pesados, parecía que iba a perder el conocimiento en cualquier momento.

—Sí —respondí.

—Ve si puede transformarse.

Me dirigí a Mónica y la llamé, ella estaba somnolienta, en

cuanto escuchó mi voz abrió los ojos y me miró.

—Mónica, ¿puedes transformarte?

Ella se concentró, cerró los ojos en una expresión que me pareció de esfuerzo, noté que los vellos de la muñeca y el brazo se erizaron, pero no hubo transformación.

—No puedo —murmuró ella.

Me volví a Rolando y grité:

—No puede hacerlo.

Rolando masculló entre dientes, pareció meditar lo que tenía que hacer.

—Nos detendremos en el primer pueblo, mientras trata de mantenerla abrigada y de detener la hemorragia.

Asentí, me quité la camisa para presionar la herida, luego me acurruqué junto a ella. Rolando ordenaba a los caballos ir más deprisa. El ruido de los cascos de los caballos y las ruedas de la carreta contra el camino sonaban en mi cabeza como el tambor de mortal acento que acompaña al jinete de la guerra. Mónica fijó su mirada zafiro un momento en mí.

—Ernesto —me llamó.

—Aquí estoy.

—Tengo miedo.

—Tranquila —le dije sin ninguna certeza—, todo estará bien.

—Somos mucho más vulnerables de lo que parece.

Le acaricié la cabeza, ella cerró los ojos y pareció quedarse dormida, como invadida por un profundo sueño, oscuro como una larga y tétrica noche de invierno.

Llegamos a una aldea. Ni yo ni Rolando teníamos un aspecto limpio, ambos teníamos desgarrada la ropa, con marcas de sangre. Encontramos una cabaña apartada, forzamos nuestra entrada, parecía abandonada, para fortuna de quien quiera que fuera el humano que la habitaba. Era perfecta para escondernos.

Cargué a Mónica, la llevé a la habitación. Mientras, Rolando fue en busca de material adecuado para curarla. Regresó unos minutos después, tras robar algunas cosas. Acostamos a Mónica boca abajo, la tela estaba llena de sangre. Le descubrimos la espalda, tenía una marca negra en el punto por el que había penetrado la bala, y la piel de alrededor se le estaba poniendo de un color azul cadavérico.

Rolando se encargó casi por completo de esta operación. Lo observé un rato en silencio, de vez en cuando lo ayudaba con alguna cosa que solicitaba. Había algo que me parecía raro de todo lo que acababa de ver. Una y otra vez pensaba en la noche de nuestra carnicería en altamar, cuando le dispararon a Rolando. Recordé lo fuerte que estaba a pesar de tener una herida, en lo sereno que parecía sentado con el torso desnudo mientras yo y Mónica le extraíamos la bala.

Por fin rompí el silencio y le pregunté a Rolando:

—Hay algo que no entiendo, ¿por qué cuando a ti te dispararon en el barco no estabas como ella? Tenías una bala en la espalda, pero podías transformarte y estabas fuerte. Tú me preguntaste en la carreta los síntomas de ella, eso me hace pensar que tú temiste por algo que ya conocías.

—Por favor, necesito limpiar el exceso de sangre, ¿podrías darme un paño? —murmuró.

Hice lo que me pidió, humedecí un paño en agua y se lo tendí. Apenas pude disimular el disgusto que me causó el que evadiera mi pregunta. Rolando me pidió que le diera unas pinzas, se las tendí con una mirada recriminatoria. Él tomó las pinzas, me miró un instante, luego volvió su atención de cirujano a la espalda de la loba. De la herida extrajo un objeto cilíndrico que me mostró a la luz de las velas.

—Esta es la diferencia —explicó.

Sujeté entre mis dedos el pequeño objeto de resplandeciente color argentino. De inmediato reconocí el material, uno valioso, el mismo que me hizo recordar el tiempo que estuvimos viviendo en Zacatecas y mis antiguas inversiones en minería.

—Es una bala de plata —afirmé sorprendido.

—Las heridas con armas de plata nos provocan el daño que le causaría a un humano u otro animal un arma convencional, o incluso más. Una sola lesión en el lugar adecuado podría ser mortal para nosotros.

Me quedé pasmado, así que había algo a lo que éramos vulnerables.

—No es posible —exclamé—, jamás me lo hubiera imaginado, tú... ¡nunca nos dijiste!

—Las balas de plata son imprácticas por varias razones, en primer lugar, son más pesadas que las de plomo, lo que hace que sean difíciles de usar para hacer blancos certeros y más si hay distancia entre el arma y el objetivo. Sin embargo, contra nosotros son efectivas, sobre todo si son pequeñas y las dispara la mano firme de un licántropo que ya haya experimentado con ellas, y que esté familiarizado con los ángulos de disparo y las trayectorias, lo suficiente para reducir el margen de error.

En un instante recordé la forma en que Rolando había herido a aquellos hombres lobo y el puñal en su mano.

—¿Cómo fue que detuviste a aquellos licántropos? Ellos perdieron su transformación cuando los heriste, era un arma de plata, ¿no es así?

Rolando sacó de nuevo el puñal, lo retiró de su funda y lo arrojó hacia la mesa que estaba a mi lado. La hoja se clavó en la madera. Lo tomé y comencé a examinarlo, el mango era plateado con joyas incrustadas. El brillo de la hoja delataba bien de qué estaba hecho, era un puñal de plata.

—¿Desde hace cuánto tiempo tienes eso contigo?

—Años.

—¿Desde que llegamos al viejo continente?

—Desde mucho antes de conocerte. No siempre lo he cargado conmigo. Ha permanecido escondido en mis pertenencias. Comencé a portarlo cuando ella perdió la razón.

Contemplé el puñal, fascinado, se notaba que estaba muy afilado. Deslicé el dedo pulgar por la hoja, un poco más de lo debido. Un fuerte dolor me invadió el dedo, apenas y tenía un pequeño corte del que brotó un poco de sangre, sin embargo, el dolor que me causó no se parecía a nada que hubiera sentido antes, ni siquiera de humano.

Debo decir que mis recuerdos con los sentidos de mi anterior naturaleza eran borrosos, no hay punto de comparación entre la forma en que un humano y un inmortal perciben el mundo, los sentidos de los licántropos dan una experiencia mucho más vívida y rica, de manera que experimentamos diferente el placer y el dolor. Quizá había cosas que no recordaba cómo se sentían cuando era humano, pero sí tenía memoria de cómo se sentía hacerse una pequeña cortadura como aquella y no era ni la mitad de dolorosa de lo que era la que tenía en ese momento.

Me llevé el pulgar a la boca para chupar la sangre. Esto no alivió el dolor, el pulgar me ardía como si me hubieran quemado. La ira me invadió, me sentí desengañado, nuestra fortaleza nos da siempre un sentimiento de ser invencible en comparación a los humanos y ahora me daba cuenta de que, tal y como dijo Mónica en su delirio, éramos más vulnerables de lo que parecía.

—En todo este tiempo jamás siquiera mencionaste que nos cuidáramos de la plata, jamás lo mencionaste, ¡jamás lo mencionaste! ¡HIJO DE PUTA! Cualquiera hubiera podido herirnos con un alfiler, cualquiera hubiera podido hacernos daño con los cuchillos o hasta con los tenedores de la platería... ¡Maldito hijo de la más grande puta!

—No te pongas así, que no es para tanto.

Tuve ganas de lanzarme contra él y darle un buen puñetazo, pero me contuve por Mónica a quien Rolando le estaba suturando la herida.

—Ellos te conocían, sabían tu nombre, ¿por qué?

—Por el tiempo que viví en París con Lucas, la segunda vez que nos establecimos.

—No me pareció que les diera gusto verte.

—No, no les da gusto verme.

—Una pregunta, esos lobos ¿tienen algo que ver con la tal Familia de Rómulo?

—Así es —dijo con un tono que mostraba que ya quería terminar la conversación.

—¿A qué se refería con que ejecutarían a Mónica frente a su

asamblea?

—No lo sé —replicó fastidiado. Era obvio que mentía.

—Sí lo sabes —contraataqué—. Basta ya de misterios. ¿Quiénes son la Familia de Rómulo?

—Olvídate de todo, ¿de acuerdo? —exclamó tajante— Ya estamos fuera de París y ninguno de los tres puede volver nunca más.

—Dudo mucho que estemos a salvo, si son tan fanáticos como dices, apostaría que hay otros como ellos en otras ciudades, ¿o me equivoco?

—Tal vez no.

Moví una silla frente a él y me senté a horcajadas, con el respaldo de la silla al frente para poner sobre él los codos.

—Empieza a hablar.

Rolando suspiró derrotado.

—Ellos son solo una jauría de estúpidos fanáticos. Escucha, les contaré todo cuando Mónica despierte, ¿te parece bien?

—¡Maldito seas! Tú sabías sobre la plata y jamás nos lo dijiste. Te guardaste información tan importante, ¿por qué? Quizá para garantizar que tendrías cómo deshacerte de nosotros si las cosas iban mal y a la vez asegurarte que nosotros no hiciéramos nada contra ti.

—¿Eso es lo que piensas?

—¡Jódete!

Rolando prosiguió su operación, yo me levanté y salí de ahí hecho una furia. Caminé por un largo rato sin ningún rumbo. Más tarde, cuando ya me había tranquilizado, volví a la cabaña, entré sin hablar con Rolando y me senté solo en la oscuridad sin acercarme a él o a Mónica por lo que quedó de la noche.

La loba despertó al caer la tarde del día siguiente, se veía mejor. Rolando, quien la había cuidado, estaba cerca cuando ella abrió los ojos. Ni siquiera le preguntó cómo se sentía, únicamente la saludó con un movimiento de cabeza y le anunció:

—Partiremos mañana por la mañana.

—Gracias —dijo ella con un jadeo que dejaba ver lo débil que aún estaba.

—Es mi responsabilidad cuidar de los míos.

Mónica era consciente de la nota de reproche que había en esas palabras; él la había ayudado, pero eso no cambiaba el hecho de que seguía molesto por todo lo ocurrido hasta esa noche.

Ella por su parte parecía arrepentida de todos los problemas causados, pero también se veía satisfecha, pues al final había logrado que Rolando mostrara interés en ella. Seguían juntos, para bien o para mal, y eso era lo único que a ella le importaba. Los dos sin duda eran muy parecidos, hermosos y malditos, caprichosos y posesivos, pues así como Rolando me quería a su lado, ella no estaba dispuesta a separarse de él sino hasta que ella quisiera.

Mi compañero pelirrojo le dijo a Mónica que había algo que tenía que decirnos a los dos. Se sentó al borde de la cama y primero se dirigió a ella para hablarle de la plata. Mónica escuchó con atención. A diferencia mía, a ella no le molestó tanto el hecho de que Rolando nunca nos hubiera hablado de esto o por lo menos supo mantener la calma.

—¿Eso es todo? —preguntó la loba.

—No, hay más. Voy a contarles sobre la Familia de Rómulo. Creo que primero debo partir por hablar de nosotros, de nuestra estirpe inmortal. Al igual que las razas de los perros y lobos, hay diferentes especies de hombres lobo.

—¿Cuál es la nuestra? —pregunté.

—El mote "licántropo" está muy generalizado por el uso, herencia de la lengua griega que ha nutrido etimológicamente a muchas palabras de diversos idiomas. Siendo estrictos en la asignación de razas, licántropo es el nombre de nuestro clan porque somos descendientes de Licaón, el primer hombre lobo y patriarca de nuestra estirpe.

—¿Tenemos un patriarca? —preguntó asombrada la bella Mónica.

—Sí. Desde tiempos antiguos se acostumbraba que cada clan tuviera un patriarca o una matriarca, también llamado Alfa Supremo.

—¿Dónde está Licaón?

—Muerto, como la mayor parte de los patriarcas.

—¿Qué pasa cuando un patriarca muere? —pregunté interesado—. Supongo que alguien se queda en su lugar.

—Antes, si el que era la cabeza máxima de un clan moría, se convocaba a un consejo el cual dirigía una competencia entre hombres y mujeres lobo para escoger al más apto y fuerte como nuevo Alfa Supremo. Esta costumbre perduró hasta poco después de los tiempos de la gran cacería. En aquellos años muchos murieron, otros se fueron a vivir a lejanas regiones. Nuestra especie se redujo en número y hubo una crisis por la falta de consenso para elegir a un patriarca. Fue entonces cuando surgieron grupos denominados "familias". Algunos licántropos de los antiguos consejos decidieron tomar en sus manos el control del comportamiento de los nuestros, a fin de proteger el anonimato de nuestra especie y evitar otro enfrentamiento con humanos. Decían que era su misión impedir que se repitiera otra cacería, pero yo creo que en realidad lo que querían era nutrir su ambiciosa hambre de poder.

—Y fue así como nació la Familia de Rómulo —afirmé.

—Entre sus miembros estaban algunos de los más antiguos, por ende, de los más fuertes. Pronto se convirtieron en la familia más influyente. Tienen miembros leales en varias ciudades de Europa, se encargan de vigilar como si fueran la máxima autoridad de los licántropos. Para mí no son más que una jauría de fanáticos obsesionados con el control. Muchos de sus miembros se esconden con la fachada de trabajos ordinarios, pero se abstienen de formar lazos con humanos, con quienes son poco sociables.

—Lo cual me hace suponer que tu compromiso con Juliette debe haber molestado a muchos de ellos.

—Vuelves a pronunciar ese nombre y voy a hacer que te tragues la bala que le quité a ella.

—Como sea. Continúa.

—Sus miembros, ¿forman manadas como nosotros o hay miembros solitarios? —preguntó la loba.

—Muchos viven todos juntos en casas oscuras que son más como cuevas, como una gran familia. Otros de sus miembros leales viven solos, pero están siempre al pendiente para acudir si son llamados. Aprecian de sobremanera todo aquello que enaltezca el espíritu animal. Siempre salen a cazar desnudos, marchando en cuatro patas; cazar y llevar alguna prenda humana puesta o hacerlo en dos patas lo ven como una falta de respeto a la luna y al espíritu animal. La mayoría de ellos cazan exclusivamente durante las noches de luna llena y el resto del mes mantienen un riguroso ayuno o comen otra cosa. Son ceremoniosos en sus actos privados, como cuando se reúnen en torno a los altos jefes de la familia para reuniones casuales o juicios a licántropos.

—¿Y dentro de la familia hay jerarquías? —preguntó de nuevo la loba.

—Debajo del patriarca, están los jefes de familia, entre ellos hay un alfa que se mantiene en contacto estrecho con el patriarca. Cada manada, como la nuestra, debe tener un alfa que los represente cuando sea necesario cuestionar las acciones de la manada, por ejemplo, en caso de controversia o querella entre miembros de manadas, o si se cuestiona el comportamiento de algún miembro, el alfa de manada debe presentarse ante los jefes de la Familia.

—Y en este caso el alfa serías tú, por eso te ausentaste ayer, cuando dijiste que irías a negociar nuestra partida.

—Así es. Yo los hice a ustedes y soy el más experimentado. Conozco a esas sabandijas.

—¿Qué fue lo que acordaste con ellos?

—Fui de nuevo a buscar a Gilbert, él es un jefe, lo supe cuando aceptó hablar con nosotros. Un lobo que no es jefe no se sentaría a conversar de cosas importantes; además, Gilbert volvió rodeado de otros para cuidarlo, así fue como me di cuenta. Él está bien enterado de lo que hacen las autoridades humanas. La policía había escuchado de la bruja bella que se robó a aquel bebé, pero no tenían ninguna pista concreta que diera con nuestra dirección o nuestros nombres, ¡aún! Eso fue una ventaja. Le dije a Gilbert que quería apelar a la regla de Destierro Voluntario, eso significa que nos marcharíamos en un lapso de veinticuatro horas y antes de que surgieran pistas concretas que apuntaran hacia Mónica. Él accedió y me dio una nota que debía mostrar si en ese periodo de tiempo éramos acorralados por otro jefe. Fue una suerte que volviera a tiempo para detener a Stanislav. Cualquier otro hubiera sido más razonable, pero él me odia.

—Ya veo —murmuró la loba—. Tenías una nota firmada por Gilbert, pudiste haberles mostrado la nota y evitar toda la pelea o que me dispararan.

Rolando se rio entre dientes con ironía.

—Somos licántropos, querida, nuestro instinto animal nos hace reaccionar primero y preguntar después. Ellos ya estaban listos para pelear y ustedes ni siquiera titubearon. Los detuvimos por las malas primero y les enseñamos la nota después para que no nos persiguieran, ¡por ahora! Tenemos que alejarnos más y no volver a poner un pie en París en unos cincuenta años, de preferencia, nunca más.

—Pero si Stanislav ya había visto la nota, por qué de todas formas le disparó a Mónica.

—Ya te lo dije, porque me odia.

—¿Por qué? —pregunté inquisitivamente.

—En mi juventud cometí algunos errores. Perdí el control e hice algo que llamó mucho la atención hacia nuestra especie.

—¿Qué hiciste?

—No voy a hablar de eso, Ernesto, ni hoy ni mañana ni nunca. El punto es que perdí el control y decepcioné a Lucas. Él fue quien me enseñó que lo mejor que podemos hacer es controlar nuestros impulsos animales al máximo y vivir de una forma más humanizada y yo le fallé. Stanislav se encargó de mi arresto, fue mucho más difícil de lo que él esperaba, lo derroté en combate y lo humillé y ellos me castigaron quemándome todo el pelo hasta la raíz. Tomó un tiempo para que mi cuero cabelludo se recuperara y me volviera a crecer el pelo —gruñó el lobo, se notaba furioso de recordar—. Lucas habló por mí y ellos me dejaron ir, hay poco que le nieguen al viejo lobo.

—¿La Familia lo respeta?

—Demasiado, muchos lo admiran por su edad y su autodominio. Nunca he conocido a un lobo que se controle como él. Lucas tenía un amigo llamado Matthew, quien fue compañero de mi maestro durante los largos años de las cacerías de licántropos. Matthew era un *ulfhednar* del clan de los hombres lobo nórdicos; son un poco más grandes que nosotros, en su mayoría de pelaje oscuro. El temperamento de los ulfhednar es el peor de todas las estirpes de hombres lobo, sin embargo, Lucas decía que su amigo era tan pasivo como un cordero, y, por cierto, tan antiguo como él. Pero los ulfhednar no se mezclan con nuestra especie de licántropos y, por supuesto, no tienen nada que ver con la Familia de Rómulo. Los ulfhednar tienen su propio clan alejado de nuestra especie.

—¿Y ellos también tienen patriarcas o leyes como nosotros?

—No lo sé —respondió mi compañero—. Sé poco de otros clanes de hombres lobo. Casi todos somos muy parecidos.

—Respecto al Alfa Supremo, ¿actualmente hay uno? —preguntó la loba.

—Algo escuché de eso, creo que tenemos una nueva matriarca que siempre está viajando. Pero no estoy seguro ni me interesa, no lo sé.

—Dices que Lucas es uno de los lobos más viejos que existen y que es muy respetado, ¿alguna vez lo han propuesto como candidato?

—Desde la muerte de Licaón, Lucas ha sido elegido por votación casi unánime una y otra vez y él siempre se ha negado. No existe en todo el mundo un lobo más fuerte que él, por lo menos no de nuestra especie.

—¿Y lo han invitado a formar parte de la Familia?

—Por supuesto. Lucas fue hecho por el mismo Licaón. A su lado, yo o cualquier otro parece débil. Es tan poderoso que ellos lo quieren, pero él siempre se ha mantenido al margen de los consejos de la Familia de Rómulo y otras familias similares sin tanto poder ni importancia. Aunque lleva buenas relaciones con todos los jefes, Lucas, como muchos, siempre ha preferido vivir a su manera siguiendo la única regla común que existe para todos: mantener el anonimato de nuestra especie.

—Tengo otra pregunta —añadí—: si ya tenías un pasado con la Familia de Rómulo, ¿por qué aceptaste volver a París?

—Por darle gusto a ustedes y por estúpido. Me sentí orgulloso de mi manada, y esto me hizo pensar que sería un placer que me vieran, tras todos estos años, ya no como el joven torpe que fui, sino cambiado. Quería mostrarles que estaba en control de todo y ahora estoy huyendo otra vez.

—Pudiste habernos hablado de ellos, pero no lo hiciste. Sigo sin entender tu necedad por tanto secreto —le reprochó Mónica.

—No quería hablar de quienes detesto. Era cuestión de que tú te comportaras y jamás los hubiéramos siquiera visto. No había necesidad y tú lo arruinaste todo.

—Quizá si no fueras un maldito manipulador.

—¿En serio van a seguir con esto? —los interrumpí fastidiado.

—No, tenemos que seguir adelante con nuestro éxodo, lejos de París, ¿no es así, Rolando? —comentó ella casi con desdén.

—Por supuesto, querida —respondió con similar ironía—. Ahora una última recomendación: cuídense de los lobos que viven asociados en familias. Son muy fanáticos, no dudarán en matar a quien interfiera en sus asuntos o se oponga a sus intereses. Lo mejor es mantenerse al margen de ellos.

Partimos esa misma noche. Mónica iba cubierta con una manta; temblaba de frío. Me senté con ella en la parte de atrás, mientras Rolando nos guiaba sin decirnos hacia dónde nos dirigíamos. Estuvimos vagando por toda clase de caminos hasta llegar a Lyon. Ahí nos hospedamos en un hotel por algunos días. Luego viajamos hasta la estación de trenes más cercana y por vías férreas llegamos hasta Toulouse, desde ahí emprendimos nuestro exilio hacia España. Casi todo el viaje fue silencioso y sin ninguna novedad. De vez en cuando hablábamos de asuntos superficiales.

Fue a principios del otoño de 1881 cuando nos establecimos en Zaragoza. El día que llegamos Rolando y Mónica estuvieron charlando como si nada, fue como si de esta manera hubieran acordado hacer las paces. Yo respiré aliviado, pues interpreté esta nueva armonía como una señal de que dejarían sus diferencias en el pasado. Pero no fue así. Los problemas entre ellos regresaron un mes después.

Mónica ya estaba recuperada por completo. Desde la noche de la pelea en la posada hasta ese momento ella no había comido casi nada ni había querido cazar. Se alimentaba con trozos de carne que nosotros le llevábamos. Su primera noche de cacería en esa ciudad decidió pasarla sola. Regresó un rato después satisfecha de su cena. Pasó el resto de la noche en nuestra compañía, tocando el piano.

Al día siguiente había voces de alarma en un vecindario cercano, el escándalo era provocado por una mujer que clamaba justicia por la desaparición de su hijo de ocho años, el cual se había esfumado durante la noche sin dejar rastro. Lo peor vino cuando un borracho que vagaba por la calle aseguró haber visto a una mujer arrastrando por un pie el cadáver de un infante. El niño fue buscado, pero jamás encontraron ni siquiera sus restos.

Rolando y yo éramos los únicos que sabíamos la verdad de lo ocurrido, no porque tuviéramos pruebas sino porque simplemente lo sabíamos. Debido a los acontecimientos que provocaron nuestra huida de París, tanto Rolando como yo habíamos quedado con una muy mala idea de la obsesión de Mónica con los niños, sobre todo, Rolando, al punto en que le prohibió volver a tomar infantes como presas. Cuando vio que ella lo había desobedecido, no dudó en enfrentarla.

Buscó a Mónica en su habitación. Ella jugaba con una figurita de madera con la forma de un caballo, el cual había sido juguete de su víctima.

—¿Me quieres explicar por qué lo hiciste? —le reclamó.

—¿A qué te refieres? —fue la insolente respuesta.

—¿Por qué mataste a ese pequeño?

—Tenía hambre.

—¿Por qué un niño?

—Necesitaba una presa fácil.

—Llamas mucho la atención cuando cazas niños, en especial, de buenas familias. No quiero que lo vuelvas a hacer, ¿me escuchaste?

—Muy bien, la próxima vez elegiré uno pobre, esos niños abandonados, traídos a este mundo por la fatalidad, a nadie le importan.

—No, Mónica, te prohíbo que caces niños, no me importa su clase social, ¡ninguno!

Mónica se puso de pie y le lanzó una mirada desafiante. Eso fue todo, no respondió ni una sola palabra. Rolando la enfrentó con la mirada y se retiró. En el fondo yo sabía que seguía enfadado con Mónica y que no le perdonaría un nuevo error. El ambiente se sentía tenso entre nosotros, como si estuviéramos caminando de puntas sobre un suelo de cristal.

Casi un mes después Mónica volvió a matar a otro pequeño provocando nueva alarma en un vecindario de clase baja. Rolando se puso furioso, de nuevo enfrentó a Mónica. Ella, igual que la vez anterior, volvió a mostrarse altanera y replicó que sabía lo que estaba haciendo. Rolando ya no se quedó callado sino, al contrario, reprendió a Mónica con la severidad de un inquisidor. Ella se enfadó y comenzaron a discutir. Ambos se levantaron la voz.

—Tú no eres mejor que yo, fuiste y eres mucho peor —le gritó Mónica.

—¡No te atrevas a juzgarme! —bramó Rolando—. No eres más que una mujer loba estúpida.

—¿Y tú por qué sí has de juzgarme? Tú no entiendes esta necesidad que me roe las entrañas.

—¡Pues aprende a resignarte! Te lo advierto, no quiero que vuelvas a tocar a otro niño.

—Haré lo que me plazca. Sé lo que hago y no repetiré el mismo error.

—Quizá no el mismo, pero sí cometerás nuevos errores.

—¡No me subestimes!

Pensé en intervenir, pero los dos me gritaron al unísono "¡tú no te metas!", así que guardé silencio y me quedé como espectador, sin decir una sola palabra, sumido en mis pensamientos, viéndolos insultarse. ¡Qué fascinantes eran! Tan parecidos, tan feroces, tan febriles, tan malditos, tan preciosos con los ojos azules resplandeciendo en sus cuencas blancas inyectadas de rabia. Entonces, de la misma forma en que en un momento admiré la volcánica belleza de esos dos monstruos, de pronto me di cuenta de que estaba aburrido de ellos. Todo en esta vida termina por causar hastío, hasta la belleza. Estaba fastidiado de ellos.

Me salí a caminar, preferí andar por ahí teniendo como compañía a la vacuidad de mi mente. Me percaté de que poco a poco había ido encontrando monótona mi vida. Estaba aburrido de Mónica y de Rolando y sus problemas.

Una semana después, fui al teatro solo. Mis compañeros estaban gritándose en casa por una tontería. Estaban entrando en una etapa en que cualquier cosa, por superficial que pareciera, se convertía en excusa para pelear.

Quería distraerme, el teatro me pareció buena opción. Estaba sentado en un palco mirando una presentación a la que no puse atención. Paseaba la mirada por el teatro, cuando en uno de los palcos de enfrente noté a una persona que llamó mi atención. Era un hombre de cabello oscuro y enormes ojos negros. Tenía un aspecto atractivo, dominante, como si no perdiera detalle de nada de lo que se movía a su alrededor, pero al mismo tiempo parecía estar en completa paz. No sé por qué, pero por un momento pensé en él como si se tratara del jefe anciano de una tribu, aun cuando a lo mucho aparentaba unos treinta o treinta y cinco años.

Su quietud me intrigaba, tan inmóvil como una estatua; ni siquiera notaba su respiración. Concluí que existía la posibilidad de que fuera un inmortal, aunque no estaba seguro de si sería como yo o un vampiro. Ya no pude dejar de mirarlo y sentí la fuerte necesidad de acercarme a él. Decidí que así lo haría.

Cuando estaba por terminar la función miré en dirección de aquel hombre, él permanecía atento a la acción en el escenario. Me apresuré a salir, luego esperé. Pronto me vi envuelto entre los barullos de las personas. Puse todos mis sentidos en espera de alguna señal de aquel hombre. Miraba en todas direcciones, trataba de olfatear un olor que desconociera cuando de pronto lo vi de pie entre la gente, saludando a una hermosa dama y a su esposo, para luego moverse hacia las sombras de la calle. Entonces noté que sus ojos brillaron como los ojos de los animales, como los de los perros, ¡como los nuestros!

Dirigí mis pasos tras él manteniéndome a cierta distancia. Lo seguí un rato por calles cada vez más oscuras y solitarias. Él marchaba erguido con la inmovilidad con la que andaría una efigie de mármol. De pronto fui consciente de algo muy peculiar: lo estaba siguiendo porque él así lo quería. Él sabía que yo estaba ahí, me lo demostró la forma con la que caminaba desenvuelto, las pausas intencionadas en su caminar, como si jugara con el ritmo de nuestro andar, a veces más rápido, a veces lento. Lo confirmé cuando por un instante me detuve, él hizo lo mismo, miró atrás y sonrió antes de seguir andando. Él lo sabía. Me dije que siendo así no tenía ningún caso mantener esa situación.

Me acerqué a él decidido a hablarle, estaba casi a diez metros de mi objetivo cuando él se dio la vuelta bruscamente; su actitud firme hizo que me detuviera en seco, algo en él irradiaba autoridad y demandaba respeto, incluso le tuve un poco de miedo. No sabría explicar lo que sentí, era como si en el fondo de mi sangre algo reconociera a la de él y supiera de antemano quién de los dos era el más fuerte.

Ahí estábamos, frente a frente. Estaba a punto de comenzar mi entrevista cuando de sus labios emanó una pregunta en perfecto castellano. Su voz era cordial y melodiosa, con algo paternal.

—¿Por qué me sigues, caminante de la luna?

Me quedé mudo. No esperaba ser yo el cuestionado. Él

seguía a la expectativa.

—¿Eres un inmortal? —pregunté.

—De la misma especie que tú, licántropo. ¿Perteneces a alguna familia?

—¿Te refieres a mis compañeros de jauría? —pregunté, sorprendido, fue una respuesta tonta, él no se refería a eso y yo lo sabía, me apresuré a corregir mi error—. Quiero decir, no, no pertenezco a ninguna familia.

—Mencionaste a tus compañeros de jauría, supongo que no eres un lobo solitario, sino que tienes una manada.

—Así es.

El licántropo sonrió, parecía interesado. Me miró analítico. Luego comentó:

—No eres de este continente, tienes cierto acento, vienes de América, si no me equivoco.

—Así es —respondí.

—Quizá me equivoqué y te juzgué de licántropo cuando a lo mejor eres un lobisón de la Argentina.

—No —repliqué—, soy licántropo. Nunca he estado en Argentina. México era mi patria.

Se acercó a mí con actitud reflexiva. Iba a hacer mis preguntas, pero antes de que pudiera hacerlo él retomó la palabra.

—¿Cuál es tu nombre?

—Ernesto.

—¿Conoces al que te hizo o sobreviviste a un ataque de hombre lobo? Mera curiosidad, tal vez lo conozca y sepa de quién desciendes.

Dudé en decírselo por lo que había aprendido en París. Rolando era conocido por lobos que no lo apreciaban. Sin embargo, el semblante amable de aquel sujeto provocó que algo en mí confiara.

—Rolando.

El rostro del licántropo por primera vez mostró asombro, pude notar en su expresión que estaba muy impresionado, luego sonrió como quien encuentra una grata sorpresa.

—¿El pelirrojo?

—¿Acaso lo conoces?

—Lo conozco muy bien y lo quiero profundamente. Por favor, dime algo, ¿vives con él? ¿Está aquí?

—Así es —afirmé sin salir de mi asombro—. ¿Quién eres tú? ¿Por qué tu interés en Rolando Solari?

Él guardó silencio, bajó la cabeza en actitud pensativa, era como si no supiera qué decir o cómo reaccionar. Por fin suspiró, me miró de nuevo, sonrió y me indicó:

—Ernesto, quiero pedirte un favor, mándale afectos de mi parte. Dile que espero que esté muy bien. ¿Lo harás?

—Lo haré —consentí sin salir de mi asombro.

El licántropo pareció satisfecho. Se dio la vuelta.

—Espera —alcé la voz—, no me has dicho tu nombre.

Se detuvo, se volvió de nuevo hacia mí y sonrió.

—Si Rolando te contó su historia, ya lo sabes.

Por un momento dudé si debía o no decir ese nombre, él aguardaba.

—Lucas —murmuré.

El viejo lobo asintió con una sonrisa afable, como la que le dedicaría un padre a su hijo al despedirse. Luego se marchó como si no le interesara nada más de mí.

Al llegar a casa le conté a Rolando lo que había sucedido y le di el mensaje sin decirle aquel nombre de su pasado, no hubo necesidad, bastó describirlo a él y el encuentro para que mi compañero entendiera. Cuando terminé de hablar, Rolando se tornó cabizbajo.

—Era Lucas —dije al fin.

Él asintió.

—¿Te dijo dónde vive?

—No y no me atreví a seguirlo.

—Quizá así es mejor. Supongo que aún no quiere volver a verme.

Luego se levantó, salió de la casa y no volvió hasta la madrugada.

Tan sólo dos días después, llegó una nota dirigida a Rolando. Mónica dijo que olía a que un niño la había deslizado por nuestra puerta. Mis dos compañeros se tornaron ansiosos, Rolando por tener aquel sobre entre las manos y Mónica por el olor de una presa que ya se estaba saboreando de antemano.

Al ver la letra Rolando se mostró exaltado, sus dedos se movían como las patas nerviosas de un escarabajo abriendo aquella misiva. Leyó de pie hasta la última letra, en silencio. Al terminar, apretó la carta y salió corriendo sin decirnos nada a mí ni a Mónica. Regresó un rato después, de nuevo lo interrogamos respecto a la carta y por qué había reaccionado así, él sólo dijo:

—Lucas se ha ido. Me hubiera gustado hablar con él.

—¿Tiene razones para evitarte? —preguntó Mónica.

No respondió. Se fue a su habitación y se encerró.

Recordé la noche que me habló de su historia, una historia incompleta, pues nunca nos compartió los detalles de lo que hizo, tras los cual él y Lucas se separaron. Él era demasiado orgulloso. Lo que sí me quedó claro es que, como un padre cansado de un hijo rebelde, Lucas lo había dejado a su suerte a la espera de que Rolando aprendiera a vivir sin tener a Lucas arreglando todos sus problemas.

No dejaba de pensar en mi encuentro con Lucas, qué ser tan fascinante al que sólo había imaginado. Otra cosa que no dejaba mi cabeza fue cuando mencionó Argentina y a los lobisones. Me imaginaba qué clase de estirpe serían ellos.

A ratos recordaba algunos detalles de otros hombres y mujeres lobo que habíamos visto a nuestro paso por Europa. Una vez estando en territorio germano vimos un pequeño grupo de licántropos devorando un cadáver; sus rasgos eran diferentes a los nuestros en detalles como la forma de las orejas, el hocico y la complexión. Luego recordé que alguna vez estando en mi antigua patria escuché hablar del "nahual", que era un hombre con capacidades de transformarse en hombre lobo o coyote.

Me dije que sería interesante viajar y buscar a otros lobos

de otras estirpes. La idea de encontrar a otros me atraía demasiado. Sólo necesitaba encontrar la forma de convencer a mis compañeros.

Entonces, un par de semanas después Mónica volvió a irrumpir en secreto durante la noche en la casa de una familia humana para llevarse a su hija de siete años, una niña con un semblante divino como de ángel, de la que Mónica se había encaprichado. Una vez más hubo alarma en el vecindario en el que vivían y Rolando estalló contra la loba. Las cosas empeoraron cuando supimos que, escondida en el cuarto estaba la hermanita de cinco años de la niña, la cual la madre pensaba que había sido víctima de un hechizo, porque desde aquella noche la pequeña se había vuelto retraída, nerviosa y un poco salvaje.

Rolando se puso furioso.

—No me cabe duda de que eres idiota. Mataste a una niña habiendo un testigo, a la que, por cierto, envenenaste con tu sangre. ¿Por qué lo hiciste?

—Fue sólo un experimento —replicó Mónica con cinismo.

—¿Experimento?

—Se me ocurrió cuando la pequeña trató de defender a su hermana y me mordió el brazo. Yo la derribé de un golpe, le tapé la boca antes de que empezara a llorar, le hice una herida, escupí en ella y dejé que mi sangre también la contaminara. La pequeña tuvo un ataque terrible, se convulsionó. Creo que nuestro poder es demasiado para sus pequeños cuerpos. Me pregunto qué le pasará.

—Eso ya te lo dijimos, la has condenado a una muerte lenta y dolorosa; con cada luna llena que pase la sangre la alterará más y más. Si es lo suficientemente fuerte crecerá para ser una joven demente, seguro morirá antes de los diecisiete o dieciséis años.

—Pues será interesante verlo por mí misma. Quizá hasta descubramos que te equivocas, lo cual será aún más divertido.

Ante estas respuestas y la actitud de la loba, el enojo de mi compañero creció como ola en tormenta. Así comenzaron una de las más encarnizadas discusiones que hayan tenido en años.

Un mes después, con la luna llena en el cielo, la pequeña contaminada reaccionó como un animal rabioso cuando un ruido la asustó y saltó por la ventana. Murió al caer. Mónica se mostró desilusionada, Rolando se burló de ella y de nuevo se pelearon.

Pero lo preocupante vino la noche del día siguiente, cuando noté la presencia de un licántropo en las inmediaciones de la casa vigilándonos, tal y como antes hizo Gilbert. Esto me dio una idea, me sentí como un jugador sosteniendo una buena mano entre sus dedos. Tenía el pretexto perfecto para convencer a mis compañeros de viajar.

Al principio consideré la opción de irme solo, pero no pude hacerlo, aún no estaba listo para alejarme de mis compañeros. Así que puse mi plan en marcha. Les mostré que nos vigilaban y usé el argumento del peligro que representaba la Familia de Rómulo, lo mejor era poner un océano de distancia entre ellos y nosotros. También mencioné que quizá sería bueno conocer el mundo, cambiar de aires, ir al hemisferio sur del planeta. Los viajes distraen y aquella era una oportunidad para un nuevo comienzo. Ellos aceptaron pronto y nos preparamos para viajar.

Marchamos a Cádiz, desde donde iniciamos nuestra larga travesía con destino a Argentina. Mis compañeros parecían indiferentes a la duración del viaje, el clima, o nuestro destino. Sólo yo estaba emocionado, algo que a esas alturas de mi vida comenzaba a ser una peculiaridad, ya que la indiferencia que había adoptado a los conflictos de mis compañeros comenzaba a extenderse a otros aspectos de mi vida.

Nos embarcamos, fue agradable volver a estar en el mar. Una mañana, poco después de zarpar, en vez de irme a dormir me quedé en cubierta a contemplar la aurora. Alrededor del barco no había nada más que agua, sobre mi cabeza se extendía la aterciopelada piel dorada del cielo. Ahí, solo, de pie frente al mar, pensé en muchas cosas; los problemas vividos, los lugares conocidos, la gente que había quedado atrás, la Familia de Rómulo, Juliette y Lucas. ¡Cuántos acontecimientos! Volví a recordar cómo éramos al llegar y en qué nos habíamos convertido ahora que nos marchábamos.

Pensé también en mi viejo amor y recé: «Justina, deseo que tu espíritu aún me esté acompañando». Eso era lo único que no había cambiado en todo este tiempo, mi amor eterno por Justina.

Sumido como estaba, en los laberintos de pasión y melancolía de mi memoria, no me di cuenta de cuando Mónica se me acercó.

—Linda mañana —comentó su dulce voz.

Miré a mi lado y ahí la descubrí con la vista fija en el mar. Llevaba puesta una capa con capucha que le cubría los rubios cabellos, apenas algunos mechones escapaban, dándole un aspecto angelical.

—¿Y Rolando?

—Se fue a dormir.

Guardé silenció, volví a mirar al océano. Mónica tenía muchas cosas en mente, lo reflejaban las nebulosas reflexivas que giraban en sus pupilas. Me sentí tentado a preguntarle en qué pensaba, pero de nuevo la voz de la indiferencia me contuvo de hacerlo. Lo que fuera que pensara se lo podía guardar.

Ella se acercó a mí, me tomó del brazo derecho y puso su cabeza en mi hombro. Con la mano izquierda le di una palmadita en su mano que se aferraba a mi brazo. Luego volví a poner mi vista en el horizonte.

De esta forma nos marchamos de Europa, como tres forajidos que huyen de los demonios de sus actos y los errores cometidos.

ESCISIÓN

"Muda el lobo los dientes
mas no las mientes."

Contrario a lo que esperaba, el viaje rumbo a Argentina no fue tranquilo, la travesía tuvo algunos momentos de tensión para Mónica y Rolando.

Los tres estábamos hechos a la idea de no comer hasta tocar puerto. Nos entreteníamos un poco con la comida ordinaria de los humanos. Convivíamos poco con otros pasajeros durante las cenas y al salir a caminar todos los días a la cubierta del barco.

Una mañana, mientras Rolando y yo dábamos un paseo, nos enteramos de una tragedia: un pequeño de siete años había desaparecido. Las autoridades a bordo buscaban frenéticos e interrogaban a todos los pasajeros, mientras la madre lloraba desesperada. La noticia no me cayó muy bien; supe de inmediato que habría problemas y así fue, Rolando se puso furioso.

—Le advertí que no quería que esto volviera a pasar. Ella me va a escuchar ahora mismo.

—Toma las cosas con calma. Aún no encuentran el cadáver ni nada que apunte a un ataque o a nosotros.

Me ignoró, estaba decidido a enfrentarse a ella, y si algo yo sabía bien era que cuando él adoptaba esa actitud no había poder que lo hiciera desistir. Me limité a suspirar, no me quedaba más remedio que contemplar otra escena de pelea entre ellos dos, así que me dispuse a tomar mi puesto en el palco de la indiferencia.

Nos dirigimos a la habitación de la loba. Rolando llamó a la puerta con fuerza, le hizo saber que se trataba de él y demandó que le abriera. Mónica salió a la puerta en camisón de dormir con una mirada huraña. Él entró, yo lo seguí:

—¿Qué sucede? —preguntó en un tono áspero—. Más vale que sea algo importante, apenas acababa de acostarme a dormir.

Rolando la tomó de los hombros y comenzó a sacudirla.

—¡Prometiste que no lo harías en el barco! —le reclamó.

Mónica se liberó a la fuerza y exclamó:

—No sé de qué me estás hablando.

—¡Cínica! No tienes palabra.

—¡Vete al diablo, demente!

La mano del pelirrojo voló hasta estampar la palma con fuerza en la mejilla de la loba. Ella lo miró rabiosa y de un salto se lanzó contra él con fuerza suficiente para derribarlo al suelo. Ambos gruñían, él trató de someterla, entonces recibió un fuerte impacto en la entrepierna que Mónica le dio con la rodilla. Rolando la soltó, ella cerró el puño y le dio en la mandíbula. Lo dejó tendido en el suelo. Ella se plantó altanera frente a él.

—¡Maldita! —gimió Rolando con ambas manos en la entrepierna—. Vas a pagar por esto.

—Te lo has buscado por agredirme sin razón alguna.

—¿Eso crees? ¿Y el niño que te devoraste anoche?

—¿Cuál niño?

—No mientas, porque de una vez te digo que...

—No me amenaces —interrumpió contundente—. No sé nada de ningún niño ni he comido otra cosa a bordo del barco que no sea pan.

—Hay un niño desaparecido.

—Yo no sé nada —sentenció y se volvió a mí—. ¿Qué hay de ti, Ernesto? Siempre estás tan tranquilo, podrías ser un farsante como él.

—No te atrevas a insultarlo a él —rugió Rolando incorporándose.

—Suficiente —murmuré indiferente—. A mí no me metan en sus problemas. Váyanse al diablo.

Me di la vuelta y me retiré a dormir a mi habitación.

Pues tal y cómo Mónica había dicho, tenía las manos

limpias. Después supimos que el niño se había quedado dormido en una bodega. Lo encontraron ese mismo día. Parece que había estado asediando con preguntas sobre navegación a un marinero y este, enfadado del parloteo del infante, decidió ignorarlo, lo suficiente para no darse cuenta de si se había salido de la bodega hasta la que lo había seguido y si se había quedado ahí. No volvimos a tocar el tema sobre aquel incidente.

Rolando nunca se disculpó con Mónica por haber hecho aquella acusación en su contra. Eso era algo que la irritaba. Ella, al subir al barco, se disculpó por lo ocurrido en París. Lo hizo porque sabía que era algo que él esperaba. Sin duda le hubiera gustado que él fuera recíproco, pero no se podía esperar mucho de Rolando. La mujer loba jamás escuchó a nuestro querido alfa admitir que se había equivocado en algo y eso la llenaba de resentimiento, uno que no se disiparía con facilidad.

El resto del viaje fue silencioso. La mayor parte del tiempo me aparté de mis compañeros; caminaba solo por la cubierta del barco sin intercambiar palabra con las personas que se cruzaban en mi camino. Aquel Ernesto que tenía encanto para socializar era cosa del pasado, no porque mis habilidades sociales hubieran disminuido; de haber querido, habría entablado conversación con otros. Era simplemente que ya no quería hacerlo, estaba aburrido de las personas. El ser humano, las nuevas modas, los acontecimientos, todo eso me parecía tan ajeno a mí que perdí interés.

Varias veces me encontré a Mónica en la noche de pie frente al mar con la mirada perdida; el viento salado jugueteaba con sus rubios cabellos mientras sus delicados dedos se sujetaban en el barandal. Algunas veces me acerqué a ella para compartir su silencio. Otras tantas me limité a admirar su triste belleza que imploraba a gritos ser vaciada en el olvido. Ahora, años después de todo eso, me doy cuenta de que quizá yo pude haberla ayudado con su soledad y sus instintos animales. Tal vez debí ser más cercano a ella en vez de Rolando y ser ese amigo leal, la mano firme pero paciente para apoyarla en su aprendizaje por la vida. Pero estaba tan ensimismado conmigo mismo que no me importaba nada.

Nos establecimos en Buenos Aires, en el barrio del Retiro. A nuestra llegada Mónica y Rolando estaban tan tensos como en el barco. Por fortuna, con el paso de los días las cosas parecieron relajarse, incluso se tornaron amistosas. Eso me agradó, mientras menos me incomodaran sus peleas estúpidas, para mí era mejor.

Tan pronto como llegamos puse manos a la obra. Mi principal intención era buscar hombres lobo. Salía mucho a caminar solo por las noches. No tardé en enamorarme de Buenos Aires; la humedad del clima, el olor de la brisa, sus barrios, su gente, la sofisticación, la efervescencia de los conventillos. ¡Cómo extraño esa ciudad porteña! Basta estar un día para quedarse prendido de Buenos Aires. De cierta forma, estando ahí me regresó un antiguo brío de pertenencia que no había sentido en mucho tiempo. Creo que Rolando también sintió algo de ese nacionalismo, sobre todo por la gran cantidad de italianos establecidos en barrios como la Boca.

Mónica dejó de cazar niños. Rolando, siendo de hábitos cíclicos, se aburrió de estudiar y recuperó su antiguo gusto de visitar tabernas de mala muerte para divertirse apostando entre borrachos y prostitutas. Yo busqué oficio y me dedicaba a invertir en negocios para incrementar nuestro dinero. El dinero era algo ante lo que jamás fui indiferente.

Mónica y yo íbamos arreglados a la moda. Por aquella época volví a dejarme la barba y el bigote. Como siempre, el único que guardaba una excepción en seguir las tendencias era Rolando, quien podía vestir a la moda, pero seguía llevando el pelo largo.

Una noche, tan solo un par de meses después de nuestra llegada a Buenos Aires, mi amigo recibió un forzado corte de pelo. Recuerdo muy bien aquella noche, él llegó bañado en sangre y con una mueca de profundo enfado. Lo que ocurrió fue que una prostituta hizo una apuesta con otra mujer del mismo oficio a que le cortaba el cabello. Parece ser que la excéntrica fachada de mi amigo se convirtió en un tema recurrente de conversación entre ellas. Además, la que hizo el reto estaba enojada porque él había despreciado sus servicios diciendo que ella olía muy mal. Así que la ofendida prostituta, ideó un plan para fastidiarlo.

Su compañera aceptó el reto, dijo que le cortaría un buen mechón de cabello. Una noche, mientras él la estaba abrazando, sin que él lo notara, sacó una navaja y le cortó un grueso mechón de cabello. ¡Grave error! Rolando sin pensarlo la desmembró. Fue una suerte que estuvieran a solas en la calle, de lo contrario Rolando se hubiera puesto en evidencia al ser incapaz de controlarse. Su compañera, quien miraba desde lejos lo que parecía una venganza a la medida contra él, comenzó a gritar. Él la atrapó y la hizo pedazos hasta que su rabia quedó satisfecha.

Al llegar a casa nos habló de lo ocurrido. Mónica se ofreció a ayudarlo. Él se quitó toda la ropa y se metió en la bañera. Se quedó inmóvil, tenía una expresión que reflejaba una lucha interna de varias emociones, ira y profunda tristeza, como si se tratara de un daño irreparable. Mantenía los puños y la boca apretados. Permaneció en silencio sin moverse, mientras Mónica le echaba agua en la cabeza para limpiarle el cabello y la cara.

Ató el cabello con un listón, luego tomó unas tijeras y le cortó todo el cabello para emparejárselo. Estaban en silencio, el único sonido en la escena era el de las tijeras, cual si fueran una bailarina que marcaba un compás mecánico con sus largas piernas plateadas. Cuando mi compañera terminó, él le dio las gracias y pidió un espejo. Ella se apuró a traérselo. Rolando se miró, el cabello no le llegaba ni a los hombros. Su expresión fue catastrófica, como quien se enfrenta a un daño irreparable, pero no dijo nada. Le pidió a Mónica que lo dejara solo y ella se retiró

Mi compañero se quedó en la tina por espacio de casi dos horas, desnudo, pensativo, con el pelo mojado peinado hacia atrás. No me atreví a interrumpirlo, preferí dejarlo. Mónica, en cambio, regresó al baño sin decir una palabra y se sentó en el borde de la bañera. Él no se movió. Ella le preguntó si le podía tallar la espalda, él contestó con un movimiento afirmativo de cabeza. Ella sumergió la esponja en el agua y comenzó su tarea.

Me pregunté en qué pensaba mi amigo, por qué le daba tanto valor a su cabello. Fue una pregunta que nunca me atreví a hacerle. Jamás supe la respuesta. Años después le referí el incidente a Rolando y le volví a preguntar sin obtener respuesta. La obsesión del pelirrojo con su cabello fue siempre un misterio para nosotros. Yo creo que era por vanidad, él siempre fue un gran narcisista y su cabello era lo que más le gustaba de sí mismo quizá por ser su característica más sobresaliente.

Al menos algo bueno resultó de aquel incidente. Rolando apreció la forma en que Mónica lo atendió y empezó a ser más amable con ella. Por su parte, la loba se portó cordial y podría decirse que de una manera silenciosa hicieron las paces. Las cosas mejoraron en casa, de nuevo parecían amigos. Yo tenía mis dudas de si en realidad la enemistad entre ellos había terminado, si sería permanente o si volverían a pelear. Me dije que no importaba y me mantuve a la expectativa. Duraría lo que tuviera que durar.

Enfoqué mi interés en otro asunto: buscar hombres lobos. Tuvieron que pasar varios meses antes de que conociera a la especie de hombres lobo predominante de Argentina: el lobisón. Debo mencionar algo respecto a sus hábitos y las creencias que se tienen. Al igual que todos los hombres lobos, los lobisones se hacen. Hay quienes dicen, igual que con los licántropos, que un hombre se convierte si es el séptimo hijo varón de una familia sin mujeres, pero eso es falso. La forma de contagiar su poder es un poco diferente al nuestro. Mientras nosotros contaminamos heridas en tórax y brazos, el lobisón sólo transmite su maldición al contaminar heridas en las piernas y pies.

Ellos también se transforman de manera involuntaria en las noches de luna y de manera voluntaria todas las demás. Y al igual que lo que vi en París, existen manadas de lobisones tradicionalistas. Tienen muchas normas para su grupo, obedecen restricciones en cuanto a la transformación, la caza y otros asuntos sociales. Algunos hacían rituales extraños, como revolcarse en cenizas sobre las tumbas de los cementerios, no sé para qué ni su significado.

La impresión que tuve de los lobisones es que son unidos. Tienen reuniones esporádicas a las que consideran muy importantes. Al igual que otras razas de hombres lobo, veneran el espíritu animal y aprecian el anonimato más que otra cosa. Ellos también tenían duras leyes para castigar a quienes rompieran ese acuerdo. Sus reuniones clandestinas se mantienen en el más riguroso secreto cuando se efectúan un par de veces al año.

Debido al recelo que tenía de otros hombres lobo, no pude intimar con ningún lobisón, pero según escuché, jamás hacen una reunión más de dos veces en el mismo lugar. No pude sino imaginar sus consejos tribales, la adoración a la luna, a los espíritus animales y las veneraciones a la vida natural, sobre todo en esa época en que la tecnología humana estaba creciendo a pasos agigantados en el mundo, a un ritmo que consolidaba el poderío de la ciencia como nueva diosa y dadora de respuestas para las generaciones venideras.

El temperamento del lobisón es muy inestable. Son feroces cazadores, pero también son muy nerviosos. El lobisón es uno de los seres más desconfiados y quisquillosos que yo haya conocido. Nunca confían en los que no son de su clan, mucho menos si se trata de humanos. No lo piensan dos veces para matar a sangre fría a cualquiera que consideren un estorbo para su estilo de vida o un peligro para su anonimato.

Son vulnerables a las armas de plata igual que nosotros. Ahora que lo pienso, creo que fue una ironía que hayamos vivido en un lugar con tanta plata como Zacatecas sin jamás haber sentido temor hacia este mineral; la ignorancia es uno de los mejores escudos que existen contra el miedo, pues nadie puede temer a lo que no conoce.

Físicamente, el pelaje del lobisón es muy tupido, como nosotros, pero guardan algunas diferencias en el tamaño de sus orejas, que son más puntiagudas. Sus cuerpos, de complexión estilizada, tienen una fuerte tendencia más parecida a lo animal que a lo humano, lo que a mi punto de vista los hace muy hermosos.

Los lobisones tienen un gusto poco común por la carroña, lo que les provoca dolor abdominal por algunas horas, sin embargo, no parece importarles y lo toleran, mucho mejor que nosotros, por cierto. Yo muy pocas veces en mi vida me vi en la necesidad de comer cadáveres. Alguna vez, en los primeros años de mi licantropía lo intenté como una estrategia escrupulosa para no matar a nadie. El sabor fue de lo más asqueroso y tuve fuertes dolores estomacales durante una semana entera. Así que en este asunto me sorprendía bastante sobre los lobisones y que encontraran sabroso semejante bocado.

Eso es todo lo que tengo que decir sobre esta hermosa estirpe.

Pasado aquel incidente con su cabello, Rolando dejó las tabernas y comenzó a pasar más tiempo con Mónica. Aunque ella le correspondió con idénticas atenciones, podía percibir que en el fondo había cierto recelo, el cual se disipó rápidamente. Ella aún lo adoraba y estaba dispuesta a que las cosas mejoraran. Él de pronto parecía no tener interés más que en pasar tiempo con ella, incluso la convenció de que volviera a cazar con él.

Juntos compartían actividades, como ir al teatro, reuniones para socializar o acudir a bailes. Lo único malo es que me arrastraron con ellos, a mí, que no tenía ánimos ya de relacionarme con otros. Iba de todas formas, pero no era muy participativo, casi siempre me quedaba sentado, mientras los veía a ellos dar vueltas y vueltas en los salones de baile.

Establecimos amistades con gente adinerada. Rolando se dedicaba a seducir mujeres, Mónica hacía lo propio con los caballeros que se le acercaban sin hacer distinción entre mozos y hombres maduros. Mis compañeros eran sexualmente muy activos. Esto es parte de los instintos que se ven más incrementados por la licantropía, lo cual es otra de las razones por las que se nos ha asociado con el diablo; para los humanos todo aquello que tienda a lo voluptuoso es demoníaco. Rolando se reía de esto, alegaba que el problema eran los prejuicios de la sociedad. Una vez se refirió al infame Marqués de Sade como un genio mal entendido, cuya filosofía la gente tendía a ignorar por escandalizarse de su mordaz prosa.

Yo por aquellos años me mantenía célibe. De hecho, hacía años que no tocaba a nadie, ni a mis compañeros. Rolando a veces se burlaba llamándome "Hermano Lobo", pero no estaba molesto, porque en aquel entonces tenía toda su atención enfocada en Mónica y eso le bastaba.

Ellos tenían un juego que les gustaba: Rolando escogía algún varón o dama y retaba a Mónica a seducir al elegido o elegida. Ella procedía igual, seleccionaba alguna mujer u hombre y le daba al pelirrojo la misma consigna. Ganaba el primero que lograra hacer caer en las redes de sus encantos a su presa asignada. El premio era que el perdedor sería sirviente del seductor victorioso durante una semana. El sirviente no podía decir que no.

Una vez, Mónica hizo que Rolando se pusiera sus vestidos y los modelara para así ella ver cuáles ya no estaban en buen estado y cuáles aún le gustaban. Aquello la había divertido sobremanera, sus carcajadas llenaron la casa, jamás la vi reír tanto.

Como seguíamos sin servidumbre para no tener humanos merodeando en nuestras vidas, en otra ocasión, Rolando hizo que Mónica se encargara de limpiar todo aquello que le tocaba a él y no movió ni un dedo esa semana.

Sus juegos de conquistas sólo duraron un par de años. Para mí todo aquello era una tontería, un pasatiempo banal, una manifestación de la vanidad y la arrogancia de aquellos dos seres, tan bellos como malditos, que se creían irresistibles.

Una noche sedujeron a una pareja. Sus presas eran un matrimonio conocido en ciertos círculos por sus excesos; iban completamente ebrios de alcohol y excitación. Los cuatro terminaron en la habitación en casa de la pareja. Las risas y gemidos inundaron el ambiente. Entonces, en algún momento

Mónica y Rolando se contemplaron, intercambiaron besos ardientes y se olvidaron de sus conquistas para entregarse uno a la otra.

La pareja ignorada reclamó el súbito fin de su atención. Los lobos se miraron con malicia y un mismo pensamiento rodó por la circunferencia de sus cabezas: era hora de reducir los invitados de la fiesta. Los gritos de excitación se volvieron alaridos de terror y las sábanas quedaron empapadas de sangre. Al sonido del crujir de la cama se agregó la música de huesos rotos y carne desgarrada. Luego, cuando estuvieron satisfechos, hicieron el amor sobre aquel caos de sangre.

A partir de esa noche, se volvieron exclusivos uno del otro. Parecía que las cosas serían diferentes. Mónica al fin tenía al hombre que había amado tanto tiempo y Rolando en Mónica tenía a una compañera similar a él.

Lo cierto es que Rolando no estaba enamorado de ella, porque él no amaba a nadie más que a sí mismo. No había necesidad de preguntarle, yo simplemente lo sabía. A su vez, Mónica negó que hubiera algo romántico como antes. Ahora veía los recuerdos de París como una tontería pasajera de una chiquilla que se enamora de su mentor. Eso tampoco le creí del todo, ni me confiaba de que ella ya no abrigara ninguna clase de resentimiento contra Rolando. No soy un experto en temas de mujeres, pero si una cosa he aprendido es que a pesar de que una mujer diga que te perdona, el dolor que le causes dejará siempre una sombra en su corazón.

La vida transcurrió sin novedad, podría decir que volvimos a ser felices los tres. Nuestra dinámica se mantuvo, ellos como la parte activa y yo como espectador. No tenía ganas de ser partícipe, me bastaba acompañarlos y observarlos.

Fue entonces que aquella vieja locura volvió a obsesionar a la loba. Sus instintos se mantuvieron rezagados hasta el verano de 1889 cuando volvieron a salir a flote. Aquella aparente calma en la que vivía se fue difuminando igual que el rocío se evapora al subir el sol.

Una noche, así sin más, ella se tornó melancólica; pasaba horas en silencio y sus ojos otra vez fueron lagos que reflejaban el vacío de un anhelo. Una vida de frivolidades puede acallar por un tiempo la voz del instinto, pero si ese instinto no se ha domado, poco a poco volverá a resonar.

Rolando no parecía notarlo, él no hacía más que hablar de los bailes a los que quería asistir y de las últimas noticias escandalosas en la alta sociedad. Entonces, cuando se disponía a besar a Mónica, ella lo rechazó y le dijo que quería estar sola. Él parecía desconcertado, no sólo porque a él nadie lo rechazaba, sino porque no podía entender esa reacción.

—¿Qué te pasa?

—Nada.

Él se mostró ofendido.

—Entonces, ¿por qué te apartas?

—Porque ahora no quiero estar contigo ni quiero que me toques.

—¿Por qué?

—Porque no quiero.

—¿Qué clase de respuesta estúpida es esa?

Ella no respondió, él se paseó de un lado a otro de la estancia.

—No te entiendo, siempre pensé que yo soy lo que más querías.

—Yo también lo pensé —dijo la loba indiferente—. Pero a diferencia de hace años, ahora te conozco mejor. Por favor, déjame, en este momento no deseo tu compañía, quiero estar sola.

Esa respuesta pareció molestarle. Alguien a quien le interesara ella de verdad, le hubiera dado espacio y hubiera buscado un mejor momento para hablar después. Lástima que ese alguien no era un hombre tan hedonista como Rolando.

—Muy bien, haz lo que quieras. Buscaré alguien más.

Salió de la casa. Ella lo escuchó partir y se tornó aún más melancólica.

Se hizo un círculo vicioso. Ella estaba deprimida, entonces él se molestaba y se portaba cortante con ella, lo cual sólo la ponía más melancólica. Esto hacía que él se mostrara más distante y duro, lo cual la afectaba más.

Una tarde, casi sin querer, yo le eché más leña al fuego. Yo estaba aburrido y le estaba prestando demasiada atención a Rolando al punto de ignorarla a ella por completo, lo cual me temo que era lo que él quería. Entonces, Mónica se levantó y se fue a pasear sola mientras mi compañero y yo aguardábamos en casa a la espera de la noche.

Al cabo de un rato, pensé en ella y le dije a Rolando que quería salir también a caminar. Él no quería salir aún, así que me salí solo, bajo los rayos del atardecer. Anduve dando vueltas por los alrededores. Me alejé de la casa con rumbo indefinido preguntándome a dónde habría ido Mónica.

Mis pasos me llevaron a un parque. Ahí, a lo lejos, divisé una figura conocida; era el semblante taciturno de aquella hermosa criatura de cabellos rubios que tan bien conocía. De pie junto a un árbol, miraba fija a un grupo de niños que jugaban con un perro. Sin duda una bonita escena, el sol, las risas, hasta el perro parecía sonreír; lo único que desentonaba era ella.

No me atreví a decir nada. Estaba ocurriendo de nuevo, ¿qué debía hacer? No sé por qué me dije que mi temor era infundado, mi apatía me llevó a no darle importancia y regresé a casa sin contarle a Rolando lo que había visto.

Esa fue la primera de una serie de salidas en soledad de Mónica para mirar a los niños en sus juegos. Poco a poco, esas salidas se volvieron más frecuentes. Al mismo tiempo, ella volvió a dejar de salir a cazar con nosotros y yo, de nuevo, preferí no interesarme en ello.

Una mañana, mientras Rolando y yo nos recuperábamos de una intensa noche de caza, ocurrió. Mónica salió sola, ataviada con una capa con capucha que la cubría de ser reconocida. Se acercó hasta un grupo de niños y se quedó mirando. Aprovechó un momento en que uno de los niños se separó de sus compañeros para llamarlo con su voz de sirena y su aspecto de ángel. La inocente criatura no pudo evitar sentirse atraído por aquella hermosa mujer.

Ella, sin titubear, le tapó la boca para que no gritara, se lo llevó sigilosamente hasta un callejón y le quitó la vida. Siendo de día, no usó sus garras y colmillos, sino una daga con la que le cortó el cuello. Luego lo dejó caer para que se desangrara en la calle y se retiró hasta la siguiente esquina, como queriéndose esconder detrás del muro. Ahí se quedó observando.

Lo que siguió fue de esperarse, alguien notó su ausencia, llamaron a la madre de otro niño y empezaron a buscar. Pronto alguien llamó a la madre del pequeño desaparecido. Todos se dispusieron a buscarlo. Un oficial pasó por ahí, le informaron lo ocurrido y se unió al grupo. No les llevó mucho llegar hasta el callejón donde se encontraba el cuerpo sin vida del pequeño. Del hallazgo siguió el grito desgarrador de la madre, el llanto y el escándalo en general.

Mónica contempló fascinada toda la escena hasta que un grupo de niños que hablaban con los adultos y con el oficial miraron en dirección de Mónica y la apuntaron con el dedo. Ella quedó perpleja. El oficial la llamó y ella huyó. Eso sólo sirvió para hacerla aún más sospechosa.

Corrió por varias calles y se escondió en un carruaje. Un rato después volvió a salir para tratar de llegar a casa. No había avanzado mucho cuando escuchó a alguien gritarle que se detuviera. Ella volvió a correr, esta vez con menos suerte, tan sólo unas cuadras adelante la interceptaron y la sometieron. Ella se revolvió como loca, tratando de liberarse. Un pequeño grupo de gente se dirigió hacia ella, creo que en ese instante debe haber recordado una de las enseñanzas de Rolando: "tengan cuidado de los humanos en grupos, en especial, si es de día, cuando no tienen sus fuerzas".

Ella estaba desesperada, sólo necesitaba un segundo para intentar un nuevo escape. Con un movimiento rápido se hizo con la pistola de uno de los oficiales y le disparó a quemarropa.

La gente gritó, ella logró zafarse de los brazos de los policías y reuniendo todas sus fuerzas volvió a escapar, esta vez con más suerte.

Cuando Rolando y yo nos despertamos no encontramos a Mónica por ninguna parte ni sospechamos nada de lo ocurrido hasta que un grupo de oficiales tocó a nuestra puerta. Estaban ahí para arrestar a Mónica. La descripción de los testigos arrojó suficiente información para que supieran que la asesina era la misma mujer que vivía con nosotros.

—¿De qué se le acusa? —pregunté.

—Del asesinato de un infante.

Al oír estas palabras sentí que el frío me invadía. No tengo palabras para describir mi asombro, ni la rabia de Rolando cuando escuchó el recuento de lo que había hecho. Ni qué decir de lo furioso que estaba cuando los oficiales insistieron en inspeccionar nuestra casa. Por fortuna no encontraron nada que sirviera como evidencia incriminatoria o que delatara nuestro estilo de vida.

Al final se marcharon, no sin antes advertirnos de lo peligroso que sería ocultar a una asesina. Nosotros les dimos nuestra palabra de que si sabíamos algo de su paradero lo notificaríamos de inmediato.

Apenas hube cerrado la puerta lejos de sentirme aliviado me sentí mucho más tenso. Aquella visita era como lluvia helada con granizo, ahora seguía el relámpago de la ira de mi compañero.

—¡Maldita loba! —rugió y dio un manotazo a un jarrón con flores que estaba en la estancia, el cual salió disparado contra la pared de enfrente haciéndose añicos y dejando en el suelo un rastro de agua y vidrios— Otra vez, ¡otra vez!

—Cálmate, no te dejes invadir por la cólera.

—No necesito calmarme, lo que necesito es acabar con ella de una buena vez.

—¡Rolando, contrólate! No resolverás nada así. Ella se ha comportado bien en todos estos años de vida pacífica que hemos disfrutado.

—Pensé que ya había logrado controlar sus instintos, pero me equivoqué, sólo se mantuvo agazapada. No ha aprendido nada.

—Rolando.

—¡Basta! No quiero escuchar ni una palabra si es para defenderla. Los dos están en mi contra.

Por lo general nunca le respondía a Rolando, pero esta vez sí consiguió que me enojara. Levanté la voz.

—¡Estás demente! ¡Yo no estoy en tu contra! Jamás podría estarlo. Ahora, cálmate.

Él se quedó callado, por lo visto no esperaba que yo reaccionara. Bajó la vista y siguió con un tono de voz más amable:

—Mónica me desquicia. Parecía que estaba bien, que ya había superado aquella necesidad. Ahora vuelve a hacer lo mismo y no sé por qué lo hace ni cómo detenerla.

Sin mirarlo bajé la cara al piso, levanté la mano en una señal de que se callara. Él se pasó una mano por la cara, por lo visto le costaba trabajo contener la ira.

—¿No sabes por qué lo hace? Tú eres bueno para analizar a la gente. Quizá porque no la conoces o porque sólo ves en ella los aspectos que te gustan.

Él apretó los labios. Yo proseguí:

—Pero ahora eso no importa, lo primordial es encontrarla antes de que ellos lo hagan.

Nos preparamos para salir. Al oscurecer Rolando y yo emprendimos la búsqueda. Decidimos separarnos para buscar su rastro por toda la ciudad.

Ella era hábil para ocultarse, sabía cómo impregnarse con otros olores y escabullirse en carruajes para no tocar el suelo. Pensé en que, si no encontraba su rastro personal, al menos debía encontrar su perfume, así que hice lo posible por rastrear cualquiera de los dos aromas.

Ya llevaba un rato caminando cuando detecté una esencia

de lavanda. Provenía del borde de una alcantarilla. Sin que nadie me viera levanté la tapa y descendí para adentrarme en la oscuridad maloliente del drenaje. Me concentré, enfoqué mi olfato en el olor de Mónica que estaba ahí, entre aquella jungla de hedores, ocultándose igual que lo haría un insecto entre las hojas de un árbol. Buscarla ahí era casi imposible. Decidí confiarme a la buena suerte. Caminé buscando a mi compañera, a la espera de que pronto daría con otra pista. A mi paso sólo hallaba ratas, pero ninguna señal de la mujer lobo.

Seguí hasta que di con otra alcantarilla cuya tapa había sido movida. Subí y en los bordes di con el olor de ella, por ahí había salido. Salí en silencio, la calle estaba vacía. Una plateada luna creciente brillaba en el cielo sobre una ciudad sumida en penumbras. Volví a colocar la tapa de la alcantarilla en su lugar y me incorporé. Me pregunté en qué dirección pudo haber ido Mónica. De nuevo me confié a la buena suerte y tomé una calle al azar.

Anduve hasta llegar al cementerio de la Chacarita, tuve una corazonada de que mi objetivo estaría detrás de sus muros, cierta esencia de lavanda en el aire confirmó mis sospechas.

Salté la tapia, procurando no ser visto. Caminé en silencio con el aire fantasmal de aquel camposanto acariciando mis mejillas, como si un halo tenebroso y sobrenatural me estuviera reconociendo por lo que era, un ser sobrenatural al que temer, un espectro carnicero.

Escuché un ruido singular dentro de una tumba abierta, me asomé, ahí descubrí a dos lobisones devorando un cadáver que habían sacado de su ataúd. El olor del cadáver en descomposición me dio asco. Ellos me miraron con recelo y gruñeron con la hostilidad de gatos rabiosos defendiendo su territorio. De sus hocicos manaba sangre putrefacta. Levanté las manos en señal de que no haría nada y retrocedí. Me alejé sin dejar de sentir sus ojos sobre mí.

Continué sigiloso. Escuchaba a los grillos interpretar sus canciones. El lugar se sentía impregnado de la quietud del sueño de los muertos. No sé si se deba al hecho de que soy un monstruo, pero pocos lugares me parecen tan apacibles como los cementerios, siempre me pregunto qué es lo que tienen que la gente tiende a atribuirles fuerzas tempestuosas, cuando no son más que tierra de descanso.

Tomé otra bocanada de aire, olía a tierra húmeda de fosas abiertas, a la cena de los lobisones, a flores frescas y a flores muertas en agua; este último olor es el que más asocio con la muerte. Me parece un olor con un carácter tan particular que me hace imaginar que si la muerte se materializara así olería su cabello.

Entre todas estas emanaciones, el viento me trajo un aroma de lavanda que estaba mezclado con el de la loba. Estaba cerca. Me guie por aquel rastro igual que Teseo por el hilo de Ariadna fuera del laberinto. Llegué hasta un mausoleo familiar, la reja estaba abierta. Entré y ahí estaba Mónica, sentada en el suelo, abrazada a sus piernas. Ella no se movió, tan sólo sus globos oculares se fijaron en mí un segundo antes de volver a mirar al vacío. Me aproximé hasta ella y me senté a su lado.

No sabía por dónde empezar, tenía mil y un preguntas y a la vez ninguna. Ella fue la que comenzó.

—No quería hacerlo —murmuró—, hemos vivido en una paz casi perfecta, tengo todo lo que necesito, lo tengo a él. Lo irónico es que siempre pensé que tener su amor me haría feliz, pero, por supuesto, los dos sabemos que él no ama a nadie más que a sí mismo, así que en realidad no tengo su amor, pero lo tengo a él como si fuera mío. —Suspiró—. Es sólo que ahora veo que él no es lo que necesito. Este amor está vacío.

—¿Qué fue lo que pasó?

—Nunca lo entenderías.

—Permíteme intentarlo.

Por primera vez me volteó a ver, tenía una mueca que parecía una sonrisa de burla, pero sus ojos reflejaban dolor.

—Siempre has sido bueno, Hermano Lobo.

Apoyó la cabeza en sus rodillas, me contó lo que había hecho tal y como lo relaté. Habló con la monotonía de quien se confiesa por obligación, con una voz que manifestaba lo avergonzada que estaba de admitir lo que había hecho, pero sin arrepentirse de verdad de ello. Una vez que hubo terminado añadió:

—Quería saber lo que era ser ella, lo que era amar a un hijo como lo hace una madre. Ese amor no está hueco, ¡es real! No hay amor como el de una madre por sus hijos, ni obsesión más grande. Esta inquietud que me roe el alma, por amar a alguien así, este instinto de poseer crías me está volviendo loca.

—Sin embargo, esto no fue por el niño, sino por la madre.

—Es verdad, esta vez mi fascinación se enfocó en la madre en sí. Mi víctima no fue el pequeño, sino ella. —Hizo una larga pausa antes de proseguir—. Los conocí hacía varios días, la observé una tarde en el parque cuando ya anochecía. Él era su único hijo y su única familia; ella es viuda y tenía todas sus esperanzas puestas en él. Pensé en el amor que ella sentía por él, se notaba en cada detalle, en cada caricia, en cada gesto dibujado en su rostro. Imaginé la alegría que debe darle su hijo y su sufrimiento cuando él cae enfermo. Me pregunté qué reacción tendría si lo viera muerto, así que decidí hacer un experimento, ¡con ella! Maté al niño y me quedé a esperar a que ella lo viera. ¡Oh, Ernesto! ¡Si tan solo lo hubieras visto! Fue maravilloso. Si tan solo lo hubieras apreciado como yo. Fue la más perfecta escena de desgarramiento que haya visto en mi vida, tal y como lo imaginé; ella estaba petrificada de dolor, como Niobe ante sus hijos asesinados. Ni el mejor artista podría retratar un dolor tan hermoso. Si tan solo hubieras escuchado el primer alarido que profirió, si tan solo hubieras visto sus lágrimas y la deformación de su cara en una mueca de indescriptible espanto. ¡Si lo hubieras visto! ¡Qué lindo era!

Contemplé a Mónica, ¿cómo podía sentir tal placer de hacer esa clase de daño? El monstruo que habitaba en ella ya no se satisfacía con sangre. Ella estaba sedienta de caos emocional ajeno. Parecía una loca, el tono de su voz fluctuaba entre el de una dama temerosa de levantar la voz y el desasosiego de una histérica. Y en ese estado, de repente me recordó a mí mismo, cuando era más joven y estaba atormentado por el amor que sentía por mi sobrina. Recordé cómo era debatirme en mi cabeza entre lo que consideraba moral y la pasión que sentía por Justina. Yo no era mejor, yo tampoco pude controlarme y destruí lo que más amaba.

Mónica me devolvió una melancólica mirada y prosiguió:

—He aprendido que puedes amar mucho en esta vida, puedes enamorarte y creer que ese es el amor más grande que hay en el mundo, pero no es así. Pocos amores son tan grandes, tan incondicionales, como el amor que le da una madre a un hijo. Yo sé que lo entiendes, pues viste a tu hermano el día que enterraron a Justina.

Suspiré derrotado, la pérdida de Justina fue un golpe mortal para sus padres. Fue tal el dolor que mi hermano y su esposa parecieron envejecer diez años en cuestión de días. Me parecía increíble que Mónica envidiara ese dolor.

—Mónica —respondí al tiempo que ponía en orden mis ideas, dispersadas por el cúmulo de emociones y recuerdos que arribaron a mí tras toda esa conversación—, tienes que hacer un esfuerzo por controlarte. Esto es sólo un instinto, nada más que eso.

—¿Por qué tengo ese instinto si soy estéril?

—Parte de nuestra maldición de licántropos es tener que lidiar con impulsos animales intensificados. Desgraciadamente, los animales a veces tienen una manera particular de lidiar con las crías. Sé que no es fácil, pero debes controlarte.

—No sé cómo, no soy fría como Rolando.

—Tú eres tan fuerte como él.

—Tampoco soy tan estoica como tú, que siempre estás en total control, pareciera que no tienes instintos contra los que luchar; no eres tan violento como nosotros ni tienes nuestro ímpetu. Son escasas tus reacciones.

—Tú estás más viva que yo, lo cierto es que no puedo decirte qué es mejor, tener tu corazón o ser como yo, pero en realidad no importa. —Me puse de pie y le tendí la mano en un gesto de ayudarla a levantarse—. Ven, volvamos a casa.

—Rolando estará furioso.

—Ya se le pasará.

Sus dedos se aferraron a mi mano, Mónica se incorporó y se sacudió las faldas. En ese momento sentí una presencia que nos observaba, ella fijó la vista en la reja del mausoleo, yo hice lo mismo, ahí estaban de nuevo esos dos lobisones, acechándonos.

—¿Qué hacen aquí? —preguntó uno.

—No somos humanos —respondí.

Nos miraron con interés, por lo visto se dieron cuenta de su error, de alguna forma vieron algo sobrenatural en nosotros, pero distinto a su especie. Antes de que cruzáramos más palabras, Mónica gruñó mostrando los afilados colmillos. Ellos se pusieron en alerta.

—Basta —intervine—. Escuchen, no queremos problemas. Mi compañera y yo ya nos vamos.

Tomé a Mónica de la mano y la dirigí fuera. Ellos no nos quitaron la vista de encima, tenían la actitud de depredadores defendiendo su territorio.

Regresamos a casa. Nos detuvimos de frente a la puerta. La luna, caminante estelar, nos indicaba con la posición de su recorrido que la noche estaba avanzada. Mónica suspiró temerosa. Ya nos habíamos asegurado de que no hubiera oficiales de policía vigilando los alrededores, habíamos sido cuidadosos en que no nos vieran. Sólo había una cosa a la que le tenía miedo: a la ira de Rolando. Mónica se apretó fuerte contra mi brazo y suspiró.

—Tranquila —murmuré—, todo va a salir bien.

Yo mismo no lo creía, mentalmente me estaba preparando para soportar otra de esas escenas de discusión que tanto odiaba entre mis compañeros. Mónica exhaló temblorosa. Noté en su rostro cómo se fue controlando hasta que desapareció toda señal de angustia de su hermosa faz.

—Estoy lista —anunció con actitud severa.

Ahí estaba, enganchada a mi brazo, la fiera asesina que tan bien conocía, esto sólo incrementó mis sospechas de que se avecinaría una terrible discusión. Deseé salir corriendo y dejarlos que se mataran, no quería soportarlos. En vez de eso ahí me quedé. Odiaba escucharla tan segura, con esa mueca altanera, y más aún antes de enfrentarse a Rolando.

Entramos. Apenas cerramos la puerta detuve a Mónica en el recibidor, sujetándola por los hombros.

—Permite que hable con Rolando primero —comenté.

—No tengo miedo.

—Tú no, pero yo sí. Espera aquí.

Me encaminé hacia donde se encontraba mi amigo. Lo encontré en la cocina, a oscuras mirando al cielo por la ventana mientras bebía un vaso de agua. Pasé la lengua por mis labios, hablé sin preámbulos:

—Ella está aquí.

Sin decir una palabra dejó el vaso y se encaminó fuera de la cocina con movimientos rápidos; de igual forma lo detuve.

—Suéltame —ordenó.

—Debes prometerme que no le harás daño.

—¡Haré lo que se me dé la gana! ¡Que me sueltes, te digo! ¡Suéltame!

Lo empujé dentro de la cocina. Me acerqué a él y lo volví a sujetar entre mis brazos.

—Calma, por favor —dije casi en un susurro.

Rolando forcejeó, hizo un movimiento brusco de arriba abajo con el codo para liberarse. Lo sujeté con más fuerza y repetí en un susurro.

—Calma.

Estábamos a escasos centímetros, cara a cara. Podía sentir su respiración agitada sobre la piel de mi rostro y admirar en toda su magnificencia la mueca furiosa del demonio pelirrojo.

—No le hagas daño —murmuré.

Él enmudeció, no hizo un solo movimiento más, se limitó a mirarme desafiante. Su semblante cambió, se estaba rindiendo a mí, el lobo cedía.

—Está bien, será como tú quieres —sentenció.

Me hice a un lado y con un ademán le indiqué que pasara. Al hacerlo me miró con un altivo gesto de reclamo. Lo seguí de cerca hasta donde se encontraba Mónica. Ella estaba mirándose en el espejo que se hallaba a la entrada. Al oír nuestros pasos se volteó y contuvo el aliento.

—¿En qué estabas pensando? —preguntó el pelirrojo.

—No querrás saber.

—De nuevo tus instintos, ¿no eres capaz de controlarlos?

—Hago lo que puedo.

—¡Cínica! La policía te está buscando. Vas a arriesgarnos a todos, lograrás que nos descubran y nos maten, ¿eso quieres?

—No —replicó como si la amenaza de Rolando fuera algo irreal.

—Entonces, ¿por qué otra vez?

—Qué más da, ya está hecho.

No sé si fue porque Rolando se sentía feliz en Buenos Aires o si fue porque odiaba que se repitiera la historia de París, pero no pudo resistir más tiempo las ganas de agredirla; sin pensarlo la apretó del brazo y levantó la mano para abofetearla.

—¡Loba estúpida! —exclamó.

Ella no se dejó amedrentar, al contrario, se mostró soberbia, retadora, como si cada centímetro de la piel de su rostro lo estuviera desafiando a tocarla para regresarle los golpes. Por primera vez intervine, le sujeté el brazo antes de que pudiera tocarla.

—¡Suéltame!

—Dijiste que sería como yo quisiera —le reclamé.

—Ernesto, te digo que me sueltes.

—No quiero que le pegues, ¿acaso no tienes palabra?

—¿Te prometió no lastimarme? —preguntó Mónica con tono burlón, luego se volvió a Rolando— Qué pronto faltaste a tu palabra, ¡poco hombre!

Rolando se enojó tanto que su piel se puso del color de su cabello. Yo apreté su mano, no debía agredirla. Me volví hacia Mónica y la reprendí por su imprudencia, lo cierto es que, si seguían así, yo mismo terminaría por abofetear a los dos.

Mi compañero se volvió hacia mí, soltó a Mónica con ademán brusco. Hizo un esfuerzo para controlarse. Tras unos minutos de silencio comentó:

—Tenemos que esconderte.

—¿A dónde iremos? —preguntó ella sin interés.

—Qué más da —vociferó él—, volverás a hacerlo, ¡eres una tonta!

—Rolando —interrumpí con el tono amenazador de un padre que le llama la atención a su hijo.

—¡De acuerdo, Hermano Lobo! —replicó sarcástico—. Sólo esto me faltaba, a ninguno de los dos les preocupa qué vamos a hacer. Estamos arruinados, tenemos que irnos.

—¿A dónde? —pregunté.

Los tres guardamos silencio luego Mónica dijo como una autómata:

—A México.

—¿Quieres regresar ahí? —preguntó Rolando—. Preferiría el sur, rumbo a la Patagonia o a la Tierra de Fuego.

—Estoy de acuerdo con Mónica —murmuré—, después de tanto tiempo lejos, me gustaría volver.

Ella y yo no dijimos nada más, volteamos a ver a Rolando a la espera de su respuesta, mostrándole en nuestro silencio, en la curvatura de nuestras cejas y nuestros gestos expectantes, que esperábamos que estuviera de acuerdo. Él suspiró.

—Será lo que ustedes quieran —sentenció y no se habló más del asunto.

No podíamos correr el riesgo de ser descubiertos, Rolando y yo seguimos nuestras actividades del día siguiente como si no supiéramos del paradero de Mónica. Ella se quedó oculta en una bodega abandonada cerca del puerto. Nos encargamos de liquidar nuestros asuntos y preparar el equipaje. Una semana después, abordamos el primer barco que zarpó sin importar el rumbo. Nos dijimos que lo primordial era alejarnos de Buenos Aires, ya encontraríamos el rumbo a nuestro destino.

Una vez más, partimos como tres fugitivos, buscando el abrigo de la distancia y el anonimato. Seguíamos atados por los lazos de nuestra hermandad, aunque cada vez más deteriorada, a la espera de que el tiempo trajera olvido que limara asperezas. Aunque quizá ese era un anhelo imposible, pues dado que para nosotros el tiempo era algo insignificante que no nos cambiaba ni consumía nuestras vidas, comenzaba a pensar que en realidad nosotros no teníamos derecho al olvido, no entre nosotros.

Rolando y Mónica se mantuvieron hostiles uno contra el otro durante toda la travesía. Cualquier situación era detonante de una nueva discusión. Una tarde, Mónica manifestó su deseo de ir a pasear sola por la cubierta del barco.

—Voy contigo —se apresuró Rolando.

—Gracias, pero quiero estar sola.

—¡Eso sí que no! ¡De ninguna manera! No voy a dejar que inicies una nueva matanza.

—Lo único que quiero es tener espacio para pensar. Además, eso fue hace muchos años, ¡no volverá a repetirse!

—De eso no puedo estar seguro.

—¿Así que no confías en mí?

—¿Acaso tengo razones para hacerlo, querida?

Lo que siguió fue una larga discusión que retomaron por varios días. Nunca en mi vida tuve tantos deseos de arrojarme al mar. Fastidiado como estaba de escucharlos, opté por dormir todo el resto del viaje, para lo cual recurría a un viejo truco: me asfixiaba a mí mismo con una almohada. Nosotros no morimos por la falta del aire, lo que nos ocurre es que la asfixia nos sume en un estado de letargo, el cual puede durar largos periodos. Era bastante efectivo para evadirme de mis compañeros.

Cuando despertaba, si estaban en silencio, les hacía compañía, si volvían a discutir, me tendía boca arriba en mi cama, colocaba la almohada sobre mi rostro y apretaba fuerte sobre mi nariz y boca, hasta que perdía el conocimiento. Si al despertar, horas después, Mónica y Rolando seguían discutiendo, sólo tenía que repetir la operación. Lo hice varias veces hasta que en una de esas desperté y me los encontré comiéndose a besos con rabia, lo cual lejos de encontrar agradable me pareció absurdo; no entendía cómo podían pasar de discutir a desearse. Mejor me volví a asfixiar con la almohada.

Tras un largo viaje, por fin volvimos a México. Recuerdo muy bien la mañana en que nuestro barco tocó tierra y la alegría que sentí de reconocer los aromas de mi patria, la que me vio nacer como humano un siglo atrás.

Nos dirigimos hasta la capital; ahí nos establecimos. Qué belleza de ciudad, era tan vibrante. Me hubiera gustado antes haber ido a Puebla para visitar la tumba de mi princesa, pero eso sólo hubiera puesto un clavo ardiente sobre aquella herida de mi pasado. Justina seguía presente en mis pensamientos, me costó tanto superar su pérdida. Era mejor así, estar lejos y no reavivar aquel viejo dolor.

Compramos una casa en Santa María la Rivera. Una vez ahí comenzamos a buscar los medios de entrar en sociedad y de ocuparnos con diversas actividades.

Alguna vez visité la Ciudad de México cuando era humano. La capital se veía diferente de como la recordaba; ahora era una urbe interesante. En los años venideros en que estuvo en el poder el general Díaz, la Ciudad de México crecería y se llenaría de hermosos barrios y colonias, con casas de un estilo afrancesado, parques, glorietas, plazas, monumentos y bellas avenidas como el paseo de la Reforma.

El panorama se mostraba lleno de agradables posibilidades, sin embargo, pasada la emoción inicial de haber llegado, en las siguientes semanas mi actitud cambió y me torné apático de nuevo. Creo que, en realidad, me daba igual estar en un lugar o en otro, no lo sé, a veces ni yo me entiendo. Por otro lado, presentía que una nueva crisis entre mis compañeros explotaría en cuestión de tiempo.

En nuestra primera noche de cacería ella se negó a participar, en cambio, pasaba tiempo mirando hacia afuera por las tardes cuando escuchaba que salían las familias vecinas con sus hijos pequeños. Fue entonces que, a fin de entretenerme, decidí tomar a Mónica y sus instintos como proyecto. Ella necesitaba ayuda y quizá sólo yo sabía cómo. Tenía que encargarme antes de que las discusiones con Rolando se pusieran peor.

Una tarde me senté a hablar con ella.

—Creo tener la respuesta a cómo aprender a controlar tus instintos. No podemos pasar la vida huyendo, ¿cierto?

—Cierto —asintió—, pero tú no sabes nada de lo que siento.

—Es verdad, pero sí sé muy bien lo que es no poder controlar un deseo. —Tomé aire para exponer mi punto tenía que hablar de aquella noche, la sola mención me dolía en el pecho—. Yo amé demasiado a una mujer en la que no debería haber puesto los ojos jamás. Bastó besarla una vez para perder la razón y… bueno, ya conoces la historia. Muchas veces pensé qué pudo ser de mi vida y la de Justina si ella no se hubiese caído del caballo. Ahora sé que Justina habría muerto por mi propia mano de todas formas, pues estoy seguro de que yo la hubiera atacado de nuevo tan pronto se me hubiera presentado una nueva ocasión de verla. No lo sé, quizá si me hubiese controlado lo suficiente para convertirla… pero eso ya no importa. El punto es que yo aprendí a controlar mis instintos hasta que ya todo estaba perdido. Yo encontré la manera.

Mónica clavó sus ojos azules en mí, se notaba que tenía toda su atención. Proseguí:

—Yo no quería ser lo que era, así que me impuse un ayuno de carne y de luna. Al principio me sentía invadido por la rabia, como el peor de los dementes. Luego, conforme pasaron los meses, aprendí a quedarme quieto, hasta que podía controlarlo. Fue así como descubrí que, si puedes controlar la falta de luna y llevar un ayuno riguroso, entonces, serás capaz de controlar todo.

—¿Y si de todas formas me gusta devorar niños? Nunca escuché o leí un cuento de hadas en el que una bruja desistiera de ello —murmuró con malicia.

—Podrás hacerlo, si eso quieres, pero sabrás controlarte y premeditar mejor tu cacería. Nosotros debemos elegir muy bien a nuestras presas y calcular nuestros movimientos. Mientras más te controles, mejor lo harás.

Ella meditó mis palabras. Finalmente asintió.

—Yo no quiero sentirme como me siento. Está bien, dime qué es lo que quieres que haga y seguiré tus instrucciones.

Acordé que sería solidario y yo también lo haría con ella. Un cambio en la rutina y un nuevo régimen servían como una forma de introducir algo de novedad a mi vida. Mi autocontrol era una cualidad personal que yo me enorgullecía de tener en abundancia. Acordamos que yo restringiría las noches de caza únicamente a aquellas con luna llena. Ella en cambio se abstendría de cazar por completo y permanecería en casa tanto como fuera necesario. No la iba a torturar, conforme viera que progresaba le llevaría algo de comer.

Ella aceptó encerrarse en el sótano de la casa durante las noches de luna llena. El primer mes no pareció costarle trabajo controlarse. Ya algunas veces se había visto privada de la luna por estar el cielo nublado y sabía quedarse quieta. Así que el primer mes lo hizo bien. Del segundo no puedo decir lo mismo. Otro mes sin luna, sumado al largo ayuno, la tornó muy violenta. Podía escuchar fuera de la casa sus aullidos y gruñidos de loba rabiosa, mientras se golpeaba la cabeza contra las paredes.

El tercer mes fue malo, lo mismo que el cuarto. Ella estaba lista para desistir. Luego, el quinto mes, cuando estaba débil y era apenas un montón de huesos y piel, se quedó sentada en silencio toda la noche. Ni un espasmo, ni un gruñido, nada. Estaba hermosa y serena como una Madonna caída en desgracia y que a pesar de todo preserva intacta su divina belleza.

Al día siguiente le llevé algo de comer, un pedazo de carne que tomó con templanza y no con la furia de un animal hambreado.

Durante ese tiempo procuré hacer más vida diurna de la que había hecho en años previos. A fin de no pensar en mi propio ayuno, pronto comencé a hacer conexiones con comerciantes para invertir dinero y mantenerme ocupado. Cada mañana me levantaba temprano, tomaba un vaso de leche y luego salía a trabajar. No me fue difícil mi nuevo régimen de alimentación.

Me sentía como si la dualidad de mi persona se hubiera acentuado; humano para los humanos, bestia incontrolable para la luna.

Entendí el proceder de ciertos licántropos tradicionalistas, por qué prefieren limitar sus noches de caza a la luna llena, como una forma de poner márgenes para mantenerse en control de sus instintos. Eso había funcionado para ayudarme a mí y comenzaba a dar resultados con Mónica.

Rolando, cual era de esperarse, no estaba de acuerdo en lo que hacíamos y nos lo demostró con sus burlas. A mí no me importaba, hacía oídos sordos e instaba a Mónica a que hiciera lo mismo. A esas alturas de mi centenaria vida, sus comentarios no me provocaban ni siquiera alzar las cejas; era indiferente a su mordacidad.

Mónica, en cambio, se notaba desilusionada. Quizá hubiera esperado que al ver que ella trataba y ponía el empeño en mejorar, él sería más amable, pero ese no era él. Fue así como su actitud terminó por cavar una zanja entre ellos dos.

Él siempre fue él mismo, tan cínico, tan vanidoso y lo peor es que, a diferencia de Mónica que cada vez lo quería menos, yo lo seguía estimando igual.

Llegó el día en que Mónica dijo que se sentía lista para volver a salir. Quería rodearse de humanos y pretender de nuevo que era una dama como cualquier otra, mientras era admirada por otros.

En sociedad, pronto volvió a ser la mujer enigmática, joven, inteligente y seductora a la que todos los caballeros admiraban y otras damas envidiaban. Ella era amable con todos. Le gustaba hacer vida social, como una forma más de distraerse de sus peculiares instintos maternales, los cuales parecían ser su único motor.

Cuando salíamos a pasear, le gustaba mirar las tiendas, entonces, al contemplar las muñecas aguardando ser compradas en los aparadores, apretaba sus manos, una contra la otra, y se tornaba pensativa. Luego, seguía caminando como si nada. Lo había logrado, supe que ella estaría bien.

Me daba gusto ver lo bien que se conducía bajo nuestro nuevo régimen alimenticio, no porque me alegrara verla recobrar su seguridad, es más, a mí no me hubiera costado trabajo ignorarla, porque cuando uno convive demasiado tiempo con los problemas de otros, llega el momento en uno se insensibiliza y se vuelve sordo a ellos. La satisfacción que obtenía de ayudarla era que se calmara para que dejara de discutir con Rolando y tener silencio en casa. O eso pensé.

Estaba satisfecho haciendo vida diurna. Vestía a la moda y por esa época usaba bigote. También volví a asistir ocasionalmente a la iglesia, no sólo por cuestión social, también porque en aquella época ocupaba mi mente en preguntarme si por ser licántropo de verdad estaba condenado al infierno. Sí cazaba humanos, pero ¿es que acaso el ser humano no caza animales? El ser humano es también un depredador de otras especies y de sí mismo, y no por eso se le llama diabólico, aunque bien lo podría ser.

A veces me preguntaba si existirían Dios y el Diablo y aún lo hago, siempre he sido un hombre de dudas. A veces meditaba sobre si habría vida después de la muerte. Pero siendo un inmortal, la vida no me conducía en esa dirección.

Para Rolando todo esto era una pérdida de tiempo, él no sentía respeto por ningún credo. Al respecto opinaba:

—La religión es un monstruo despiadado que ha sembrado discordia en este mundo como muy pocas cosas lo han hecho. En su nombre han caído reinos y se han cometido grandes atrocidades. Es curioso que una ideología que habla de ganar un cielo sea un método tan eficaz para desatar el infierno en esta tierra.

Yo no discutía con él, simplemente le contestaba:

—En realidad es un error creer que el mal que el ser humano cause al mundo está ligado a cierto credo. Tal es la naturaleza del hombre que puede valerse hasta de los ideales más amables y elevados para usarlos como excusa para iniciar una nueva guerra.

—Tal vez tengas razón. Como sea, sigo pensando que es mejor no creer en nada.

—Y yo prefiero no cerrarme a la posibilidad, aprenderlo todo y dudar de todo.

Otras veces me cuestionaba sobre la existencia del alma. De niño había aprendido que sólo el ser humano es poseedor de un alma y los animales no. Yo había sido humano, ahora que era una bestia, ¿qué tenía?, ¿media alma quizá? Por supuesto nunca me atrevía a preguntárselo al párroco, aun cuando Rolando pensaba que sería divertidísima su reacción ante semejante pregunta y la revelación de mi naturaleza.

La verdad es que yo sólo divagaba en aquellos pensamientos cuando estaba ocioso. Cuestionarme esas tonterías mantenía mi mente relativamente ocupada.

Los tres tuvimos una racha de paz. Mónica dejó de ser afectuosa con Rolando. Ella y yo salíamos mucho a caminar, éramos como dos buenos hermanos. Me gustaba pasear con ella del brazo por la Alameda Central, ubicada sobre lo que fueran las hogueras del Tribunal de la Santa Inquisición hacía muchos años atrás, y comprarle flores. Disfrutaba presumir el que tenía a una belleza como la suya de compañera, y ahora que estaba un poco más tranquila, era una mejor compañía.

A veces Rolando quería que ella marchara a su lado, pocas cosas le daban tanto placer como el saberse envidiado y pasear del brazo de Mónica era garantía de que los caballeros lo mirarían con envidia. Pero ella rara vez lo complacía. Mónica ya no quería ser tratada como un adorno, tampoco quería su amor, quería su respeto. Hubiera bastado que él la tratara diferente para tenerla incondicionalmente. En cambio, la loba prefería evitarlo.

Esto no lo ofendió, es más, creo que ni le importó. En vez de eso volvió a centrar su atención en mí. Salíamos a hacer vida social, caminábamos juntos, luego volvíamos a casa. Así, una noche al volver a casa, en vez de despedirnos con un beso antes de irnos a dormir, me retuvo a su lado y yo di por terminado el celibato que había mantenido desde que dejamos Europa.

Mónica y Rolando se distanciaron, sin embargo, se trataban con cordialidad. Debo decir que en general fue una buena época; ellos ya no peleaban. Llegué a pensar que por fin estábamos sanando el daño del pasado. Creo que en el fondo abrigaba la esperanza de que quizá en un par de años más, los tres volveríamos a tener lo que alguna vez tuvimos y seríamos tan felices como aquella noche en que pasamos horas desnudos junto al mar, jugando entre las olas. Incluso me sentí un poco menos apático e indiferente. Pero igual que la felicidad que brindan los grandes amores es muy breve, a veces las ilusiones de que ocurra algo anhelado también son breves. Fue este marco de aparente calma el comienzo del fin de nuestra pequeña jauría.

Cuando Mónica adoptó el ayuno que le propuse, logró un mejor dominio sobre sus emociones, no obstante, había en ella una cierta tristeza. No dejaba de cuestionarse si acaso ella no era para nosotros más que un accesorio hermoso para presumir y eso la deprimía.

Un día se fue a pasear sola, de día, cerca de una escuela. Al parecer se puso a prueba a sí misma. Se contuvo y volvió a casa temblorosa pero satisfecha. Rolando, lejos de darle algún mérito, la insultó y la amonestó con severidad sobre volver a asesinar pequeños. Mónica se mantuvo altanera e inflexible y sólo le contestó:

—Guarda silencio y no me molestes.

Fue a comienzos de 1894 cuando la conoció. Mónica había estado algo melancólica y tenía una rutina de rondar en torno a los parques y escuelas. Había incluso cazado algún niño abandonado, lo cual vio como un acto de piedad al liberarlo de una vida de maltratos y miseria. Lo hizo bien, sin llamar la atención. Aun así, Rolando no le daba ningún crédito. Él aseguraba que era cuestión de tiempo para que ella volviera a cometer alguna imprudencia. Incluso se puso a revisar mapas para elegir nuestro siguiente destino para cuando tuviéramos que volver a huir.

Una tarde, yo caminaba por la plaza principal con Mónica cuando ella quedó hipnotizada por una pequeña niña de escasos seis años. Tenía el cabello castaño oscuro y grandes ojos de tupidas pestañas también castaños, frente amplia y una nariz redonda salpicada de pecas. Tenía el cabello recogido en dos trenzas que le colgaban una a cada lado de la cabeza y le caían por los hombros. Jugaba con una muñeca de trapo muy sucia y su vestido estaba roto. Cerca de ahí, una anciana la vigilaba.

Mónica se liberó de mi brazo mientras yo conversaba con un conocido y se encaminó hacia ella. Se puso en cuclillas, le habló con ternura y se unió al juego de la niña. Cuando volteé las dos reían. Mónica la tenía tomada de las manos. Me senté en una banca cercana a observar la escena mientras escuchaba en mi cabeza la voz de Rolando anunciando "todo es cuestión de tiempo". Mónica le preguntó su nombre a la pequeña a lo que ella respondió:

—Me llamo Catalina. Esa es mi abuela —dijo apuntando a la anciana.

—¿Y tu muñeca?

—Mona.

—Es una casualidad —exclamó la loba divertida—, yo casi me llamo igual, soy Mónica.

Mónica tomó la muñeca y comenzó a moverla; hacía su voz llamando en un tono chillón a la niña "mamá" y la niña le respondía con un "Ay, mijita esto, ay, mijita aquello" y se reía con esa risa clara como el cristal que deslumbra por su inocencia infantil.

Mónica tomó a la pequeña de las manos y comenzó a cantar:

—*A la víbora, víbora de la mar, de la mar, por aquí pasa el nahual con las alas de petate y los ojos de comal.*

Catalina se rio, Mónica sonreía encantada.

—¿Te gusta ese juego? —preguntó la loba.

—Me gusta —contestó la pequeña.

—¿Sabes lo que es un nahual?

La niña negó con la cabeza.

—Ah, pues una persona que se puede transformar en animal, como, por ejemplo, en un coyote.

—¡Qué bonito! —dijo la pequeña— Eso debe ser divertido.

—¿Te gusta la idea de que existan personas así? —preguntó Mónica con una expresión que trataba de ser severa, pero sin lograrlo del todo.

—Sí, mucho.

—Siendo así entonces te diré un secreto, ¿lo quieres oír?

—Sí —dijo encantada.

—Pues no sé, mejor ya no te cuento.

—No —protestó la chiquilla—, dime, dime, por favor.

—No estoy segura.

—Anda, cuéntame, no le digo a nadie.

—¿Me lo prometes?

—Te lo prometo —respondió ansiosa—, cuéntame.

—Verás —murmuró y le dijo bajito—, yo soy un nahual.

La pequeña comenzó a reírse.

—Es cierto, soy un nahual horrible.

—No es verdad.

—Claro que sí.

—No es cierto, eres una señora muy bonita; eres un hada.

—Ah, te refieres a este aspecto. Lo que pasa es que normalmente me veo así, pero en las noches me transformo y como niñas —explicó arrastrando la voz y picándole la barriga a la pequeña. Ella se rio.

—Entonces, hazlo, conviértete para que te vea.

—No, te asustarías mucho.

—Yo no tengo miedo.

—Pero te puede dar cuando me veas convertida en lobo.

—Los lobos no me dan miedo —replicó la pequeña.

—Claro que dan, recuerda que fue un lobo el que quería comerse a Caperucita. Los lobos son malos.

—No es cierto, son bonitos, se parecen a los perros. A mí me gustan y un día me voy a convertir en uno yo también.

Mónica fingía que titubeaba, pero estaba en control. La pequeña se ponía más emocionada. Entonces, Mónica le dedicó una mirada interesada que no le había dado antes a ningún niño.

—No quiero asustarte, si lo hago ya no vas a querer ser mi amiga —explicó con fingida severidad que no dejaba de ser lúdica.

—Tú nunca me asustarías, eres muy bonita y muy buena.

Mónica se rio ampliamente y abrazó a la pequeña.

—Ya conviértete —insistió Catalina.

Mónica la miró en silencio, algo en la pequeña le agradó sobremanera. Meditó un momento y contestó.

—Te prometo que una noche de estas te enseño, hoy no.

¿Qué le gustó a Mónica de Catalina? No lo sé, quizá fue su falta de miedo a los lobos, o quizá fue el que la niña dijo que Mónica era una buena persona. Yo esperaba que Mónica se la comería de todas formas, pero eso no ocurrió ni ese día ni el siguiente.

Dos semanas después, me topé con Mónica en la puerta, apurada por salir.

—¿A dónde vas? —le pregunté.

—A ver a Catalina.

—¿Quién es Catalina?

—Ernesto —suspiró—, si dejaras de ser tan indiferente y mostraras algo de verdadero interés para variar, te acordarías de Catalina, la niña de la plaza.

—Sí la recuerdo —suspiré con cierta apatía y añadí—. De seguro más de alguno te ha visto con ella; ten cuidado con lo que hagas, que serás la primera sospechosa.

—¡No me molestes! —refunfuñó y se fue.

Me quedé un rato de pie ahí junto a la puerta, paralizado y en silencio hasta que escuché a mis espaldas la voz de nuestro querido alfa.

—¿Cuál niña?

Suspiré y me volví hacia mi amigo.

—Se llama Catalina. Mónica parece haberle tomado simpatía.

—Lo ves, te dije que todo era cuestión de tiempo antes de que volviera a obsesionarse y cometiera una imprudencia. —Después dijo para sí mismo—: ¡Anda, Mónica, hazlo! Sólo estoy esperando que me des un pretexto para ahora sí darte el peor escarmiento de tu vida. Por cierto, tengo ganas de viajar al norte. Escuché que en California hay oro y oportunidades.

—Te equivocas —replique con voz que reflejaba el aburrimiento que me estaba invadiendo—, siento que esta vez es diferente. No se la va a comer —sentencié con sequedad.

—¡Sí, claro! Vaya que eres optimista, Hermano Lobo. Eso crees por ingenuo. Yo te aseguro que la niña estará muerta antes de un mes.

La luna dibujó y desdibujó su plateada figura en el cielo para completar un ciclo y Catalina seguía viva.

Mónica buscaba a la pequeña por lo menos tres veces a la semana. Catalina vivía con su abuela, mujer cuya vista comenzaba a menguar por las cataratas, y con una hermana dos años menor. El nombre de la otra niña era Ana. Catalina era inseparable de ella, como si Ana fuera su mejor amiga, su propia hija, su pilar, su muñeca favorita, una extensión de ella misma, de sus sueños, de sus juegos, de su inocente alegría. Aquel día en que la loba la conoció Ana no estaba presente porque había estado enferma y su abuela la había dejado en casa para que descansara al cuidado de una vecina.

Cada vez que Catalina tenía algo nuevo corría a enseñárselo a su hermanita. Si Mónica le cantaba una canción a Catalina, el tiempo se le hacía largo a la pequeña para correr a cantársela a su hermana. Mónica se mostró encantada de compartir tiempo con las dos niñas. Quería mucho a Ana y a Catalina, pero de las dos su favorita era Catalina.

A la loba le gustaba visitarlas. La abuela de las niñas al principio se mostró recelosa, pero con el tiempo y los regalos de la loba, terminó por aceptar el interés de Mónica en las niñas, a las que tomó como sus protegidas.

A veces, Mónica llevaba a las niñas a caminar por la Alameda, recorrían las tiendas o hacían escalas en la panadería, donde la loba compraba piezas de pan dulce para las tres. Las colmó de regalos y atenciones, les compró zapatos, vestidos y juguetes. Dedicó tardes enteras a enseñarlas a leer y escribir y le daba dinero para el sustento de sus necesidades.

Doña Piedad Sánchez Cordero, que era el nombre de la abuela, no tenía más que palabras de gratitud para con la que, en una ironía de la vida, llamaba un ángel y la dama más generosa que hubiera habido jamás. Incluso le hizo prometer a Mónica que ella asumiría la tutela de las niñas si un día la abuela moría. Confiaba en que Mónica haría de ellas dos damas y las ayudaría a encontrar buenos maridos.

La conexión entre Mónica y las niñas era algo muy especial. Rolando no tuvo más remedio que tragarse sus palabras y reconocer que Mónica por fin estaba en control de sus instintos. No volvió a preguntar por ellas y la loba tampoco hablaba de ellas con Rolando.

Las niñas querían a Mónica. Ana era un poco más reservada, muy respetuosa, Catalina en cambio trataba a Mónica como su igual, incluso a veces se daba el lujo de pedirle algo y Mónica siempre decía que sí a sus caprichos.

Catalina fue como un rayo de luna en la vida de Mónica. El poder ayudarla incluso la curó de su melancolía. Le hacía bien cuidar de aquella niña necesitada, un pajarillo solitario cuya posesión más preciada era una hermanita tan desamparada como ella misma. Fue también así que Mónica dejó de procurar los lugares con niños, perdió todo interés, como si Catalina y su hermanita fueran todo lo que necesitaba.

Mónica y yo seguimos con nuestro estricto ayuno. Cazábamos sólo las noches de luna llena. En ocasiones Rolando también se apegaba a nuestra regla, pero la odiaba. Él era un hedonista acostumbrado a hacer lo que quería cuando quería, además era dominante. Esto creo que era lo que más lo irritaba, pues sentía que perdía control sobre nosotros. Cedía a regañadientes por no perder liderazgo. Se tornó un poco más autoritario a la hora de cazar y elegir presas.

Mi compañera no le decía nada. Estaba tranquila, pero también se volvió distante con nosotros, como si lo que opináramos, en especial, Rolando, no fuera asunto que le importara.

El carro de Helios dio doce vueltas en la bóveda celeste. Para los primeros años del siglo XX, Mónica y Rolando ya eran como extraños uno del otro. La Mónica del pasado, la incondicional discípula, la que imploraba el amor del pelirrojo, la que lo hacía rabiar con sus imprudencias, la que alguna vez fue su amante, era cosa del pasado. Ahora ella era para Rolando una mujer que lo trataba con fría cordialidad, le hablaba poco, cuestionaba todo y lo ignoraba mucho.

La esperanza que tenía de que las cosas entre los tres volvieran a ser como antes se esfumó. Entre ellos no existía ningún gesto o caricia de afecto. Él dejó de interesarse o preocuparse por lo que ella hiciera y era hostil siempre que podía. Por su lado, Mónica lo ignoraba para evitar pelear, sin embargo, comenzaba a acabar con su paciencia.

Era mediados de junio de 1906. Esa noche Rolando estaba feliz, eufórico, absorto en su conversación y en su persona favorita: él mismo. Caminábamos los tres por la calle desierta cuando divisamos a alguien:

—Tengo hambre y hay una presa a la vista. Vamos a cazar algo, será divertido.

—Hoy no es noche de luna llena —replicó Mónica.

Rolando, haciendo caso omiso como si no hubiera oído nada, se dirigió a mí, procurando hacer bastante énfasis en demostrar que la ignoraba.

—¿Qué dices, Ernesto? Dame gusto.

Esa semana no había tenido nada interesante en qué ocupar mi mente, estaba especialmente aburrido y ocioso;

simplemente, la noche anterior había pasado una hora enredando y desenredando en la yema de mi dedo índice un largo cabello rojo de mi compañero. Estaba mortalmente aburrido y por una vez en mucho tiempo, la idea de cazar fuera del régimen me pareció divertida. Era eso o seguir caminando en silencio escuchando a Rolando hablar de sí mismo, al lado de una loba con un gesto que gritaba "a ver a qué hora se calla este payaso".

—De acuerdo, cacemos para dar a la noche un poco de variedad.

Rolando sonrió complacido.

Él se transformó y encargó de atrapar a aquel desafortunado. Noté que había en Mónica un cierto dejo de excitación por la sangre, el destello asesino de sus angelicales ojos azules pedía participación en el asalto, sin embargo, no se movió de su sitio y permaneció tranquila.

El pelirrojo me invitó a acercarme como si sólo yo estuviera ahí, era contrastante la forma en que Rolando se comportaba, helado con ella y cálido conmigo. Le abrió el abdomen a aquel humano, luego, haciendo una reverencia, exclamó hacia mí:

—Sírvete.

Me senté a su lado con mi forma de lobo. Mónica permaneció de pie sin hacer un solo movimiento. Fui yo el que la invité a acercarse al cabo de un rato en silencio.

—No gracias, sabes bien que no rompo mi dieta.

—Déjala, Ernesto —comentó como si ella no estuviera presente—, lo que haga no es importante.

Mónica suspiró fastidiada y profirió con voz ácida:

—¡Me cansé! Ustedes dos son patéticos.

—¡Mónica! —exclamé.

Por primera vez en toda la noche Rolando la miró a la cara. Mónica prosiguió dirigiéndose a mí:

—No sé quién de los dos es el peor: él con su descaro y su cinismo o tú con tu indiferencia y tu desapego. Lo que no me queda duda es que los dos están hechos uno para el otro. Los dos me dan asco.

—Dices eso porque estás loca. Así es, querida, aquí la única loca eres tú. Fuiste tú quien se encargó de arruinar lo que teníamos en París y en Buenos Aires. Sólo tú tienes la culpa de todo lo que ha pasado —sentenció con acidez Rolando.

—A ti jamás te ha importado lo que yo sienta o piense. Lo único que querías de mí es que fuera un adorno en tu casa para presumir. Lo más triste de todo es que en realidad, a él le importa una mierda lo que a ti y a mí nos pase, Ernesto. Por algo, Rolando, te callaste tantos años el que podíamos ser heridos o muertos con plata.

Mi amigo se levantó de golpe y con la misma rapidez Mónica se le enfrentó cara a cara.

—Te lo advierto, nunca más vuelvas a....

—¿A qué? —lo interrumpió ella, alzó una ceja y sonrió con descaro, con los colmillos brillantes de altanería—. ¿A cuestionarte, a criticarte a ti o a tu precioso Ernesto, tu juguete favorito?

Le dedicó una sonrisa descarada y retrocedió para marcharse.

—No te he dado permiso de retirarte, me vas a escuchar.

—Oblígame. ¿Sabes, Rolando?, antes estaba tan enamorada y me dolía tu actitud. Pero ya no, tu egoísmo más que herirme, ahora me repugna.

Ella se marchó. Rolando ni se movió, se notaba enfadado. Yo me incorporé y fui tras ella, siguiendo mi costumbre de ser quien hablara con ella en esos momentos. La alcancé.

—Mónica, detente, ¿qué pasa contigo?

Ella respondió con un golpe de voz sin siquiera bajar la velocidad de su paso o mirarme:

—Vuelve con él, Ernesto.

Me detuve en seco, sabiendo que no tenía caso decir nada.

Como era de esperase, a partir de esa noche, las discusiones en casa volvieron a ser frecuentes. Una semana después, las cosas llegaron a un punto de ebullición cuando ella le arrojó a la cabeza, con puntería envidiable, cuanto objeto se encontró por la casa. Él, al grito de "¡te haré pedazos!" se abalanzó en pos de la loba. Ella lo esquivó y siguió aventándole objetos antes de escapar de la casa.

Lo peor vino una semana después, cuando ella volvió; ya ni siquiera discutieron, sólo se lanzaron miradas asesinas, pero de sus bocas no salió ni un insulto, ni una palabra, ni siquiera un gruñido ahogado emergente del fondo de sus gargantas. El silencio fue mucho peor que los gritos y más hiriente que la violencia.

Yo, por mi parte, estaba tan harto de que pelearan, que busqué una buena almohada de plumas para asfixiarme y dormir toda la noche, para así evadirme en mi trinchera de indiferencia total.

Noches después, acudimos a una recepción social, invitados por un conocido con el que hacía negocios. Nos encontramos algunas figuras distinguidas de la clase alta. Rolando y Mónica se la estaban pasando bien, pretendiendo cordialidad cuando en realidad querían atacarse una al otro. No había ahí nada interesante, eran la misma gente presumida de siempre, las mismas damas con su modestia y su hipocresía, las mismas conversaciones sobre las mismas aspiraciones humanas, tan ajenas a mi verdadera condición animal. ¡Qué vacío me pareció todo aquello! ¡Qué absurdo me sentí con mi disfraz de humano, actuando como un igual a aquellos seres! No pude evitar preguntarme qué estaba haciendo, ¿por qué pretendía ser lo que no era? ¿Por qué no me alejaba de todos? Y en cuanto a mis compañeros, ¿qué nos mantenía juntos? No quería pensar en ellos.

Comencé a beber copiosamente, copa tras copa hasta marearme. Llegué al punto en que me di cuenta de que pronto acabaría por hacer el ridículo en frente de la respetable sociedad, cosa que me importaba poco. Me preocupaba más perder el control y acabar exponiendo mi naturaleza animal. Entonces, no sé por qué, de repente me sentí abrumado por una sensación de desnudez, como si todas las caras estuvieran mirando hacia mí, como si todos supieran lo que en realidad yo era, y sentí la necesidad de proteger mi privacidad a toda costa, de alejarme de todos, de sus insultantes olores, de sus huecas risas. Tenía que salir de ahí.

Busqué la puerta, me escabullí hacia la calle y me alejé. Caminé lejos, busqué una cantina y entré para seguir bebiendo. Horas más tarde volví dando tumbos, hambriento de soledad. Una voz en mi cabeza que se reía, gritaba: "¡Hipócrita! Eres un animal y finges ser un hombre. Vives al lado de dos lobos que dices que no te importan, sin embargo, sigues con ellos, quizá porque en el fondo los amas demasiado".

Entonces ocurrió algo muy extraño, todavía ahora me pregunto si fue real o un sueño. Era pasada la medianoche cuando el viento sopló frío y los grillos se apagaron. El aire se volvió nebuloso. No sabía en dónde estaba. Marchaba sin rumbo cuando me pareció observar a lo lejos una figura femenina. La seguí sin saber por qué me atraía así. Y mientras más me acercaba, más densa se hacía la neblina.

De pronto escuché una voz melancólica, decía "Ernesto". Me acerqué temblando, ella volvió a decir mi nombre. Entonces pude verla y al hacerlo fui presa de un nerviosismo que me hizo caer de rodillas. Era ella, mi verdadero amor. Rompí a llorar con el mismo dolor que aquella noche fatal en la que abrazado a ella, su corazón dio su último latido.

—¡Has vuelto! —exclamé.

Ella me miró triste.

—Dime que mis ojos no me engañan, mi dulce Justina.

Ella me acarició una mejilla con su helada mano. Extendí los brazos para aferrarme a su fantasmagórico vestido, el mismo que llevaba aquella noche, tenía la textura vaporosa con la que los espíritus tejen sus trajes de gala antes de salir a bailar bajo el espectro de la luna. Levanté la cara y la miré a los ojos, ella no dijo nada.

Dio un paso atrás, se marchaba, tomé su mano. Mi rostro dibujó una mueca de desesperación. Exclamé horrorizado:

—¡No puedes irte!

Besé aquella mano y su expresión se volvió más dulce. Me puse de pie, temblando, le imploré que se quedara conmigo, que no me abandonara. Sus labios se abrieron.

—*Nunca te he dejado, siempre he estado contigo.*

—Tina, por lo menos permíteme... —supliqué con la frente estaba perlada de sudor—, un beso.

No sé si los fantasmas sean capaces de llorar, pero me pareció que ella lloraba. Me acarició el cabello y se aproximó a mí. No sé si eso de verdad haya sucedido, si besé a un fantasma, o si fue una alucinación producto del alcohol, pero puedo asegurar que se sintió real, deliciosa y enervante como luz de luna llena. Mi corazón retumbaba con tanta fuerza que sentí que me iba a estallar. El mundo giraba acelerado, las estrellas se rieron a carcajadas, el aire me hizo falta y comencé a ahogarme hasta que mis sentidos colapsaron y caí al vacío.

Desperté algunas horas más tarde. Las últimas estrellas ya se estaban marchando y la aurora resplandecía en el horizonte, pronto amanecería. Estaba en el suelo, en el mismo lugar en el que recordaba que había tenido la visión de mi adorada.

Me incorporé, la cabeza me daba vueltas. Di un par de pasos, luego me doblé de golpe, apoyé mis manos en mis rodillas y vomité hasta vaciar mi estómago. Me limpié la boca con el puño de la camisa y me enderecé. Observé a mi alrededor, estaba solo. ¿Había sido un sueño?

Apreté los puños. Dios, los espíritus, la vida misma se burlaban de mí. Justo cuando más seguro estaba de que era indiferente a todo, que nada tenía significado para mí, tuve aquella visión para recordarme que no era así. Yo me engañaba a mí mismo. Era un hombre de contradicciones y ni yo mismo me entendía.

Me fui llorando a casa, así entré a mi habitación, sin atender a las preguntas de mi amigo pelirrojo que se mostró preocupado de verme tan descompuesto. Jamás mencioné nada de aquella noche, hasta este momento en que escribo estas líneas y aún ahora me sigo preguntando si fue real o solo una ilusión de un triste borracho. Juzguen ustedes como mejor les plazca, la verdad no importa, yo sólo sé que hay realidades que son tan absurdas como la más banal ilusión y fantasías más honestas que el más descarado de los hechos.

Me sumí en un estado de depresión. A Rolando no le gustaba verme así y se desvivía en brindarme atenciones y distracciones. Esto sólo hizo más notorio lo mucho que él me amaba y su frialdad hacia Mónica.

Algún tiempo después, una noche, salimos a caminar. Yo estaba algo deprimido, aún rumiando restos de aquel sueño con Justina. Mónica estaba melancólica, parecía tener muchas cosas en qué pensar, de las cuales no quería hablar. Quizá ya estaba pensando en marcharse, quizá estaba preocupada por sus protegidas. Mónica sabía que lo mejor para ellas era encontrarles buenos maridos. Su abuela estaba cada vez más enferma. La pobre estaba ciega y sufría de demencia senil. Por otro lado, Mónica no dejaba de cuestionarse el por qué debía atar a las chicas al matrimonio. Ella sabía la razón: porque eran mujeres y así era, ellas no tenían opción. A Mónica le parecía injusto, ella quería más para sus protegidas y sabía que las dos jovencitas, a quienes la loba había inculcado sus ideas, también aspiraban a más.

Mientras marchábamos, Rolando se puso a parlotear sobre lo fascinante que era el alumbrado eléctrico, toda una maravilla tecnológica que hacía de las noches algo delicioso.

—¿No lo crees, mi querido Ernesto? La luz artificial es algo extraordinario.

Volteé hacia una lámpara y me quedé observándola, absorto en aquella luz. Estaba tan inmerso en el resplandor que, para cuando volví a poner un poco de atención al resto del mundo, descubrí que Mónica se alejó de nosotros.

Miré en todas direcciones hasta que mis ojos la detectaron. Me dirigí hacia ella. Rolando me siguió. Mónica observaba a una joven de cabello castaño recogido en una sola trenza que le caía en la espalda, ella trataba de vender flores a esas horas de la noche a las personas que quedaban en la calle. Parecía desesperada, sin embargo, había algo en ella, cierto porte elegante, orgulloso, como el de un animal dispuesto a conseguir lo que quiere.

Rolando la miró fascinado, su frente amplia, sus ojos castaños, su nariz y facciones, el lustre de su cabello trenzado. Ella era lo que yo llamo una belleza muy mexicana

—Mónica querida, sin duda que encontraste un magnífico espécimen.

—¿De qué hablas?

—¿No crees que ya es tiempo? Está lista para ser cenada.

—¿Qué te hace pensar que tienes derecho a decidir sobre lo que no es tuyo sino mío? Ella no debería estar aquí, le dije que yo la ayudaría.

—Pero qué tonterías dices. Yo no necesito permiso ni tú tienes ningún derecho sobre ella.

—Yo la vi primero, es de las pocas reglas que siempre hemos respetado como jauría: la presa es de quien la ve primero.

—Bien, de acuerdo —farfulló burlón—, es tuya, ¡qué más da! Como sea, terminará devorada. Sólo quiero saber cuándo.

—Nunca —sentenció Mónica con desdén.

Rolando parecía un poco sorprendido mientras sonreía con malicia.

—¿Acaso no te apetece?

—No.

—Bien, a mí sí.

Mónica se volvió firme hacia él.

—Dije que ella no. Déjala en paz. Debe tener hambre. Quizá aún encuentre abierta la panadería.

Se dio la vuelta y se alejó en dirección a la panadería.

Rolando se tornó pensativo y comenzó a reír, entre dientes y luego con fuerza, mientras meneaba la cabeza de un lado a otro, con la expresión de quien está incrédulo.

—Se burla de mí —afirmó con una sonrisa que era una mezcla de indignación y burla.

Moví la cabeza en dirección de mi amigo por pura inercia, el guardaba silencio, lo mismo que yo. Él prosiguió:

—¿Sabes?, yo soy de la idea de que nadie ceba un pavo durante años si no es para comerlo, ¿no lo crees, Ernesto?

Dentro de mí pensé, «¿Pavo? ¿De qué me está hablando?». No respondí nada, ni siquiera me tomé la molestia de levantar los hombros. Rolando exclamó:

—Esta vez no me va a ganar, Mónica va a saber quién soy yo.

Sonrió satisfecho de oreja a oreja Y se dirigió con pasos rápidos tras la joven, quien se había dado por vencida y había decidido marcharse. Ella avanzaba sola, cubriéndose con su rebozo, cuando notó las pisadas de alguien tras ella. La joven se volvió y miró al pelirrojo que la asechaba. Ella echó a correr, sin embargo, no sirvió de nada. Rolando no tardó en darle alcance.

Mi compañero le tapó la boca con la mano y la arrastró hacia una parte más solitaria y oscura. Ella forcejeaba tratando de soltarse hasta que lo logró, pero no por mérito propio, sino por voluntad de mi compañero que jugaba con ella. Estaba acorralada, no tenía escapatoria. Rolando se rio con esa sonrisa siniestra tan propia de él, la joven gritó:

—¡Por favor, alguien ayúdeme!

Y la ayuda llegó. Rolando ni siquiera se dio cuenta de cuando una loba de pelo grisáceo, portando un elegante vestido, lo golpeó en un costado con toda la fuerza de que era capaz. Rolando salió volando y su cuerpo fue a estrellarse contra una pared. De su boca salió un gemido canino.

La joven estaba sorprendida, con los ojos tan grandes como los de los tecolotes. En su cara se dibujó una enorme sonrisa. La loba recién llegada se colocó en cuatro patas y alzó la cruz fijándose en Rolando, él estaba quieto, indignado, con las brasas de la sorpresa y el orgullo bailando en un demoniaco incendio dentro de sus pupilas.

La loba volteó hacia la joven.

—Cathy, corre.

Ella asintió con un brillo de complicidad en la mirada y escapó lo más rápido que le permitieron sus piernas. Mónica volvió a fijar la vista en Rolando, de la garganta de la bella loba brotó el más iracundo gruñido que jamás le escuché. El pelirrojo se incorporó y le reclamó de una manera tan ácida que hizo que cada palabra sonara como un insulto:

—¿Cómo te atreves a enfrentarte a mí?

—Te advertí que no la tocaras.

Él se transformó y se arrojó contra ella. Se atacaron con fiereza, sus cuerpos formaron un remolino caótico, del que escapaban furiosos gruñidos. No era una riña entre un maestro y su alumna, ni era el tipo de pelea que se daría entre dos conocidos que pelean para luego limar asperezas. Era una lucha entre dos verdaderos enemigos que no dudaban en demostrarse cuanto se odiaban.

Yo suspiré, ¿debía intervenir o qué se suponía que hiciera?

Mi nariz percibió un olor que se acercaba galopando a paso lento, olía a humanos a caballos. Salí de mi ensimismamiento, no debían vernos. Me dirigí a mis compañeros, les pedí que se detuvieran, ellos me ignoraron. Ella, haciendo acopio de toda la velocidad de su pequeño y flexible cuerpo, aprovechó un instante para esquivar un golpe retorciéndose como una lombriz y golpear a su oponente en el pecho. Proyectó al pelirrojo contra la pared. Jamás había visto a la loba tan fuerte. Él se volvió a colocar en cuatro patas, listo para una segunda acometida, antes de que lo hiciera me interpuse entre los dos.

—¡Basta! —exclamé—. Lobos imprudentes, ¿qué no se dan cuenta de que alguien se acerca?

No pudieron ignorarme, hacía mucho tiempo que no me escuchaban hablarles con tanta autoridad como en ese momento. Ambos por fin notaron el ruido de los caballos y volvieron a tomar sus formas humanas, sin bajar la vista ni por un segundo, manteniendo su actitud desafiante.

Rolando se volvió hacia mí.

—Fue ella quien inició esto, ¡tú la has visto!

—¡Cobarde! —bramó ella—. Lo único que te he pedido en años es que las dejes a ellas en paz. No quiero nada más de ti, pero eres tan caprichoso que ni eso puedes darme.

Rolando se acercó a ella y la enfrentó a la cara, ella no se inmutó ni siquiera un poco, seguía tan altanera, jamás la había visto tan imponente. Rolando clavó sus pupilas en las de ella.

—¡Maldita la hora en que te llevé a nuestra casa!

Ella no mostró ninguna emoción en su hermoso rostro, con sus ojos bien puestos en los de Rolando, parecía como si quisiera traspasarlo. Mónica respondió con gélida voz:

—Maldita la madre que te parió.

Se dio la vuelta y se marchó con el porte de una reina que no tiene nada más que decirle a un sirviente. Rolando no pudo increparla, dio un paso como en actitud de perseguirla, pero se detuvo como si hubiera cambiado de parecer.

Los cascos de los caballos golpeaban las piedras del pavimento. El sonido de perezosa cadencia creció, pasó a nuestro lado con aquel *clack, clack, clack* y disminuyó de intensidad al alejarse. Al volver a quedar solos, Rolando se pasó una mano por la frente, suspiró tratando de contener la ira. Luego se volvió hacia mí.

—Ya estarás satisfecho

Yo permanecí impasible. Miré al cielo y me pregunté cuál sería el número de estrellas que en ese momento se estarían burlando de nosotros.

—¿De qué lado estás, Ernesto? Creo que ya es hora de que definas tu postura, si vas a estar con ella o conmigo.

Acto seguido se marchó dejándome solo.

Caminé pensativo. Aquella hermosa criatura era Catalina. Yo no la había visto en años, pero por lo visto Rolando sí. En mi cerebro tuvo sentido por qué Rolando había dicho aquello sobre cebar a un pavo, para él eso eran Catalina y Ana, sólo dos presas magníficas, o quizá solo lo dijo por molestar a Mónica.

Estaba cansado de ellos, ya no sabía quién de los dos era peor, era como si solo estuvieran buscando cualquier pretexto para hacerse daño por el simple gusto de hacerlo.

Llegué a la casa por inercia más que por ganas de estar ahí. Al entrar me di cuenta de que en el vestíbulo aguardaban varios baúles. Llegué a la habitación de Mónica y ahí la encontré preparando su equipaje.

—¿Qué haces? —pregunté lacónicamente.

—Me voy.

—Te vas —musité incrédulo.

—Ya no lo soporto —respondió con frialdad—, no tengo nada más que hacer con ustedes.

—¿A dónde vas?

—Eso ya no es asunto tuyo, ¿o qué?, ¿vas a venir conmigo?

No respondí. El espectáculo que tenía en frente era auténtico, ella se iba. Sabía que eso ocurriría, sin embargo, era una posibilidad que no consideraba del todo real. No fue sino hasta enfrentarme a aquella realidad que tuve una inesperada punzada en el estómago. Ella se iba y yo de repente me di cuenta de que no quería perderla.

—Quédate conmigo.

—Lo siento, Ernesto, eso no es posible.

—Es por Rolando.

—Es por todo —afirmó conteniendo las emociones que se agolparon en su garganta—. Ambos son tan egoístas. Rolando, tan descarado, siempre con su actitud dominante y hedonista. Tú, tan taciturno, indiferente a todo aquello que no sean tus recuerdos. Rolando y yo te importamos poco, tal vez para él sea suficiente con que estés ahí para él. A mí, en cambio, me irrita tu conducta retraída, como una silenciosa manifestación de tu desdén.

No voy a mentir, lo que me echó en cara era cierto, sin embargo, en ese momento me importaba Mónica de verdad y no quería que se fuera. En eso llamaron a la puerta.

—Mi carruaje está aquí.

Mónica fue a abrir la puerta. El chofer del carruaje y un ayudante se encargaron de subir al carruaje todas las cosas de mi compañera. Luego, Mónica le ordenó que esperara afuera a que ella saliera y se dirigió a mí para despedirse.

—Bien, Ernesto, que tengas suerte.

—Mónica, dime dónde puedo encontrarte.

—¿Para qué?

—Por si alguna vez quiero verte.

—Ernesto, ¿de parte de quién estás? ¿De Rolando o de mí? No respondí.

—Justo lo que me esperaba.

Clavó en mí su mirada de la misma forma en que había hecho con Rolando en la calle minutos antes; en verdad que tenía una forma impresionante de imponerse. No era fiera, casi no reflejaba nada, pero tenía una soberbia que demandaba el más absoluto de los respetos. Sus labios se separaron y respondió:

—Ha sido un absurdo de mi parte preguntarte de qué lado estás, cuando en realidad tú siempre has tenido muy claro a quién sigues: la muerte y nadie más. Tal vez lo mejor que te podría pasar es encontrar un refugio bajo tierra, la misma que la cobija a *ella*.

Abordó el carruaje. El conductor puso en marcha a los caballos. Me quedé ahí de pie sin decir o hacer nada.

El resto de la noche estuve en silencio, sentado en la estancia sin hacer un solo movimiento, tratando de no pensar en nada. Cuando los ecos de su partida dejaron de hacer ruido en mi cabeza, me abracé a la vacuidad y perdí la noción del tiempo.

No fue sino hasta la madrugada que salí de aquel trance al escuchar el ruido de la puerta que se abría. Rolando entró, parecía relajado, caminaba con el aire resuelto que andaría un mozo por la calle al medio día, mientras tarareaba la tonada de "*Sobre las olas*".

—Mónica se fue —murmuré.

Rolando me miró con indiferencia. Le relaté de manera escueta lo ocurrido, él pareció alegrarse.

—Así que por fin se fue, y pensar que esta vez tenía ganas de verle la cara. Qué más da, como sea, esta sí que ha sido una noche divertida —comentó con malicia.

Suspiré, su reacción respecto a la partida de la loba era justo la que esperaba. Noté que de mi amigo provenía un olor a humo y tuve un presentimiento de algo malo.

—¿Dónde estuviste toda la noche? —le pregunté.

El pelirrojo sonrió de oreja a oreja de manera siniestra y ronroneó:

—¡En el incendio!

Pasé de la inacción al movimiento, tomé mi sombrero para protegerme bien del ascendente sol y salí. Tenía que descubrir qué había hecho. Mi nariz buscó en el aire una pista mientras mis oídos ponían atención a cualquier cosa que dijera la gente en la calle. No tardé en percibir un olor a quemado. El olor me guio hasta un barrio humilde de la ciudad.

Me detuve, no quise acercarme mucho, me pareció mejor guardar una distancia prudente con el lugar, con las demás personas que devoraban con ojos curiosos la escena. Una pequeña casa era el centro de atención, con las paredes negras de hollín, y rastros de agua usada para sofocar el fuego.

Las caras de las personas estaban apesadumbradas, algunos murmuraban:

—Pobre doña Piedad, qué final tan trágico.

Otra persona se lamentó:

—Es una pena por su nieta, era tan joven y tan buena.

De pronto me sentí invadido por una horrible sensación de vergüenza y culpabilidad, como si de un momento a otro alguien fuera a acusarme por lo que mi amigo había hecho. Retrocedí y me escondí tras la esquina de la calle. Saqué la cabeza y miré de nuevo, entonces vislumbré a una joven que derrumbada en el suelo lloraba desconsolada con la cara entre las manos. Ella gimoteaba ahogada por el dolor. Noté junto a ella a una mujer vestida de negro con enorme sombrero.

La joven levantó la cara, era la misma chica que Rolando había tratado de asesinar horas antes. La mujer a su lado no era otra que Mónica. La loba le dijo algo al oído y Catalina quedó como petrificada, con los dientes apretados, se veía que ardía llena de ira y dolor. Temí que me vieran. Me recargué en la pared para ocultarme. Para cuando saqué de nuevo la cabeza, sólo distinguí la falda de la joven subiendo en un carruaje; instantes después el vehículo se alejó.

Al volver a casa, todas las ventanas estaban abiertas de par en par, mi compañero, quien se mostró muy satisfecho por todo lo ocurrido, comentó eufórico:

—Aire fresco, es lo que necesita esta casa para que se vaya su olor.

Al día siguiente él ya actuaba como si ella jamás hubiera sido parte de nuestras vidas. Lo único que le importaba es que ahora éramos solo él y yo. En lo que a mí respecta, seguía sin saber qué pensar ni qué sentir. Ya no había discusiones en casa, pero también se sentía muy sola sin la loba. Una y otra vez pensaba en las últimas palabras que la loba me dedicó antes de irse, muchas veces me pregunté si tenía razón, si mi lugar no estaba ni entre los humanos ni entre lobos, sino en el reino de los muertos. Tal vez así era. Mi vida desde hacía años estaba ligada a la muerte. Yo morí cuando enterré mi corazón junto al de Justina. No lo sé.

A fuerza de tanto meditar aquello, llegué a la conclusión de que no sentía deseos de vivir de la forma en que lo estaba haciendo hasta ese punto de mi vida, necesitaba un cambio. A partir de entonces, entró en mi cabeza la necesidad de buscar mi lugar en esta vida. No estaba seguro de si era al lado de Rolando. Me pregunté si acaso debía dejarlo, pero no podía, estaba arraigado a él.

Tal vez debí irme con Mónica. Conforme pasaron las semanas, me di cuenta de que la extrañaba mortalmente. Es lamentable cómo a veces damos por seguro a las personas que nos rodean y no es sino hasta que las perdemos que lamentamos no haberlas tratado mejor. Si tan solo hubiera llegado a amarla como amé a Justina. Pobre Mónica, merecía más amor del que Rolando o yo le dimos. Esperaba que lejos de nosotros pudiera encontrarlo

Pensé en buscarla, pero ella y Catalina habían desaparecido sin dejar rastro. Me arrepentí de no haberla tratado mejor. Pude haber sido menos indiferente y mostrarme más interesado o amable con ella.

No supe nada de Mónica. Traté de encontrar una pista que me dijera hacia dónde se habían marchado, pero nadie sabía nada.

Pobre Catalina, haber perdido a su abuela y a su querida hermana así. Si tan solo hubiera sabido que Rolando le asestaría un golpe tan fuerte, jamás se lo hubiera permitido. Además, nos habríamos ahorrado muchos problemas.

ENEMIGOS

"Las más grandes tragedias de los hombres
parecen llegar como sin pensarlas,
con su paso de lobo cauteloso".
Camilo José Cela, (La familia de Pascual Duarte)

Volvimos a ser sólo él y yo. Rolando estaba satisfecho de tenerme para él y no saber más de Mónica. Yo me dejé llevar por la corriente, lo complacía en todo lo que él quería. Por dentro echaba de menos a la loba y no dejaba de pensar en el error que había sido su partida.

No pasó nada relevante en nuestras vidas digno de ser contado. Entre las cosas que podrían considerarse de las más interesantes, mencionaré que durante una gala en el Palacio de Bellas Artes a la que tuvimos la suerte de colarnos, me acerqué lo suficiente al General Porfirio Díaz y pude estrechar su mano.

Otra cosa interesante que ocurrió fue una conversación, una noche en una reunión en casa de un conocido mío, el cual había estado en Guadalajara, para deleite de los invitados, dijo que tenía una historia. Alguien le dijo que había un vampiro cojo acechando las calles de aquella ciudad. Ante esa rara historia, otro invitado que también estuvo en Guadalajara dijo que él escuchó sobre un vampiro que asesinó a varios inocentes hasta que un grupo de valientes le clavaron una estaca en el corazón y lo enterraron en un conocido cementerio.

Las mujeres exclamaban "¡oh!" y "¡ah!" y se persignaban atemorizadas ante la idea de que seres demoniacos sedientos de sangre vagaran por las calles. No pude evitar recordar cuando yo era humano, la noche en la que me mordió Julen y su enfrentamiento con Rolando. El pelirrojo me aseguró que se encargó del asunto y nunca más volví a escuchar de Julen. De pronto me pregunté si estaría enterrado o si el enterrado era otro, mientras que Julen ahora vagaba con una sola pierna. Prefería no averiguarlo. En realidad, no importaba, Julen fue un mero accesorio del destino para que Rolando adelantara sus planes de convertirme en licántropo. No era importante.

Por supuesto que en aquella reunión donde nuestros conocidos hablaban de seres paranormales, ni el que contó sobre los vampiros ni los que oyeron aquellas historias las creyeron. Las catalogaron como meros cuentos de terror y se rieron ante la idea de que esos seres siquiera existieran, sin imaginarse que entre ellos había hombres lobo.

El tiempo transcurrió entre reuniones con la alta sociedad y noticias de huelga en todo el país; Rolando sospechaba que la situación política pronto sería adversa para nuestra posición y no se equivocaba. En noviembre de 1910 estalló la revolución. Yo no creí que eso era algo que debiera preocuparnos, después de todo, la capital seguía tranquila. De cualquier forma, la idea de que el país se desestabilizara fue un buen pretexto para cambiar de aires, y a principios del año siguiente nos embarcamos con rumbo a España. Una vez más volví a abandonar la patria que me vio nacer como humano y en donde estaba enterrada Justina.

De vuelta en el viejo continente, nos establecimos en Madrid por una corta temporada. No hay mucho que pueda decir del tiempo que estuve ahí, en realidad fue como si nunca hubiera estado. A diferencia de las veces anteriores, esta vez no establecí ningún tipo de vínculo con nadie más. Decidí que ya no quería caer en la hipocresía de establecer amistad con humanos, de la misma manera en que el lobo no hace amistad con las ovejas.

Actuaba como un ermitaño, evadiendo a las personas, incluso en las calles. No sé qué me pasaba, por un lado, nada me importaba, y por otro lado no dejaba de pensar en Mónica. Cada noche siempre terminaba preguntándome dónde estaría y la echaba de menos. Vaya ironía, y pensar que no la apreciaba tanto cuando no hacía más que pelear con Rolando y ahora no podía pensar más que en ella. Extrañaba su voz, contemplar su belleza, tener su compañía, porque no hay como tener la compañía de un igual a mí y aun cuando tenía a Rolando, no era lo mismo. Él era tan hedonista, tan superficial, tan egoísta, tan estúpido. Pero más estúpido era yo, que estaba a su voluntad para complacerlo en lo que él quisiera.

Sí, yo era un estúpido porque lo había soportado y amado durante años, cuando lo cierto es que, pese a su carisma, su camaradería y su inteligencia, Rolando no era más que un egoísta y un canalla. Mónica en cambio era auténtica, una criatura con sus instintos a flor de piel, una mujer de emociones volcánicas, tan viva, que incluso en su melancolía había algo hermoso y vibrante.

Qué estúpido había sido en dejarla ir. Qué gran estúpido por ponerme de parte de él en vez de defenderla a ella. Qué gran, gran estúpido en haberla juzgado duramente. Qué gran, gran, gran estúpido por valorarla tan tarde.

Rolando pensó que mi apatía hacia los humanos era porque necesitaba un cambio más interesante, tal vez visitar otro país. Fue así como terminamos en Londres a finales de 1914, el año del inicio de la Gran Guerra, la que se supone que terminaría todas las guerras, cosa que no sucedió como probó después la historia.

En los siguientes diez años ocurrieron muchas cosas en el viejo continente, fueron años duros, el mundo estaba cambiando, la sociedad ya no era la misma, la aristocracia perdía su poder, como lo ocurrido en Rusia, donde las ideas socialistas provocaron la caída del zar junto con su familia. Vaya ironía de la vida, Rolando y yo salimos de México cuando inició la guerra y sin saber que no encontraríamos paz, pues el mundo ardería en llamas en los años venideros.

Estar en Londres no me motivó a tratar de ser más sociable, sin embargo, admito que me entretenía con las cosas que pasaban a mi alrededor. El sentimiento antialemán de la Primera

Guerra Mundial hizo que el rey George V cambiara el nombre de la casa real a Windsor y el espectro bélico de lo que ocurría en Europa se sentía en la actitud general de las personas.

En 1918 la llamada Gripe Española causó temor en el mundo. Seguí la noticia y los rumores por morbo más que por preocupación. Yo no tenía que alarmarme por eso, los licántropos somos inmunes a todas las enfermedades y no era la primera vez que veía a los humanos caer como moscas ante una enfermedad, aunque admito que aquella epidemia me sorprendió realmente por sus síntomas y el gran número de muertes que dejó a su paso.

Me entretenía mucho leyendo. Me hice muy aficionado a las novelas de ficción científica. Devoré con especial avidez las novelas de H. G. Wells. Mi favorita era "La Isla del Doctor Moreau", tenía tanto sentido para mí; la ironía de la civilización humana, lo parecido que eran los humanos a los animales, aprendiendo trucos para vivir en sociedad. Siempre que lo leía, pensaba mucho en cuál era mi lugar en la sociedad, la bestia latente en mí estaba aburrida, aunque, en realidad, creo que siempre lo había estado, desde que era un hombre joven al que le gustaba caminar solo de noche.

El problema no era el resto del mundo, era y siempre había sido yo. Anhelaba libertad y soledad. A veces me quedaba pensando en ello y en esos momentos qué heroica me parecía Mónica, tan espontánea, posesiva y apasionada, como si su pasada rebeldía fuera el grito de los instintos animales que clamaban romper las ataduras de la mujer que no quiere ser sólo una muñeca, sino una auténtica fiera.

Y pensar que Justina era igual de tenaz e insubordinada. Mónica, mi hermanita, mi compañera, había triunfado al buscar hacer su vida a su manera, o al menos eso me gustaba pensar, porque desde aquel día de su partida no sabía nada de ella.

En Londres nos establecimos de manera sencilla. Lo que más me gustó de Londres fue el clima. Para un ser como yo sin aprecio por el sol, el cielo nublado es un gran beneficio; pocas compañías hay tan gratas como llevar a la neblina londinenses como capa.

No hay mucho que contar respecto a Rolando o a mí; vivimos tranquilos. Mis actividades con Rolando eran limitadas, él había retomado el gusto por el estudio y procuraba las reuniones con académicos e intelectuales, a los que podía escuchar hablar por horas. Su compañero podía ser un viejo pretencioso y charlatán que no paraba de hablar y Rolando ponía atención a todo lo que tuviera que decir, en especial, si el sujeto era un ingeniero.

Rolando estaba muy interesado en el funcionamiento de toda clase de máquinas, de tierra, agua y aire. En casa construyó una radio y un modelo a escala de un avión.

Yo no lo seguía a sus reuniones o exposiciones y demostraciones de ciencias, no me interesaba. Le daba espacio para que se ocupara de lo que él quisiera y me quedaba cuando ambos teníamos ganas de cazar o él quería mi compañía. La verdad es que pasaba mucho tiempo solo por las calles, caminando sin rumbo y sin hablar con nadie.

En la primavera de 1926 hice amistad con otros lobos. Rolando ya me había advertido antes que no era tan buena idea buscar nexos con licántropos ajenos a nuestra manada, porque siempre existía el riesgo de toparme con algún fanático. Aun así, me aventuré a conversar cuando la vi a ella.

Una mañana salí a caminar. Llevaba puesto un sombrero de ala ancha para cubrir mi cara de la luz. No tenía rumbo fijo, solamente quería estar fuera. Mis pasos me llevaron hasta el Támesis. Mientras caminaba cerca de ahí, divisé en un prado a una mujer con una cámara fotográfica. Ella miraba por el lente, luego ajustaba el trípode, volvía a mirar y ajustaba, como buscando el ángulo perfecto con una vista al río, la ciudad y el puente.

Ella también usaba un sombrero de ala ancha. Tenía el cabello muy corto como una *flapper*, pero usaba pantalones y un jersey de manga larga. Era pálida, con los ojos marrones y el cabello oscuro. De complexión fornida y casi tan alta como yo.

Me quedé observándola, había algo hipnótico en la atención al detalle que ponía en su tarea de sacar fotos. Ella me volteó a ver un par de veces, su aire era hostil, sin embargo, no dijo nada, sólo me miró y siguió atenta a lo que hacía.

—Eso parece fácil —comenté.

—Lo es —respondió glacial.

Esta vez nos observamos uno al otro, tuve la certeza de que no me equivocaba, había algo en ella que yo conocía bien, algo animal e inmortal. Ella al parecer notó lo mismo porque se apresuró a comentar:

—Es algo temprano para que alguien como tú ande paseando bajo los rayos del sol, ¿no te parece, cachorro?

—No tengo sueño, tenía ganas de salir. Además, lo mismo podría decir de ti.

Ella de nuevo se me quedó viendo con hostilidad, se notaba desconfiada y quisquillosa.

—No se pueden tomar fotos de noche, el equipo necesita luz, la del día.

—Lo cual me lleva a pensar que eres apasionada de este pasatiempo para pasar las mañanas bajo el sol.

—No quiero problemas, cachorro, ¿está claro?

—Yo tampoco, sólo quería entablar conversación. No conozco a mucha gente, menos licántropos.

Y de nuevo se me quedó viendo con una mezcla de recelo y hostilidad.

—¿Cuál es tu nombre, cachorro?

—Ernesto, ¿y el tuyo?

—Frederica.

—Mucho gusto, Frederica. Disculpa si te molesté, no era mi intención. Yo sólo quería ver lo que hacías y conversar.

—Me molesta la palabrería innecesaria —sentenció y se acercó a mí—. Hablemos claro, ¿eres de la Familia de Rómulo?

—¡No, claro que no!

—¿Alguna otra familia menor sin nada mejor que meterse

en asuntos ajenos?

—No pertenezco a ninguna familia.

—¿Vives solo?

—No, con mi compañero.

—No me mientas, no es necesario.

—No miento, es la verdad.

De nuevo silencio y más de esa mirada analítica de su parte. Por fin pareció relajarse un poco.

—Está bien, digamos que te creo, ¡por ahora!

Acto seguido volvió junto a su cámara. Yo me acerqué.

—¿Te importa si observo? Por favor.

Ella meditó su respuesta antes de decir:

—Si quieres puedes asomarte por la lente para que veas cómo funciona.

Jamás mostré interés ante ninguna conversación de Rolando sobre el mecanismo de ciertos artefactos. Pero ahí, de pronto, encontré bastante interesante aquella cámara fotográfica y a su usuaria.

Después de eso nos vimos un par de veces más. No tardamos en establecer un vínculo amistoso. Frederica me llamaba la atención por su estilo que tenía algo de andrógino, había días en que andaba con pantalones y parecía obrera. Otras veces andaba como flapper y usaba vestidos sueltos que se le veían muy bien. A ella le gustaba estar cómoda y detestaba las prendas que restringían movimientos, sobre todo los corsés, razón por la cual había pasado diferentes periodos de su larga vida haciéndose pasar por hombre, con el nombre de Frederick

Frederica vivía sola. Tenía más de cuatrocientos años, eso explicaba por qué a veces me llamaba *cachorro*. Ella había sido aficionada a la pintura por varios siglos hasta que aparecieron los primeros daguerrotipos y la fotografía. Para ella aquel invento fue toda una revelación. La fotografía la fascinó tanto que pronto dejó de pintar, se hizo con una cámara y se dio a la tarea de aprender todo al respecto. De vez en cuando aún pintaba, pero le gustaba más tomar fotos de lugares, paisajes y personas.

Ella me contó que, en una ocasión, un sujeto le robó el equipo fotográfico. Frederica se jactaba de que lo había rastreado en menos de veinticuatro horas y lo había hecho pedazos. Lo único que lamentaba era no haber tomado una foto del cadáver antes de deshacerse de él.

—Porque tú bien sabes, Ernesto, que no podemos dejar evidencia alguna de lo que hacemos, nuestra discreción debe ser absoluta. Aunque debo admitir que hubiera sido un buen recuerdo.

Yo por mi parte le conté de mi pasado, de Justina y de Rolando y Mónica y de la relación que actualmente tenía con mi compañero. Le hablé de las cosas que había visto en mis viajes y omití todo lo concerniente a nuestros problemas con la Familia de Rómulo y las autoridades humanas.

Frederica conocía a otro lobo al que a veces frecuentaba, decía que era algo así como su mejor amigo. Un día me dijo que tenía que conocerlo, le había hablado a él de mí y su amigo por fin había accedido a que lo visitara.

Nos reunimos una tarde, ella iba vestida a la moda con un vestido de un bonito estampado a cuadros, con la falda debajo de las rodillas. Llevaba zapatos negros, un bolso y sombrero. También usaba maquillaje.

—Hoy vienes más arreglada que de costumbre. Te ves bien así.

—Gracias, cachorro.

—También hueles a perfume.

—A mi amigo le gusta. ¡Andando! Nos está esperando.

La seguí. Llegamos hasta una vivienda pequeña a la que accedimos adentrándonos en calles angostas y húmedas. Ella sacó una llave de su bolso y entramos.

Sentado en una silla frente a la ventana, con un libro sobre sus piernas, estaba un hombre de cabello canoso que aparentaba unos cincuenta años. Frederica se le acercó.

—Ya estoy aquí.

Él volteó a verla, extendió su mano para tocar su brazo, ella se inclinó para besarlo en los labios.

—Estás hermosa, también hueles delicioso. —La jaló del brazo para olisquearla, parecía tener la intención de volver a besarla, pero Frederica no se lo permitió—. Me encanta ese perfume francés, ¿cómo dices que se llama?

—Chanel No. 5.

—Claro, por supuesto. La próxima vez que volvamos a París te compraré más.

Ella se enderezó y se dirigió a mí.

—Aunque no lo parezca, me encantan los perfumes franceses. La última vez que estuvimos en París olfateé este y supe que debía tenerlo. ¿Has estado en París, cachorro?

La pregunta me tomó por sorpresa, mis labios se separaron, pero sólo alcancé a tartamudear antes de responder:

—No en varias décadas.

—A mí me encanta París, mucho más interesante que Londres. Quizá la próxima vez que tú y tu compañero hagan un viaje, les interese visitar París.

—A Rolando y a mí nunca nos gustó París —mentí.

—Hace bien —refunfuñó el amigo de Frederica—, es horrible, demasiados licántropos.

—¿Qué dijiste de los licántropos? —se volvió hacia él con una nota dominante—. Te recuerdo que yo soy de esa estirpe, viejo gruñón.

—No lo digo por ti y lo sabes, ¡lo digo por la Familia!

Contuve el aliento, para mi mala suerte aquel lobo pareció notarlo y su gesto se volvió huraño.

—Mejor no los menciones, no sabes si él es uno de ellos.

Ella dejó caer aquella oración en el aire como si estuviera probando la reacción de su amigo. Él apretó el puño.

—No habrás sido capaz de traer a mi casa a uno de ellos.

—¡Claro que no, lobo tonto! No creo que él sea uno de ellos.

—No lo soy —me apresuré a afirmar—, no pertenezco a la Familia de Rómulo ni a ninguna otra familia menor.

—Deja que te vea. Toma asiento —y me señaló una silla

frente a él.

—Eres grosero, ni siquiera me has permitido presentarlos. Ernesto, Lorcan, un ulfhednar. Lorcan, Ernesto, un licántropo.

Tomé asiento frente a Lorcan, sus ojos azules eran glaciales. El ulfhednar parecía estarme analizando. Mantenía el ceño fruncido.

—Él no soporta las formalidades —comentó Frederica—. A veces es algo tosco, pero te aseguro que en el fondo es buena bestia.

Me mantuve en silencio, lo dejé a él que iniciara conversación. Me preguntó algunas cosas sobre mí, de dónde era y hacía cuanto tiempo era un hombre lobo. También me preguntó sobre la forma en que terminé convertido y se lo conté.

Mientras hablábamos, Frederica se dirigió a la cocina para preparar café. Luego lo trajo hasta nosotros y se sentó para formar parte de la conversación. Los dejé que ellos guiaran la charla el resto de la tarde, hasta que anuncié que era hora de retirarme. Lorcan mantuvo el rostro serio todo ese tiempo. Entonces sonrió y le dijo a Frederica:

—Me simpatiza. Puedes traerlo de nuevo.

Me gustó compartir tiempo con ellos y a ellos les gustó mi compañía. Después de eso visité a Lorcan un par de veces más y tuvimos una buena charla. En esas visitas noté la proximidad y la familiaridad con la que él y Frederica se hablaban. Había entre ellos mucha tensión animal. Él siempre parecía ansioso por besarla. Ella en cambio lo mantenía a raya.

Unos días después, me encontré con Frederica mientras hacía bocetos a lápiz de las personas que paseaban por un parque. Comenzamos a hablar de Lorcan y no pasó desapercibido el respeto y cariño con el que se refería a él.

—Hablando de Lorcan, ¿me permitirías preguntarte algo?

—Adelante —respondió con calma.

—¿Qué hay entre ustedes? Dices que es un amigo, pero parece mucho más que eso.

Ella me volteó a ver y sonrió. Volvió la vista a su boceto

mientras respondía.

—Digamos que tenemos una historia. Lorcan y yo hemos sido amantes. Las cosas no funcionaron y nos separamos, aunque no del todo. Acordamos que seríamos siempre amigos y cuidaríamos uno del otro. A veces no nos resistimos a la atracción que sentimos y nos dejamos llevar porque lo que estuvo ahí, sigue ahí. No lo sé, lo nuestro es complicado.

Encontraba su relación interesante. Ella era tan fuerte, tan emprendedora y él tan taciturno. Lorcan era un huraño, no salía tanto como Frederica. Cuando nos reuníamos, escuchábamos discos en un fonógrafo que ella le regaló. Él decía que no lo escuchaba a menos que ella estuviera ahí, no estaba muy seguro de eso porque tenían varios discos del gusto de ambos. A él le agradaban las óperas y a ella le encantaba el jazz.

Uno de los pasatiempos favoritos de Lorcan era jugar ajedrez. Era un contendiente formidable, disfrutaba mucho nuestras partidas. Fue por Lorcan que aprecié la hermosura de la casta de los ulfhednar, nombre de los terribles guerreros con piel de lobo. Cuando Lorcan se transformaba, era imponente, se veía tan fiero, que podía aterrar a quien fuera.

Ellos parecían satisfechos de que de vez en cuando los visitara. Me comentaron que hacía años que no se encontraban con otro licántropo, pues los seres como nosotros eran escasos.

—No como antes de la cacería —mencionó Lorcan—, pero entonces había muchos lobos torpes arriesgando nuestro anonimato. Es mejor así como estamos ahora, que los hombres lobo somos pocos y podemos vivir en paz.

—¿Por qué te desagrada la Familia de Rómulo? —pregunté.

—Ninguna razón en especial. Es sólo que no soporto su fanatismo.

Frederica estaba entretenida en zurcir los calcetines de Lorcan.

—No le agradan porque es un viejo gruñón —respondió desde su asiento.

—Eres terrible, deberías comportarte más de acuerdo con el

papel de una dama.

—¡Jamás! Además, el papel de las damas está cambiando. Las mujeres están ganando derecho a votar, a estudiar, a no usar más corsés. Ya en Rusia las mujeres, protestando por sus derechos, ayudaron a iniciar una revolución que acabó con los zares.

Lorcan suspiró como si estuviera derrotado.

—¿Te das cuenta, Ernesto, con el horror que tengo que lidiar?

Ella se levantó y llevó hasta él los calcetines.

—Síguete quejando, viejo gruñón, y no vuelvo a visitarte. Por cierto, tus calcetines.

Él extendió la mano para tomarlos, ella los alejó.

—Primero se dice gracias.

—Gracias, no podría hacer esto sin ti.

—Así está mejor —ella sonrió y le tendió los calcetines.

Lorcan tomó un extremo de la prenda, tiró de ella, Frederica no la soltó. Él tomó a la loba del brazo y la jaló hacia él. Ella sonreía segura de su dominio, él la miraba embobado. De pronto fue como si yo no estuviera ahí y ellos estuvieran solos.

—Vuelve conmigo, te lo suplico.

Ella se inclinó y lo besó con pasión, luego se separó y murmuró.

—No.

—Por favor, regresa a vivir conmigo.

—Me gusta ser libre.

—No me voy a dar por vencido. Algún día te voy a convencer.

—Ya veremos. Puedes volver a preguntarme en otros diez años.

La loba le acarició el mentón y el cuello, él parecía temblar al contacto. Sus rostros estaban muy cerca, era como si estuvieran midiendo fuerzas en un combate donde la pelea se libraría devorándose a besos.

Hice como si tosiera, ellos salieron de aquel trance voluptuoso al volver a percatarse de mi presencia. La loba se enderezó, Lorcan recuperó su semblante gélido y puso sus calcetines remendados a un lado. Frederica se dirigió a la cocina.

—Traeré café.

Más tarde, mientras ellos bebían café, me contaron que, aunque no pertenecía a ninguna familia, Frederica mantenía una rigurosa vigilancia en Londres a fin de enterarse de cualquier movimiento relacionado con licántropos que pudiera haber. Si alguno ocasionaba problemas, Lorcan y ella se encargaban del asunto. La razón por la que lo hacían era simple, no querían que el problema se hiciera grande y terminara por atraer a la Familia de Rómulo.

Durante la era victoriana, un periodo que en la opinión de Lorcan había sido insufrible. Frederica tuvo una mala experiencia por culpa de un licántropo torpe. En todos esos años, ella vivía con Lorcan haciéndose pasar por su hermano menor, Frederick. Unos lobos fanáticos buscaban a un caballero licántropo torpe, acusado de violación y asesinato. Ellos creyeron por error que ella era a quien buscaban, por lo que ella y Lorcan tuvieron que esconderse.

—Ellos no querían escuchar. Son tan testarudos y tan fanáticos que no me dejaban hablar.

—Yo no iba a dejar que la lastimaran, así que me di a la tarea de hacer el trabajo de esos imbéciles e investigar quién era el responsable. Luego, ya que tuvimos toda la evidencia, y de paso, al responsable, lo sometimos con agujas de plata para que no pudiera transformarse.

—Me puse un vestido y fuimos a ver a los lobos de la Familia con las pruebas de nuestra investigación. Queríamos que vieran que no sólo se habían equivocado de persona, sino que yo ni siquiera era un hombre. Les demostramos la verdad de lo que ocurrió y ellos, lejos de agradecernos, se portaron como unos verdaderos estúpidos.

—La hicieron levantarse la falda para comprobar que en efecto era una mujer y le faltaron el respeto.

—Ernesto no tiene que escuchar eso.

—Se portaron como reverendos hijos de puta. Cuestionaron su asociación conmigo por no ser de la misma especie. Son tan arrogantes, no soportaron que hubiéramos hecho su trabajo mejor que ellos. Los detesto. Créeme, no lamenté cuando dos de ellos, justamente los que ofendieron a Frederica, desaparecieron. De hecho, disfruté bastante hacerme cargo de ese trabajo —comentó Lorcan con malicia.

—Desde entonces preferimos hacer su trabajo y deshacernos de lobos problemáticos antes que ellos lleguen. No nos gusta actuar como si fuéramos policía de lobos, de hecho, la mayor parte del tiempo nos mantenemos al margen. Sólo cuando tememos que una situación podría llegar hasta los oídos de la Familia es que intervenimos. Por fortuna, no ha ocurrido nada que llame su atención y nosotros vivimos en paz.

En el tiempo que estuve en contacto con ellos llegué a apreciarlos; eran mis amigos. Traté de convencer a Rolando de que los conociera, pero él se negó terminantemente. Insistía en que no podíamos confiar en otros lobos, que antes haría amistad con un vampiro. Decía que yo era un tonto por confiar en ellos y opinaba que lo mejor sería que no los viera más.

Por su parte, Lorcan mostró la misma antipatía hacia mi compañero. Le bastó con verlo de lejos para decidir que no le agradaba. Eso había sido una noche en que yo paseaba con Rolando y por casualidad nos encontramos con Lorcan y Frederica. La loba tenía curiosidad respecto a quién era mi compañero, ella sabía la clase de relación que mantenía con él. Rolando, por su parte, no fue grosero, pero no por ello se mostró menos glacial. Lorcan lo detestó de inmediato y mi compañero mostró el mismo recelo hacia él. No hablamos mucho, nos despedimos y seguimos nuestro camino.

Fue en el verano de 1929 cuando todo cambió. Escuchamos rumores de que se había encontrado el cadáver de una mujer, el cual, de acuerdo con las autoridades humanas, parecía haber sufrido el ataque de tal vez un perro de gran tamaño.

Frederica miró la noticia en los periódicos y no le gustó ni un poco. Contactó a varios conocidos para enterarse de más detalles. También prestó atención a los rumores que circulaban en las calles, entre las personas.

Unos días después me buscó para interrogarme.

—Sin duda esto es obra de un hombre o mujer lobo. No has sido tú, ¿verdad? —me cuestionó.

—Por supuesto que no, jamás he sido así, además tú sabes lo limitadas que son mis noches de caza.

Frederica alzó la nariz.

—Qué descuido no haberse deshecho del cadáver. Scotland Yard ha abierto una investigación. Esto es imperdonable, asuntos de licántropos en manos de humanos. Me pregunto quién será el nuevo lobo de la ciudad. Tendré que buscarlo y más le vale al responsable que jamás lo encuentre en mi ciudad, porque si me entero de su identidad, yo y Lorcan lo haremos sufrir.

—Comprendo tu postura —asentí—, nuestra especie no necesita nuevos roces con los humanos.

—¿Quién se está preocupando de los humanos? —comentó Frederica—. Yo no hago mi patrullaje porque les tema a los humanos. Hay ratas en las calles de Londres, licántropos que no dudarán en poner sobre aviso a la Familia de Rómulo, y es a ellos a los que no quiero en mi ciudad.

Un escalofrío recorrió mi cuerpo. Dentro de la esfera de mi cabeza, los recuerdos de nuestro roce con la Familia de Rómulo volaron como en hojas secas en un torbellino caótico. Ella estaba molesta y tenía sus razones para odiar a la Familia de Rómulo.

Sin embargo, Rolando también tenía un punto muy válido cuando me dijo que no había un verdadero sentido de hermandad entre licántropos, fuera de aquellos con los que uno forma su manada. Al final, cada lobo busca su propia supervivencia, como pronto lo vería.

Unas semanas después, la policía encontró otros dos cadáveres, ambos con severas marcas de ataque de algún animal.

Entre los humanos corrían muchos rumores, se pensó que quizá había sido un perro en el caso de una de las víctimas. En el segundo caso, dado la precaria condición social del desafortunado sujeto, hubo quien opinó que quizá lo habían devorado las ratas. Pero las heridas eran demasiado grandes y profundas para tratarse de ratas.

No todos se tragaban el cuento de que hubiera sido un animal, al menos no sin la intervención de alguien más. En las mentes de algunas personas, las sombras de eventos pasados, de esos que se vuelven leyenda, evocaban a Jack el Destripador. Algunos incluso especularon su regreso.

Me encontré por casualidad con Lorcan una tarde, cerca del parlamento. La voz metálica del Big Ben cantaba las cinco de la tarde. Ese día paseaba en compañía de Rolando. Él, como siempre, mostró muy poco interés en Lorcan. Por lo regular, el ulfhednar actuaba de igual manera, pero en esa ocasión fue diferente. Mientras hablaba conmigo, clavó la vista en el pelirrojo que se había alejado unos pasos y se miraba las uñas con actitud arrogante, como si no hubiera nada más importante que un estilo impecable.

—Por cierto —comentó Lorcan—, Scotland Yard encontró algo en el último cadáver; parece ser una pista de quién está detrás de los ataques.

—¿De verdad? —comenté—, ¿de qué se trata?

Lorcan guardó silencio y suspiró antes de contestar:

—Debo retirarme, acabo de recordar que tengo algo que hacer.

Lorcan siempre había sido parco en el trato, sin embargo, ese día había algo raro en él. No le di importancia y seguí mi camino junto a mi compañero.

Esa noche llovió. A veces es agradable mojarse al vagabundear en las calles, de noche, recibiendo el abrazo frío de la lluvia. Tenía ganas de caminar bajo la lluvia, así que le pedí a mi compañero que saliéramos juntos y él accedió.

Íbamos en silencio cuando escuchamos ruido de pisadas, no eran humanos; cuando se tiene un oído tan desarrollado como el nuestro, uno es capaz de distinguir con claridad el sonido de los pasos humanos sobre un piso mojado y el murmullo del andar de otra clase de seres. Lo que escuchábamos eran zarpas de hombres lobo contra las piedras y los charcos del suelo.

El gruñido de los dueños de esas pisadas nos puso en alerta. Cayó un relámpago, la luz momentánea de aquel fenómeno eléctrico iluminó un instante los rostros antagónicos de aquellos hombres lobos. Uno era un monstruo de enorme tamaño y pelaje oscuro, tenía el cuerpo terrible y musculoso de un ulfhednar. A su lado, una licántropo de pelo oscuro, de cuerpo delgado y estilizado.

Fruncí el ceño sorprendido.

—Lorcan, Frederica, ¿qué ocurre?

Lorcan gruñó. Frederica amenazó con voz ronca.

—Hazte a un lado, Ernesto, y no te lastimaremos.

Me quedé pasmado, ¿lastimarme? ¿De que estaban hablando? Ellos repitieron la amenaza, esta vez acompañada del gruñido amenazador de sus gargantas.

—Esto es inaudito —exclamé sin salir de mi asombro—, ¿por qué actúan así?

—¡Hazte a un lado! —gritó Frederica—. No estamos aquí por ti.

—¿Me quieres explicar qué es todo esto?

—Te dije que nunca confiaras en otros licántropos fuera de tu jauría —gruñó Rolando en un tono bajo, casi un susurro, pero que no por ello sonaba menos hostil.

Cayó otro rayo, Rolando ya estaba transformado en lobo.

—¿Qué está sucediendo? —protesté.

—Hermano Lobo, ¿es que no te das cuenta? Tus amigos no son de confianza, ellos tienen algo contra mí sin yo haberles hecho nada y está bien. Ellos no van a detenerse y tú bien sabes que yo nunca me acobardo.

Lorcan se arrojó contra Rolando, el combate fue violento,

ambos eran oponentes feroces; yo sabía que Rolando era un lobo muy poderoso, pero jamás me imaginé que sus fuerzas estarían a la par de las de un ulfhednar. Frederica hubiera marcado la diferencia de no haber sido por mi inmediata intervención. No me pareció justo que dos lobos se enfrentaran a uno, yo no iba a quedarme de brazos cruzados. Frederica era un rival formidable, no era cualquier cosa medir fuerzas con ella.

—Eres admirable, Ernesto —comentó la mujer lobo—, de verdad te respeto. Lo que menos quiero es ser tu enemiga. Mejor hazte a un lado y déjanos encargarnos de este lobo insensato que nos pone en riesgo a todos.

—Él no ha hecho nada —comenté.

La batalla entre el licántropo y el ulfhednar se inclinó a favor del pelirrojo, quien aprovechó un instante para zafarse, golpear a su oponente y tirarlo en el suelo. Lorcan se levantó en un segundo, volvió a ponerse en posición de ataque, por lo visto se necesitaba mucho más que algunos buenos golpes para pensar en siquiera derrotarlo.

—¡Expliquen de una vez qué tienen contra él! —bramé.

Fue Frederica la que habló:

—La pista que encontraron en el último cadáver son unos cabellos largos y rojos, iguales a los de él. Lorcan los ha visto, son del mismo tono cobrizo.

Me quedé pasmado, debía haber un error. Miré a mi compañero de manera acusadora, Rolando hizo una mueca burlona.

—Eso es absurdo, hay muchas personas con cabello largo y rojo. Bien podría ser incluso una dama con sed de sangre.

—No, quien hizo eso era otro licántropo y no hay otro en esta ciudad con ese cabello —exclamó Lorcan y apuntó a Rolando de forma acusadora—. Fuiste tú, dejaste un cadáver de manera descuidada y ni te diste cuenta de que te arrancó algunos cabellos.

—¡Están equivocados! —se defendió Rolando—. Yo no hice eso. Además, si alguien se hubiera atrevido a jalarme el pelo, lo hubiera reducido a polvo.

—Dale tus explicaciones a la Familia de Rómulo —sentenció Frederica.

—¡Basta! Están en un error —grité y me planté frente a mi amigo.

—Déjalos —ordenó Rolando en cuatro patas—, si quieren pelea, es lo que tendrán —sentenció y se relamió los colmillos, por lo visto su orgullo y su naturaleza siempre bélica lo impulsaban a continuar el combate.

—Amigos míos, escuchen bien —proseguí haciendo caso omiso al pelirrojo—, yo conozco mejor que nadie a este licántropo, he vivido con él más de cien años, y puedo asegurarles que él conoce bien las reglas de discreción imperantes para los de nuestra especie. Les doy mi palabra, yo sé lo que les digo, debe haber otra explicación.

—¡Ah sí! ¿De qué otra manera podría alguien haber terminado con su cabello en la mano?

—¡Se los garantizo! ¡Debe haber otra explicación! Algo está mal, lo puedo sentir. ¡Por favor! Si alguna vez guardaron hacia mi amistad algún tipo de estima, entonces, se los suplico, crean lo que les digo; esto debe ser una confusión.

Ellos amenazaron con atacar a Rolando, las fauces de este dibujaron una maliciosa sonrisa. Yo me planté firme en medio de aquel torbellino de emociones antagónicas, no podía permití que volvieran a pelear.

Por primera vez en años, no hablé lacónico o indiferente, sino con verdadera pasión. No podía ser de otra forma, expuse mi argumento con determinación, les reiteré la certeza que tenía de la conducta de mi amigo. Ellos no querían escuchar, yo insistí y les supliqué que confiaran en mí. Ellos finalmente retrocedieron.

—Eres un tonto, Ernesto —sentenció Frederica—. Amas a este sujeto más de lo que merece.

Lorcan volvió a su forma humana.

—Está bien, nosotros no les haremos nada. Pero tampoco los queremos cerca. Te lo dije, no nos gustan los problemas en nuestra ciudad y los echamos antes de que la Familia se acerque.

—Por ti, Ernesto —comentó Frederica—, sólo porque tú insistes, pero esto es todo lo que haremos por ti.

—La Familia de Rómulo ya está en camino —anunció Lorcan.

—¿Están tras mi compañero?

Lorcan asintió con la cabeza.

—Pero es que no es justo —protesté sintiéndome asfixiado, como si la desesperación y la indignación comenzaran a llenar mis pulmones—. Él es inocente... algo está mal...

—¡Váyanse de Londres! —pronunció Lorcan con voz fuerte. Luego se dio la vuelta y se marchó.

Frederica volvió a su forma humana, me miró con cierto reproche, en su rostro estaba el velo de la decepción. Por un momento me pareció que iba a reclamarme algo. En vez de eso se limitó a decir:

—Suerte, la vas a necesitar.

Me dedicó una última helada mirada, luego fue hasta donde Lorcan la esperaba a distancia, se tomaron de la mano y se alejaron en la oscuridad.

Nos quedamos solos. Me volví hacia Rolando, ambos estábamos en nuestras formas humanas, él parecía ni siquiera inmutarse.

—¿Qué diablos pasó aquí?

—Te dije que no confiaras en licántropos fuera de los de tu jauría —murmuró con indiferencia.

—Ellos son buenos lobos. Ahora quisiera saber por qué vinieron tras de ti.

—Son tus amigos, no los míos. Explícalo tú.

—Yo te conozco, sé que no eres culpable de lo que te acusaron, ¿o es que me equivoco?

Levantó la mirada con asombro, pareció ofendido.

—¿Dudas de mí?

—Claro que no —dije—. Sé que por temporadas cambias algunos de tus hábitos por diversión, eres un inconstante de mierda, pero no creo que hayas hecho un acto que sólo te acarrearía la atención de aquellos que odias.

—Bien, ya tienes la respuesta correcta. ¿Ahora te importaría si nos largamos a casa? Tengo cosas en qué pensar.

Caminé a paso lento a un lado de Rolando. Entonces tuve otra pregunta.

—Si no fuiste tú, ¿por qué Frederica y Lorcan dijeron que la última víctima de ataque de lobo tenía algunos cabellos tuyos?

Rolando emitió un suspiro cargado de enojo.

—Eso es precisamente lo que tengo que descubrir.

Partimos de Londres unos días después. Nos fuimos a Birmingham con la esperanza de ocultarnos un tiempo hasta que las cosas se calmaran y pudiéramos regresar a Londres.

Unas semanas después volvió a ocurrir. El cadáver mutilado de una joven adolescente fue encontrado a tan solo una cuadra de nuestra residencia. El ataque no había sido tan agresivo, este parecía más bien obra de un humano cruel que de un licántropo. La joven presentaba algunas señales de lucha; en su mano, como puesto a propósito, algunos cabellos largos y rojos como los de mi amigo.

Salí a ver qué se rumoraba. Entre los vecinos escuché a un humano murmurar:

—Fue aquella chica, la que se pasea con el perrito. Es pelirroja y no se llevaba bien con la que asesinaron... o eso escuché.

—¡No, te equivocas! Esa muchacha no tiene la fuerza para cometer un crimen así. Debe haber sido ese hombre, el recién llegado. Me parece sospechoso.

Rolando y yo tuvimos que escabullirnos lejos de ese lugar, no sólo porque debíamos alejarnos de los humanos, también porque pronto descubrimos a un licántropo que se paseaba entre los humanos en la calle, mirándonos con semblante acusador que en silencio parecía gritar "¡váyanse, idiotas!".

El viento soplaba frío la noche en que salimos de Birmingham. No podía dejar de pensar en la Familia de Rómulo, sentía miedo al castigo que nos amenazaba por algo de lo que

184

Rolando juraba no ser responsable. Era un miedo casi histérico, pues cuando uno está acostumbrado a ser poderoso victimario y de repente se pone en el lugar de la vulnerable presa, la sensación es abrumadora.

—Alguien está tratando de arruinarme —dijo mi compañero con una nota de enfado—, y quien quiera que sea lo pagará caro.

—Y mientras tanto, ¿qué? —pregunté.

Rolando no replicó nada, y no era necesaria la respuesta.

Al principio dudamos hacia dónde dirigirnos. Cada vez que llegábamos a un poblado nos quedábamos ahí uno o dos días. Rolando estaba de mal humor todo el tiempo y no lo culpaba.

Él se pasaba dando vueltas por su habitación, mascullando, preguntándose una y otra vez cuál de sus tantos antiguos enemigos era el que estaba detrás de lo que había sucedido. También, pese a que no lo admitía, yo sabía que temía a la Familia de Rómulo.

Anduvimos errantes por varias partes de Inglaterra, ya no desempacábamos nada, todas nuestras cosas estaban siempre dentro de baúles. Por fin decidimos marchar con rumbo hacia Liverpool.

Viajamos de noche; por cierto, hacía ya un buen tiempo que no lo hacíamos en carruaje. Rolando detestó el transporte tirado por animales en cuanto vio el primer automóvil y pronto se hizo de uno que cambió después por otro modelo mejor. Por aquel entonces tenía un Morris. Pocas veces me dejó manejarlo, Rolando siempre conducía.

Esa noche, mientras avanzábamos, yo iba inmerso en mis pensamientos. Confiaba en mi compañero, sin embargo, tenía un mal presentimiento. Me sentía como si fuera arrastrado por la incertidumbre de no entender qué ocurría en torno a nosotros.

De pronto escuché un ruido que me sacó de mi ensimismamiento, algo se movía a la par que nosotros. Enfoqué mi oído hacia la noche, lejos del ruido del motor, para saber de qué se trataba. Eran pisadas, se trataba de zarpas de algún animal que corría. Antes de que pudiera decirle algo a Rolando, un animal saltó de entre los árboles y golpeó el costado del conductor. Rolando apenas y pudo controlar el auto. Nos detuvimos.

Algunas de nuestras maletas salieron volando. Otro licántropo apareció del lado derecho y una loba más detrás de este, todos estaban a cuatro patas, uno no llevaba prenda alguna puesta, los otros dos traían chalecos que parecían llevar objetos en bolsas internas. Ellos estaban listos para atacar. El pelirrojo y yo descendimos del auto. Rolando miró la carrocería del vehículo, había algunos raspones. Se volvió furioso a los atacantes.

—¡Arruinaron mi auto! —bramó Rolando.

—Rolando Solari —dijo uno de ellos—, tienes mucho que explicar ante la Familia de Rómulo. Tendrás que venir con nosotros. Entrégate de forma pacífica y ni tú ni tu compañero serán lastimados.

—¿De qué lo acusan? —pregunté.

—Indiscreción —dijo la loba—, ha dejado un rastro de sus muertes en diversas partes, la última en Newcastle.

—¿Newcastle? —exclamó Rolando, atónito—. Nosotros ni siquiera hemos estado ahí.

Eso era verdad, yo no podía dar crédito a lo que escuchaba.

—Silencio, vendrán con nosotros —ordenó el lobo que había hablado primero.

—Primero tendrán que derrotarnos —dijo mi compañero.

Esa frase junto con un gruñido de mi parte bastó para ponerlos en acción contra nosotros. Rolando y yo los recibimos transformándonos de inmediato.

La pelea fue desigual. Nosotros éramos fuertes, sin embargo, no debíamos subestimarlos, porque ellos también. Rolando dio una pelea admirable, por lo visto estaba dispuesto primero a morir antes que caer en las sádicas garras del tribunal de la Familia de Rómulo. Dos de ellos me sometieron, uno sacó de una de las bolsas de su chaleco una caja de madera y de ella una larga aguja que enterró en mi cuello. La sensación fue como fuego al rojo vivo, emití un largo aullido, me revolqué, traté de liberarme de aquello que me hacía tanto daño, al tiempo que sentía cómo perdía mi fuerza y recuperaba mi forma humana. Un hilo de sangre manó de mi cuello.

La loba se quedó conmigo, los otros dos ahora fueron por Rolando. Él se supo perdido, me miraba con desesperación, yo sé que quería ayudarme, sin embargo, también leí en su mirada sus intenciones de correr, dejándome ahí, para salvar el propio pellejo.

—No tienes escapatoria —dijo con una sonrisa malévola uno de los lobos de la Familia de Rómulo—. Hace tiempo que varios de los nuestros querían ajustar cuentas contigo. Stanislav, en especial, pidió estar presente cuando fueras presentado ante los altos lobos de la Familia de Rómulo.

Rolando tragó saliva al escuchar aquel nombre, Stanislav, el licántropo rival de su pasado, el que ya alguna vez en nombre de la Familia de Rómulo había enfrentado a Rolando por sus errores en sus años novicios y después por los de Mónica. Gruñó alterado, estaba en desventaja, no teníamos escapatoria. Necesitábamos ayuda.

Fue entonces que las tuercas del destino giraron y *el Deux Ex Machina* entró en acción.

Un rayo negro saltó sobre uno de aquellos licántropos: era un ulfhednar. Aquel lobo era enorme, fornido, un monstruo con la saña diabólica de un perro rabioso venido del infierno. Atacó a uno de los licántropos, el cual quedó tendido en el suelo. La loba que me vigilaba lo enfrentó, el ulfhednar gruñó en su dirección. Ella y su compañero se lanzaron contra el ulfhednar, este los recibió con un estruendoso bramido.

Rolando, en un movimiento inteligente, se decidió a luchar en equipo con el ulfhednar. Yo, ahora que nadie me vigilaba, con un gran esfuerzo, sintiéndome sofocado, me incorporé y presioné con los dedos en el punto en que había entrado la aguja, no podía alcanzarla. Presioné más fuerte, tenía que extraerla porque me quemaba. Por fin la aguja asomó un poco, mis manos se cubrieron con mi propia sangre, aguanté el dolor y presioné más hasta que asomó lo suficiente para poder tomarla con los dedos y sacarla. Me tomé un momento para tomar aire, poco a poco mi cuerpo recuperó sus fuerzas. Estaba muy mareado y me tambaleaba.

El ulfhednar y Rolando dieron una batalla épica hasta que sus oponentes ya no pudieron levantarse. Inconscientes, los tres licántropos de la Familia de Rómulo permanecían abatidos en el suelo. Rolando y yo nos miramos mutuamente, sin palabras le hice ver a mi compañero que me encontraba bien. Un gruñido hostil nos volvió a poner en guardia, provenía del ulfhednar. El lobo desconocido se quedó por completo inmóvil, de pronto parecía más un animal disecado que un hombre lobo palpitante de vida.

Rolando, con el ceño fruncido, preguntó:

—¿Por qué has venido?

Él no respondió. Las pupilas en sus ojos negros fueron lo único que se movió, escrutándonos de arriba hacia abajo. Como si Rolando no estuviera ahí, su atención se fijó en mí.

—Tú debes ser Ernesto. Lorcan les aconsejó que se fueran lejos —murmuró.

—Siempre pensé que Lorcan no tenía contacto con ningún otro lobo además de Frederica —dije.

—La actividad cotidiana que ha mostrado en los últimos años no representa toda su vida, muchacho; tú no sabes nada de las amistades de su pasado ni lo que ha ocurrido en las últimas semanas. Por cierto, no es a él a quien le debes que yo esté aquí, sino a Frederica; si Lorcan pidió mi ayuda fue por ella.

Me encogí de hombros. Rolando volvió a preguntar:

—¿Quién eres? Anda, responde por qué nos has ayudado.

El lobo se tomó un momento antes de contestar:

—Escuché rumores de que un licántropo iba a ser perseguido por la Familia de Rómulo. Entonces Lorcan me contactó. Él y Frederica descubrieron que los cabellos rojos encontrados en las escenas de los crímenes estaban cortados, no arrancados. Una víctima que lucha arranca el cabello. Esta evidencia la pusieron ahí a propósito. Pero los miembros de la

Familia de Rómulo son tan idiotas y están tan sedientos de echarle mano a Rolando, que ni siquiera repararon en estudiar la evidencia.

Rolando y yo nos quedamos sin habla. El ulfhednar sonrió con una calma inocente que pocos creerían que sería posible en un carnicero como él, se veía casi amistoso, eso sumado a su inmovilidad, lo hizo parecer como un gigantesco perro de peluche.

—¿Por qué haces todo esto? —preguntó Rolando con recelo.

—Porque ustedes dos son apreciados por amigos que me son muy queridos. Ernesto, un tipo taciturno, sereno y de buen talante. Frederica te tomó afecto y con ello tienes también a Lorcan. —Se volvió hacia mi amigo—. Rolando Solari, el famoso lobo pelirrojo, he escuchado mucho de ti, alguien me dijo que es difícil resistirse a tu carisma, alguien que te conoce tanto como tu actual compañero.

Nos quedamos mudos, estábamos sorprendidos.

—En cuanto a mí, prefiero presentarme con la cortesía debida cuando todo esto termine y podamos vernos a nuestras caras humanas. No puedo tolerar cuando alguien está tratando de arruinar a licántropos inocentes. Yo sobreviví a los años de la gran cacería, perdí a muchos buenos amigos a manos de humanos, pero también en garras de licántropos obsesionados por el poder. Ellos no conocen la justicia, son torpes. Sólo aplican la ley de acuerdo con su ciego criterio y sin tener pruebas. Odio a la Familia de Rómulo.

—¿Qué debemos hacer? —pregunté.

El ulfhednar se incorporó listo para irse.

—Sigan hacia Liverpool y quédense ahí un par de días. Yo traeré ayuda. Si mi olfato no me traiciona, quien está detrás de todo esto no tardará en acercarse de nuevo a ustedes. Estén alerta, licántropos. Ahora váyanse.

Rolando y yo obedecimos, abordamos nuestro auto y nos alejamos de aquella escena. Volteé hacia atrás, el ulfhednar recuperó su forma humana. Contemplé a aquel hombre musculoso y velludo, completamente desnudo, lo observé cuando hurgaba en los chalecos de los lobos caídos, sacó una pistola, apuntó y les dio un tiro en la cabeza a cada uno de ellos. El estruendo de la pistola provocó que un escalofrío recorriera mi espalda. Me volví hacia el frente, Rolando parecía enojado, sumido en sus pensamientos.

—Eran balas de plata, ¿no es así? Iban a usarlas en nosotros.

—Que no te quede la menor duda de eso.

Ya en Liverpool, rentamos una habitación. Ahí nos quedamos por una semana sin salir ni ver a nadie. Yo permanecí estático la mayor parte de mi claustrofóbica estancia. Rolando mantenía una estricta vigilancia, se asomaba una y otra vez por entre los pequeños espacios de la cortina que cubría la ventana. Él parecía obsesionado por encontrar a la persona que quería arruinarlo, su instinto le decía que estaba cerca, allá afuera, vigilando cada uno de nuestros movimientos.

Terminé por aburrirme. Casi no hablaba con Rolando, en vez de eso prefería leer o quedarme inmóvil y escuchaba los silenciosos suspiros de mi alma. Cualquier cosa era buena. Rolando era el que hablaba, la mayor parte del tiempo se quejaba y profería toda clase de insultos en contra del que quería arruinarlo y en contra de la Familia de Rómulo. A veces lo observaba como quien contempla a un objeto lejano, lo escuchaba sin responder, era como si toda esa situación fuera ajena a mí. Me preguntaba mucho por qué tenía yo que ser parte de eso. Rolando había sido mi compañero desde hacía tanto, sin embargo, ahora lo sentía tan lejano a mí. Es cierto, lo que le ocurría era una injusticia, sin embargo, yo ya no podía se empático con él.

En ese momento me di cuenta de que anhelaba la soledad, alejarme de un mundo cada vez más cambiante, en el que las máquinas habían remplazado al caballo como medio de transporte y los dueños de industrias se convertían en la nueva realeza del mañana. Sobre todo, me di cuenta de que ya no quería los problemas, ni la tutela ni el dominio de Rolando. Quizá lejos de él podría apreciar el mundo de otra manera. Estaba cansado de ser el espectador de una obra absurda. Me di cuenta de que ya no quería ser parte de eso.

Una noche Rolando reaccionó de golpe. Estaba mirando por la ventana cuando algo llamó su atención. Emitió un furioso gruñido y se arrojó por la ventana. Yo no me moví, me quedé en mi lugar, tan inmóvil como la pared misma en la que se recargaba mi espalda. Rolando regresó un rato después, subió por la ventana y se sacudió el polvo, luego me miró con ojos de fuego y exclamó.

—Debí saberlo, es ella quien quiere arruinarme, ¡maldita Mónica!

Por primera vez mostré interés en lo que decía.

—¿La viste?

—Estaba ahí, con otros dos lobos... ¡era ella! Nos están vigilando. Debí saberlo. —Se llevó una mano a la sien, se movió en círculos por la habitación—. Ahora todo tiene sentido, el cabello cortado... ¡Por supuesto! Aquella noche en Buenos Aires, ella se ofreció a emparejarme el cabello y la muy desgraciada se quedó con él.

—Y hace un momento, ¿alcanzaste a hablar con ella?

—Seguí a un licántropo que estaba allá afuera, él se dio cuenta y trató de escapar. Él era rápido, antes de que pudiera alcanzarlo, la vi en la distancia, ella salió de las sombras, yo me detuve y él se unió a ella. Ella me dedicó una sonrisa antes de marcharse. Luego la escuché decirle a aquel lobo que tenían que tomar un tren mañana a las 7:00 pm y se fueron. ¡La llamé y me ignoró! Traté de seguirla, pero ellos se perdieron.

Rolando comenzó a tronarse los nudillos. Me incorporé y me dirigí a la ventana, abrí la cortina, el aire afuera estaba nebuloso, como si estuviera a punto de caer una tormenta. Había espectros vagando por las calles, eran las ánimas de la guerra que se aproximaba, venían a recoger las almas de los que cayeran, los sentía cerca, desplazándose con la olorosa cadencia del humo proveniente de un incensario prendido para una misa de difuntos. Habría una batalla en la que al final muchas cosas cambiarían, podía presentirlo no sin cierto temor fatalista.

—Tenemos que hablar con ella —murmuré y agaché la cabeza como si esperara el golpe de una pedrada.

—¡Como siempre tan tonto, Hermano Lobo! —exclamó Rolando con una nota corrosiva—. Hablar no servirá de nada, ella está loca, quiere pelea y eso tendrá.

—Es una trampa, no es casualidad que haya mencionado lo del tren.

—¡Eso ya lo sé! —vociferó—. Quiere que vaya, está planeando algo. Quiere arruinarme. Se creé más lista que yo, pero no se saldrá con la suya, lo que sea que esté planeando no funcionará. ¡Va a arrepentirse! No puedo creerlo, se quedó con mi cabello, como si la muy puta hubiera estado planeando esto por años.

—No culpes a la alumna, culpa al maestro. Tú también te guardaste por años el secreto de las armas de plata.

Se volvió hacia mí con una mirada asesina.

—No te atrevas a reprocharme, no ahora.

—Como sea, sabes que tengo razón.

Suspiré aburrido y volví mi atención a la ventana. Afuera las ánimas de la fatalidad cantaban un réquiem que subía en espirales dentro de mi razón. No quería ser parte de aquel enfrentamiento al que, una vez más, me veía arrastrado por Rolando.

Volví a mirarlo. Ahí de pie frente a él me di cuenta de que entre él y yo ya no había nada; el hilo que nos ataba estaba casi totalmente segado, apenas estábamos unidos por una pequeña hebra. Todo lo que él y yo habíamos sido hasta esa noche estaba casi muerto.

Estaba harto de sus problemas, de tener que seguirlo a donde apuntara la brújula de su voluntad, ¿por qué tenía ahora que prepararme para luchar en contra de alguien a quien yo no odiaba, sino al contrario, extrañaba mucho? Mónica me era indiferente algunas noches, otras, la extrañaba tanto que no dejaba de preguntarme si estaría bien, incluso deseaba verla. Rolando era como un peso en mi espalda, un fardo que me empujaba a donde él quisiera. Uno puede llevar una carga por años y estar conforme con ella, pero llega un momento en que andar con un fardo en la espalda se torna agotador.

Mientras mi cerebro rumiaba estas cuestiones, el de Rolando hacía lo propio con lo que acababa de ocurrir, entonces, el puñal azul de su mirada se clavó en mí.

—Todo esto es tu culpa —me dijo en un susurro tan punzante que me taladró los oídos como si se tratara del clamor de un trueno.

—¿Mi culpa? Si hubieras tratado a Mónica con más respeto, ella jamás se hubiera vuelto en tu contra de esta manera.

—De cualquier forma, es tu culpa, Ernesto. Nada de esto habría sucedido si hubieras hecho con Justina lo que debías hacer.

—¿De qué estás hablando?

—Debiste haberla transformado para hacerla tu compañera, pero fuiste demasiado estúpido para eso.

—¡Cállate! —ordené, en mi corazón la vieja herida me escoció las entrañas.

—Pero ni siquiera fuiste bueno para saciar tus instintos con Justina antes de dejar que escapara.

—¡Cállate! —grité.

—Fue tu culpa que se cayera de aquel caballo.

Sin siquiera pensarlo le descargué un furioso puñetazo en la cara, Rolando se fue de espaldas. Me di la vuelta, Rolando se enderezó. De mi garganta salió un gruñido seco, en ese momento me sentí listo para salir de ahí y no volver a verlo a la cara. Él clavó sus ojos zarcos en mí; con un movimiento delicado se limpió un hilillo de sangre que asomó a la comisura de su labio, era como si menospreciara mis fuerzas, como si mi golpe hubiera sido algo insignificante, luego me miró con cordialidad y dijo con voz serena:

—No sabemos qué estará planeando Mónica —murmuró—. Te necesito para poder lidiar con esto.

—¿Por qué habría de ayudarte?

—Porque me amas. ¡Oh! Y por supuesto, porque si yo caigo, tú caerás conmigo. Si no te importa, dejemos de lado este pequeño incidente. En este momento lo más inteligente es actuar en equipo.

Esto último sonó en mis oídos como quien hace una súplica, aunque sin dejar de ser arrogante. Estaba haciendo uso de su encanto. No iba a disculparse, porque ese no era su estilo, sin embargo, a su manera me estaba mostrando que me necesitaba a su lado. De mis labios escapó un gruñido seco.

—Como sea —murmuré.

Se acercó a mí, tomó mi cara con sus manos y me besó. Yo quería apartarme, él pegó su frente a la mía.

—No te pongas así, esto se va a arreglar, te lo prometo. Te aseguro que todo volverá a ser como ha sido hasta ahora.

No respondí, me separé de él. Volví a sentarme en silencio contra la pared, tal y como estaba minutos atrás, cuando él salió por la ventana. Cerré los ojos y me quedé ahí sin hacer movimiento alguno el resto de la noche.

La mañana del día siguiente transcurrió veloz. La expectación por la venida de una noche que yo no quería que llegara hizo que los minutos se precipitaran igual que agua en río turbulento. Fue claro para nosotros que, lo que fuera que Mónica estuviera planeando, tenía que ver con la estación de trenes.

Rolando y yo dormimos poco aquella mañana. Las horas de ansiedad mantuvieron nuestros ojos abiertos. Apenas e intercambiamos palabra. Conforme fue avanzando la tarde, los espectros de la guerra que se avecinaban estaban más presentes a nuestro alrededor. Habría sangre, de eso no me cabía la menor duda.

No debíamos confiarnos. Mónica había sido hecha con sangre de Rolando, era tan fuerte como él. Además, él la había instruido bien en las artes del combate, lo que la hacía una rival de cuidado y no se encontraba sola.

La hora se acercaba. Rolando pasó un rato cepillándose el cabello y se arregló como quien tiene que atender a una cita importante. Después sacó desde el fondo de sus cosas una cajita que muy pocas veces había visto en mi vida; la dejó aparte. Luego, se dio a la tarea de guardar todas sus pertenencias y dejarlas a punto igual que si estuviera listo para emprender un viaje.

Afuera, el resplandor del ocaso teñía el cielo de sangre, casi me parecía escuchar el alarido del sol al ser arrastrado bajo el horizonte. Presentía que había llegado el momento de salir a enfrentar nuestro destino. Yo lo sabía, después de esa noche nada sería igual.

—Ya es hora —murmuró.

Asentí con la cabeza. Él se dio la vuelta y abrió la cajita.

—Cuando me separé de Lucas —comentó casual—, él me dio un regalo de despedida que me dijo que yo debía conservar siempre, ¡por protección!

Rolando se dio la vuelta, en la mano derecha tenía aquella daga en una funda de cuero que había visto hacía años. Sacó la daga y la levantó para contemplar su brillo argentino bajo la luz del foco.

—Estoy listo para lo que sea —sentenció.

Volvió a poner la daga en su funda y se la acomodó dentro de la chaqueta.

Salimos a la calle, nos dirigimos a la estación del tren. En el cielo bailaban las últimas llamas del crepúsculo, y por primera vez en años, en lugar de percibirlas como algo familiar, tuve miedo por la inevitable caída de la noche. Marchábamos en silencio, yo no tenía nada que decirle y él tampoco a mí. Su expresión era severa. El reloj cantaba la hora, íbamos con buen tiempo, el suficiente para llegar puntuales a nuestra cita.

Una vez en la estación, Rolando murmuró:

—Mantén tus sentidos alerta.

Asentí con la cabeza. A mi alrededor no había nada inusual. No percibíamos el aroma de ella en ninguna parte, entonces me pregunté si acaso ya no era el mismo que yo recordaba. Quizá su esencia se escondía detrás de un nuevo perfume. El panorama extendido ante mi nariz apestaba a grasa en las ruedas del tren, a perfumes en los cuellos de las damas, a sudor y otros efluvios provenientes de los cuerpos de las personas ahí reunidas. A camisas almidonadas, a equipajes, a polvo, a saliva de quienes hablaban a gritos y escupían diminutas gotas, a perro y a tantas cosas más que resultaría tedioso numerar. Entonces, entre aquel carnaval de olores, mi nariz dio con un olor a mujer inmortal, una perfumada de rosas.

Rolando y yo nos volvimos, ella venía directo hacia nosotros. Se detuvo a escasos metros, tenía puesto un sombrero que hacía juego con su vestido azul con rayas negras. Era la misma Mónica de siempre, la mujer más bella que jamás haya contemplado, elegante como un narciso, quizá por eso siempre le gustó perfumarse con esencias florales.

—Llegan a tiempo, eso me gusta —ronroneó.

—Mónica —murmuró Rolando y gruñó furioso.

Ella me dedicó una sonrisa.

—Hermano Lobo, me habría gustado que hubieras tenido el temperamento para alejarte de este demonio. Tú bien sabes que te aprecio, no tengo nada en tu contra. Lástima que tengas que estar aquí.

—Ahórrate las tonterías y ve directo al punto —gruñó Rolando—. ¿Qué es lo que quieres?

—Que recibas una lección, por supuesto —suspiró arrogante.

—¿Cómo pudiste hacerme esto?

—Porque lo prometí. Yo en lo personal bien hubiera pasado el resto de mi vida sin volver a saber de ti, pero hay alguien a quien adoro, que a su vez te odia más que yo. ¿Recuerdas la noche en que aquella prostituta te cortó un mechón de cabello? Yo por aquel entonces te odiaba, sin embargo, sentí lástima por ti.

Me quedé pasmado al escucharla confirmar nuestra teoría. A mi mente vino el recuerdo de aquella escena, Rolando bañado en sangre y Mónica con aquellas tijeras cortando el cabello de mi compañero. Ella no simpatizaba con él, lo engañó con su dulzura y se valió de la vanidad de Rolando para tener un arma en su contra. No cabía duda de que la alumna estaba a la par del maestro; era astuta, taimada y sabía cómo usar su encanto irresistible.

—Guardé con cuidado el cabello. Lo envolví en una camisa tuya para que no perdiera su olor. Lo conservé por si acaso llegaba a necesitarlo. Ya sabes, así como tú te guardaste de contarnos sobre el ser heridos con plata.

—Siempre fuiste tú la que quiso arruinarme.

—La noche en que nos encontramos con los lobos de la Familia de Rómulo descubrí que no eres muy apreciado. Eso me ayudó a maquinar el plan, lo único que tenía que hacer era inculparte para poner a la Familia de Rómulo en tu contra. Ellos te odian tanto que me dije que no sería muy difícil hacer que te cazaran sin siquiera averiguar mucho en si las pruebas eran verídicas o no. Ellos son tal y como tú nos enseñaste, ¡fanáticos! En Argentina las cosas mejoraron entre nosotros. Eso no significó que desechara mi plan; no, para nada. Guardé tu cabello y me dije que lo conservaría por si acaso tenía que detenerte o sentía deseos de vengarme.

—¡Maldita! —farfulló Rolando.

—¿Sabes?, respecto a la Familia de Rómulo, su concepto de justicia es bastante interesante —prosiguió ella—. La verdad, muchos lo encontrarían injusto. Pero como tú me enseñaste alguna vez: la justicia es relativa; depende del punto de vista con que se mire una situación. Para mí y para aquella que me pidió que hiciéramos esto en tu contra, ellos son justicia.

Mónica sonrió maliciosamente. En eso noté que una joven avanzaba hacia nosotros. Usaba un vestido color marfil a la moda. Llevaba un sombrero y la cabeza baja de manera que no le veíamos la cara. Pasó junto a Mónica, ella estiró la mano, la sujetó del brazo y la atrajo hacia ella. Le quitó el sombrero con la delicadeza de quien descubre algo valioso, luego ambas se saludaron con un beso en la mejilla.

La joven volteó hacia nosotros. Tenía cabello y ojos castaños y un rostro hermoso que de inmediato me fue familiar. Estaba muy cambiada; en lugar de llevar el cabello en dos trenzas, lo tenía recogido a la moda presente en la Inglaterra de aquellos años. El tono de su piel era un poco más pálido de lo que solía ser y me bastó contemplar sus ojos para saber que ya no era humana.

—Seguro recuerdan a mi querida Catalina —anunció Mónica con el orgullo de una madre que presume a su hija predilecta.

Ella me dedicó una mueca altanera, a Rolando una de profundo odio. De sus carnosos labios carmín escapó un gruñido amenazador.

—Por fin nos encontramos —dijo Catalina, sus palabras derrochaban desdén—, he esperado mucho tiempo.

—Yo hubiera desistido de hacer algo en tu contra —comentó Mónica—. No mereces ni mi odio, no eres más que un voluble hijo de puta. Sin embargo, Cathy insistió. Le hiciste mucho daño y yo la quiero tanto que no puedo negarle nada.

En la estación dieron la señal de que era hora de partir del tren. La máquina arrancaba. Un ruido proveniente del techo del vagón más cercano a nosotros nos hizo mirar arriba. Ahí estaba un sujeto con aspecto de nativo indígena mexicano. Sus movimientos eran precisos, irreales, elegantes como jaguar al acecho. Nos observaba con sus grandes ojos negros de tecolote. Catalina lo volteó a ver y le dedicó una sonrisa coqueta, se notaba que estaba feliz de verlo.

—Mamá, hay que darnos prisa —comentó Catalina con tono imperativo—, aún tenemos que tomar el tren.

—Tus deseos son órdenes —contestó Mónica, luego se volvió a nosotros—. Hora de partir —canturreó la loba con cierto aire infantil, pero sin dejar de esbozar una sonrisa siniestra.

Catalina y Mónica corrieron junto al tren. Mónica dio un salto y llegó al techo de uno de los vagones, luego estiró la mano para ayudar a subir a Catalina.

En un santiamén recordé mi primera noche de licantropía, cuando Rolando brincó hasta lo alto de aquella barda y me ayudó a subir a su lado. Me di cuenta de lo distante que había quedado aquel recuerdo en el tiempo y de lo alejado que me sentía de él, a diferencia de aquel entonces, en que lo admiraba y quizá, un poco en el fondo, ya lo deseaba.

Ellas eran un equipo, Rolando y yo ya no éramos nada.

—Vamos, Ernesto —ordenó el pelirrojo—, debemos darnos prisa.

—Es una trampa —protesté.

—Ellas no son rivales para mí —respondió con desprecio—, lo que sea que tengan entre manos nosotros seremos capaces de detenerlo. Ahora vamos.

Me encogí de hombros y asentí en silencio. Tenía un mal presentimiento, no me parecía correcto subestimar a Mónica. En cambio, Rolando, quien siempre había sido un depredador astuto, ahora actuaba movido por la ira y por su más grande defecto: el orgullo.

Salimos de la estación corriendo tras el tren. Las personas a nuestro alrededor nos miraban boquiabiertas. No nos importó.

No tardamos en alcanzar al tren y subir a bordo. Trepamos al techo de los vagones, avanzamos en dirección hacia la cabina del maquinista. Más adelante vimos a Mónica y a Catalina, ambas se habían quitado sus vestidos. Llevaban pantalones de obreras y camisas rayadas al estilo marinero. Las dos iban descalzas. El hombre de rasgos nativos también iba descalzo y llevaba puesto un pantalón cortado hasta las rodillas. Se había quitado la camisa. Él se transformó, su figura de monstruo era diferente a nosotros, de la misma manera en que un coyote es diferente a un lobo; teníamos ante nuestros ojos a un verdadero nahual.

Escuchamos un gruñido, miré hacia atrás, dos licántropos a cuatro patas se acercaban a nosotros en posición de ataque. Ambos sólo usaban camisas raídas sobre sus cuerpos lobunos. Mónica sonrió con sensualidad, deslumbrante como la luna, tan bella y funesta como siempre. Adoptando una postura dominante nos apuntó a mí y a Rolando y ordenó:

—Que no escapen.

El primero en atacar fue el nahual, a él lo siguieron los otros dos licántropos. Rolando y yo apenas y tuvimos tiempo de transformarnos para contener el ataque. Pelear con tres lobos a la vez no fue del todo simple, eran buenos lobos, en especial el nahual. Debo decir que me impresionó esta especie de monstruo, los nahuales son casi tan rápidos como los vampiros, eso los hace rivales de cuidado. Además, aquel por lo visto era uno muy experimentado, no así los otros dos lobos, quienes a mi parecer eran licántropos algo jóvenes. Ellos eran hábiles para el combate, pero nosotros contábamos con la ventaja de la experiencia y la edad; como ya dije antes, nosotros nos fortalecemos con el tiempo.

Catalina intercambió algunas palabras con Mónica, ella pareció asentir. Catalina se transformó en mujer lobo y se unió a sus compañeros mientras que Mónica se dirigió hacia la locomotora. Los dos licántropos me dieron muchos problemas, el nahual y Catalina hicieron lo mismo con Rolando. Había golpes y gruñidos por todas partes. En un momento del combate, mi compañero y yo quedamos espalda con espalda.

—Debemos detener a Mónica —murmuré.

—No podemos perder más tiempo con estos licántropos. Acabemos con ellos de una vez.

Escuché otro gruñido, otro par de licántropos se unió a los que ya había, ahora teníamos que pelear en una proporción de tres a uno, por lo visto Mónica había planeado muy bien aquella trampa.

Me defendí lo mejor que pude, pero era un combate muy desigual, aun así, me las ingenié para arrojar del tren a uno de mis atacantes antes de que los otros dos me sometieran. Rolando tenía sus propios problemas, lo sometieron antes de que pudiera hacer uso de la daga que llevaba con él, la cual el nahual le había logrado quitar.

Catalina parecía disfrutar la situación. Mientras sus amigos sostenían a Rolando, ella le habló con acidez:

—Tú me quitaste a mi hermana y a mi abuela. Ahora pagarás.

Se dio la vuelta y se dirigió hacia la cabeza del tren, sus compañeros la siguieron llevándonos a nosotros a la fuerza. Ambos estábamos heridos, hacíamos esfuerzos por liberarnos de nuestros captores. Lo que fuera que estuvieran planeando, no debía ser bueno. Rolando se revolvía con desesperación, un animal salvaje como él no se rendiría con facilidad.

El nahual lo volteó a ver y lo enfrentó con la mirada, en respuesta, Rolando le escupió en la cara. El nahual se limpió con el dorso de la mano derecha, en la izquierda sostenía la daga de plata de Rolando. Con un movimiento rápido, enterró la afilada hoja en el hombro derecho de Rolando, mi amigo emitió un grito terrible de dolor mientras le desgarraban la carne, haciendo un corte largo. Luego se atoró la daga en el cinturón, puso la mano izquierda en la base del cuello de Rolando, con la otra mano le sostuvo el brazo y tiró de él, escuché el crujir de huesos, Rolando aulló de dolor y recuperó su forma humana, su sangre empapó lo que quedaba de su camisa mientras aquel tipo le estaba arrancando el brazo.

Aquella situación no era buena, teníamos que hacer algo. Entonces volvió a ponerse en acción el *Deux ex Machina* y la ayuda llegó en la forma de un bramido feroz, uno de una bestia mucho más grande y fuerte que todos nosotros, un ulfhednar, el mismo que nos había ayudado antes. Esta vez venía en compañía de un licántropo de pelaje oscuro.

Los recién llegados se abalanzaron contra nuestros captores y lograron que nos soltaran. El ulfhednar tomó a otro de los licántropos y lo arrojó del techo de aquel vagón, este cayó entre las ruedas del tren y quedó severamente mutilado. El licántropo de pelo negro me liberó, luego se plantó delante de nuestros atacantes y se quedó inmóvil, tanto que parecía un animal disecado. Habló con calma:

—Hermanos, esta situación es absurda, no hay necesidad de pelear o de hacer daño cuando vivir en paz es mejor. Váyanse ahora y nada les pasará.

El nahual y Catalina adoptaron posiciones de ataque, hombro con hombro. Se notaba que entre ellos dos había una gran confianza. Los otros dos licántropos al principio dudaron, pero al ver la postura de la loba y el nahual, optaron por imitarlos. En ese momento noté que íbamos más rápido. Por lo visto Mónica ahora comandaba el tren. Todo lo que ocurría era parte de su plan.

—No me gusta pelar —comentó el licántropo de pelaje negro con voz calma—, pero si esto es lo que quieren, pelearemos.

Ahora que el combate se había vuelto uno a uno, yo no tardé en poner fuera de combate a uno de los licántropos. El ulfhednar sometió a Catalina, por lo visto no quería hacerle daño a una loba, solo quería detenerla. Ella, al verse superada, fingió rendirse, solo para zafarse de las garras de su rival y escapar hacia la cabeza del tren, donde se encontraba Mónica.

El licántropo de pelaje oscuro atacó al ágil nahual, eso ayudó a que Rolando, pese a tener un brazo casi desprendido y estar en su forma humana, recuperara su daga. Con ella en mano, se dio la vuelta y le dio una fatal puñalada en el pecho a uno de los licántropos adversario, este emitió un alarido punzante, quedó inmóvil y se transformó de nuevo en humano. Rolando sacó la daga con desprecio. Aquel pobre infeliz cayó del tren.

Mientras tanto, el licántropo oscuro se enfrentaba cuerpo a cuerpo contra el sorprendente nahual, yo me uní a él en combate, entre los dos logramos herirlo y someterlo. Lo lanzamos fuera del tren, esta vez no tuvo tanta suerte, pues una de sus piernas fue cortada entre las ruedas a la altura de la rodilla.

Vencimos a nuestros oponentes, el licántropo de pelo oscuro apuntó con el hocico la herida de Rolando, él pelirrojo hizo un movimiento de cabeza que parecía indicar sin necesidad de palabras "estoy bien". Me sorprendió la actitud de mi compañero, era de respeto. Luego comentó:

—Quieren ocasionar un accidente.

—Hay que minimizarlo —replicó el lobo oscuro, se volvió hacia su compañero—, vamos, hermano, tenemos que liberar los vagones.

El ulfhednar asintió, él y su compañero se dieron la vuelta. El lobo de pelaje oscuro se detuvo y se volvió hacia mi compañero.

—Rolando, confío en que harás lo que tengas que hacer para

resolver esto.

Mi compañero asintió con la cabeza. El licántropo y su amigo se dispusieron a soltar los vagones de pasajeros.

Rolando hizo un esfuerzo y volvió a transformarse, luego nos dirigimos a la cabina. El corazón me latía con fuerza, quería detenerme, preguntar a Rolando qué tenía en mente, quiénes eran aquellos licántropos. Quería marcharme antes que verme en un combate contra Mónica.

Había peleado con mis camaradas de jauría en el pasado; había agredido a Rolando, a veces furioso, otras en combate de franca camaradería de bestias. En cuanto a Mónica, había practicado combate con ella y nos habíamos revolcado en amistoso jugueteo y siempre la había dejado dominarme, pero algo que nunca había hecho, era siquiera pensar en atacarla de verdad. No podía hacerlo, no quería, ¿cómo levantar mis garras contra aquella hermosa criatura? La más bella que mis ojos jamás contemplaron y a quien aún amaba.

Me hubiera gustado escapar en ese momento, dejar a Rolando solo, pero no pude, ya estaba ahí, envuelto en aquel torbellino de conflictos, tenía que quedarme hasta que todos nuestros asuntos fueran finiquitados.

Brincamos dentro de la cabina, Catalina estaba en guardia. Mónica tenía su aspecto humano. Al darse la vuelta, los rizos rubios de su cabello bailaron con el encanto con el que flotarían los cabellos de las hadas. Sus ojos eran puñales azules inyectados de ira.

—Hazte a un lado, niña —ordenó Rolando a Catalina, después se dirigió a Mónica—. Es hora de que ajustemos cuentas.

—¡Yo te amé alguna vez! —exclamó—. No lo merecías, para ti sólo fui un capricho.

—Tienes razón, fuiste un capricho, un error que estoy dispuesto a solucionar de una vez por todas.

Mónica se transformó y se lanzó contra Rolando, Catalina me atacó, ella en realidad no representaba rival para mí, sin embargo, me pesaba atacarla, lo único que quería era ponerla fuera de combate y nada más. Al frente había una pendiente, la locomotora se dirigía a ella a gran velocidad. Decidí no jugar más con Catalina, ella me lanzó un zarpazo, tomé su brazo, la atraje hacia mí haciendo una llave y la golpeé en la nuca, aturdida cayó al piso.

Detrás de mí percibí las pisadas veloces de alguien que corría hacia la locomotora, me giré para ver el momento en el que el primer licántropo al que arrojé del tren antes de ser sometido entraba por la ventana con un salto; por lo visto era leal a Mónica y no estaba dispuesto a dejarla. Catalina se levantó, ellos se enfrentaron a mí.

Mónica y Rolando luchaban cuerpo a cuerpo en un combate fabuloso, admirable por la saña con la que se desarrollaba. Brasas de ira que ardían en ambos rivales. La destreza y la fuerza de la que ambos hacían gala era admirable.

La locomotora aceleró cuesta abajo. Yo no quería estar ahí, no quería enfrentarme a aquellas lobas, ¡no quería! Sin embargo, hay ocasiones en la vida en que uno no tiene más remedio que hacer lo que tiene que hacer. Me quité de encima al licántropo que me atacaba, el tiempo suficiente para abrir el horno de la caldera, luego tomar a Catalina del brazo y proyectarla hacia aquella boca infernal de llamas. El fuego prendió el pelo de su cabeza, de ahí brincó rápido hacia su ropa y el resto de su pelaje. Catalina emitió un aullido terrible; por instinto, tanto yo como el otro licántropo nos echamos hacia atrás. Ella no tenía escapatoria, el fuego tiene la capacidad de dar la muerte a los licántropos. Mónica gritó, quiso ir en su ayuda, pero Rolando no se lo permitió, la velocidad de la locomotora hacía muy inestable el suelo que pisábamos.

Le di un fuerte empujón al licántropo rival que quedaba para arrojarlo en dirección a ella, el pelaje de él se contagió rápido por las llamas. La locomotora dio un salto, la fricción y la velocidad hicieron que las ruedas se salieran de la vía, toda la locomotora se sacudió. Los cuerpos de Catalina y el licántropo, como si estuvieran abrazados, siguieron la trayectoria que marcaba el empujón que yo le di a él sumado al desbalance de la locomotora descarrilada. Ambos cayeron fuera de la locomotora.

Me sujeté a lo primero que vi. Rolando y Mónica seguían luchando, él estaba muy mal herido. La locomotora dio todo un giro completo, me preparé a recibir el impacto. Mónica le agarró el brazo herido a Rolando y se lo arrancó por completo. Este gritó de dolor. Hizo acopio de fuerza y aprovechándose de la sorpresa que brindaba aquel momento y la proximidad con ella, Rolando sacó la daga de plata. Mis ojos se abrieron como la luna llena mientras contemplaba con horror la escena.

La locomotora había caído a un lado de las vías. Dado el ruido del impacto supuse que nuestros aliados habían logrado liberar los vagones de la locomotora, lo cual no corroboré sino más tarde, cuando me alejé de ahí.

El impacto me dejó aturdido. Al cabo de un rato me incorporé con lentitud, busqué con la vista a Rolando y a Mónica, primero lo vi a él, estaba en el suelo en su forma humana, le hacía falta un brazo. Él se incorporó, me apresuré a llegar a su lado, fue entonces cuando la vi a ella, también en su forma humana, temblaba en el suelo, con la espalda contra una pared, con la ropa bañada en sangre.

Lo recuerdo y los ojos aún se me llenan de lágrimas. Estaba tan hermosa, tan exquisita, tan derrotada. Ella me dedicó una última mirada cargada de melancolía, ni siquiera hizo un esfuerzo para sacarse la daga del pecho, que tenía hundida hasta el mango justo sobre el corazón. Luego miró a Rolando y con voz serena murmuró:

—Por fin has terminado lo que empezaste aquella noche… en que me llevaste a tu casa.

Sus ojos se cerraron, sus brazos perdieron fuerza y su cabeza quedó colgante hacia un lado. Me quedé mudo, no me atrevía siquiera a expulsar el aire. En el pecho sentía como otra daga, una hecha de hielo, me traspasaba el corazón. Por segunda vez en mi vida sentí el silencio cimbrarse a mi alrededor como un telón mohíno, para crear un espacio lúgubre y vacío en el tiempo.

Murmuré su nombre mientras el dolor me calaba las entrañas. Miré a mi compañero, él estaba mudo con la vista clavada en ella, luego me miró como si estuviera pensando muchas cosas al mismo tiempo y murmuró:

—*Consummatum est.*

Rolando no podía estar mucho tiempo de pie, tenía demasiado dolor. Se derrumbó en el suelo. Tenía heridas en las piernas y en la espalda. Buscó con la vista su brazo, le dije que me dejara ayudarlo con eso. Lo recogí del suelo, donde había ido a parar y me acerqué a Rolando. Él me indicó como acomodar los huesos de manera que encajaran, después presioné, Rolando gimió de dolor. Esa batalla pudo haber representado el fin de Rolando Solari, de no haber tenido la daga quizá hubiera perdido contra Mónica.

El hombre lobo de pelaje negro y el ulfhednar entraron en la cabina de la locomotora. El licántropo por primera vez en todo ese rato se incorporó en dos patas y retomó su forma humana, el pelo se desvaneció dejando al descubierto el cuerpo desnudo de un hombre blanco de cabello corto color negro y ojos oscuros. Frente a mí tuve un rostro familiar. Lucas se inclinó a mi lado para ayudarme con Rolando.

—Tranquilo, hijo mío —dijo sereno—, te repondrás. Eres un lobo muy duro. —Luego se volvió—. Ernesto, es un gusto volver a encontrarnos.

Lucas arrancó con sus manos parte de la tela de una de las piernas de lo que quedaba del pantalón del pelirrojo, la abrió en tiras y con esa tela improvisó un vendaje en el hombro de Rolando para sujetarle el brazo, este gimió de dolor mientras le apretaban la herida.

—Resiste, Rolando —le habló con una voz profunda—. En un par de semanas el brazo se habrá restablecido.

Rolando jadeó, Lucas se quedó inmóvil a su lado, con la discreta sonrisa de un padre contento de saludar a un hijo muy querido. Mi compañero, entre espasmos de dolor, lo saludó con un gesto de camaradería. Sus ojos brillaron al verlo.

—Gracias, Lucas —murmuró Rolando.

El ulfhednar retomó su forma humana. Emitió un gruñido.

Lucas se volvió hacia él como si acabara de reparar en su presencia.

—Qué maleducado soy. ¡Lo siento, mi querido hermano! Ellos son Rolando y Ernesto. —Se volvió hacia nosotros—. Rolando, Ernesto, permítanme que les presente como es debido a mi buen amigo Matthew.

Matthew nos saludó con un gesto. Su aspecto desnudo era imponente, velludo y musculoso. Era el mismo hombre que nos ayudó la noche que fuimos atacados en el auto.

—Lucas solía hablarme de ti —le dijo Rolando a Matthew con esfuerzos.

—Lo mismo digo —respondió el ulfhednar.

Matthew se volvió hacia el cuerpo inerte de Mónica. Contuvo el aliento y se dirigió hacia ella. Con cuidado retiró la daga de plata y la dejó caer al suelo, luego se quedó contemplando a la loba como si fuera la luna llena, como si no hubiera nada más a su alrededor más que ella. Por lo visto había caído bajo el embrujo de la belleza de Mónica, tan admirable aún sin vida. Lucas recogió la daga del suelo se la tendió a Rolando, este la tomó con la mano que no tenía lastimada.

—Me gustaría charlar contigo, pero los lobos de la Familia de Rómulo no deben estar lejos —sentenció Lucas—. Lo mejor será que ustedes se vayan antes de que ellos lleguen, tú ya sabes lo desagradables que pueden ser. Ellos no tienen muy buena opinión de ti, Rolando. Por si fuera poco, Stanislav viene con ellos.

—Ella me confesó que utilizó cabello que me cortó para incriminarme.

—Lo sé, Matthew me contó lo que ocurrió. Le deben mucho a Frederica. Ella se tomó la molestia de investigar sobre este asunto porque le tomó simpatía a Ernesto. Fue por ella que Lorcan contactó a Matthew. Lorcan es un viejo solitario y cascarrabias, jamás movería un dedo por nadie, excepto por Frederica. Si quieres obtener algo de él, gánate a Frederica y garantizado que él hará todo lo que ella le pida. En los últimos días nos estuvimos enviando muchos telegramas.

—Ya en otra ocasión les contaremos los detalles —añadió Matthew sin despegar la vista de Mónica—. Por ahora, lo mejor es que se marchen.

—Es verdad —asintió Rolando—, en lo que los miembros de la Familia de Rómulo descubren que la culpable fue ella, no nos conviene estar cerca.

Al decir esto, el pelirrojo señaló a Mónica con un gesto de desprecio que me ofendió. Me dolía su muerte, más de lo que imaginé.

—Digna seguidora del maestro —murmuró Lucas y sonrió con cierta ironía amistosa—, exuberante de encanto, rebelde y problemática.

—Y pensar que yo creí que lo haría mejor que tú.

Ambos lobos se rieron.

—Veo que has aprendido mucho y me gustaría escuchar todo lo que tienes que decir. La próxima vez que nos veamos, espero sea en circunstancias más favorables para que podamos conversar en paz. No hay nada que me gustaría más que sentarme a platicar contigo —expresó Lucas.

—Cuenta con ello, ¡padre!

Ayudé al pelirrojo a incorporarse. Le dije a Lucas que yo me encargaría de llevarme a Rolando lejos. Matthew seguía inmóvil, con sus penetrantes ojos azules fijos en Mónica. Al igual que Lucas, su semblante y la firme paz de su gesto le daban el aspecto de un sabio jefe de tribu. El hombre era majestuoso, de la clase que se imponen nada más llegar a un lugar, con toda la facha de un guerrero mitológico. Él no prestaba atención a Rolando o a mí, era como si no existiera en el mundo nada más que Mónica.

Me acerqué a la salida del vagón con Rolando acomodado sobre mi espalda.

—¿No vienen con nosotros? —pregunté.

Lucas le dedicó una breve mirada a su compañero, como si estuviera meditando, luego respondió:

—No, Matthew y yo nos quedaremos. Hace tiempo que no saludo a nadie de la Familia de Rómulo. Él los detesta, pero alguien les debe contar la verdad de lo que sucedió aquí, para que ustedes no tengan problemas en el futuro. Confía en mí, hablaré muy bien de ustedes. Pero hasta que se aclaren las cosas, mejor que no los vean. Ahora dense prisa.

Nos despedimos y saltamos fuera. Me transformé. Con Rolando bien agarrado a mi espalda, corrí lo más rápido que me dieron las piernas.

El viento bramaba en mis orejas con los ecos de todo lo ocurrido esa noche, abrumando mi razón. Mi corazón latía rabioso, pronunciando el nombre de Mónica en cada pulsación.

Al acercarnos de vuelta a Liverpool retomé mi forma humana en caso de que alguien me viera. Me deslicé con rapidez, la noche era mi capa y el sigilo mi mejor arma. Necesitaba encontrar un buen lugar en dónde dejar a mi compañero para que se recuperara. Me sentía apresurado a hacer todo lo más pronto posible, no porque temiera por él. Lo que yo ansiaba era quitar de mi espalda el peso de Rolando, de una vez y para siempre.

EXILIO

"Y recomencé a vivir aquí
a me defenderme y a me alimentar,
como el oso hace, como el jabalí
que para vivir tiene que matar"
Rubén Darío, (Los motivos del Lobo)

Nuestro escape no fue tan sencillo como hubiera querido. Después del ataque al tren, cargué a Rolando sobre mi espalda y corrí sin parar hasta regresar a Liverpool. Fue una idea estúpida, ahora me doy cuenta, pues ese era el lugar donde la Familia de Rómulo sabía que nos escondíamos.

Busqué un lugar cerca del puerto, pensé que ocultos por el olor del mar, el tufo del pescado, de la brea, el combustible y la gente, podríamos pasar desapercibidos.

Conseguí un pequeño y sucio departamento. Coloqué a Rolando sobre la cama. Él estaba callado, no sé en realidad qué pasaba por su cabeza, si acaso había cierto pesar por Mónica o si lo único herido era su orgullo. El brazo tardaría meses en sanar. Además, esa no era la única de sus heridas. El combate había sido terrible y ambos estábamos lastimados, pero de los dos él era el que tenía las peores heridas y eso no le gustaba; él se consideraba a sí mismo poderoso, y lo era, pero esa noche estuvimos en desventaja.

No tenía deseos de hablar con él. Lo dejé solo en la recámara y me retiré a la estancia, ahí me acomodé en el suelo. Estuve mirando por la ventana a las estrellas y pensando, recordando todas las cosas que hasta esa noche había vivido, los buenos y malos momentos con Mónica. Me hubiera gustado ser indiferente, pero no podía. Mónica, la exquisita y bella

Mónica, la mujer con ansias de proteger, de ser madre; Mónica dulce, Mónica descarada, Mónica apasionada, Mónica asesina. La depredadora con un apetito y saña digna de su maestro y creador, la que no supe apreciar, la que preferí ignorar, la mujer de la que no me pude enamorar.

Fui un tonto, cualquier remordimiento había llegado tarde. La dejé ir sin reparar en buscarla siquiera y ahora que la sabía perdida para siempre me lamentaba.

Cerré los ojos y me quedé dormido, esperaba tener una de esas noches negras en las que la oscuridad me tragaba e impregnaba mis sueños con su aliento de nada, pero en vez de eso, Morfeo me estrujó con sueños de rizos rubios.

No salimos al día siguiente, tampoco hablamos mucho. Rolando durmió casi todo el tiempo. Yo no tardé en sentirme ansioso por causa del encierro, no quería estar ahí. Me decidí a salir por comida al atardecer.

Caminé por las calles de manera despreocupada, como si nadie me acechara, casi como si deseara ser atrapado. Recorrí el puerto para investigar los destinos de los barcos próximos a partir. Lo hice mucho sin interés, porque, qué más daba a dónde fuéramos con tal que fuera en otro continente. Sólo quería abordar el siguiente viaje, poner un océano de por medio y no volver más. En cuando a Rolando, aún no estaba muy seguro de si dejarlo ahí o dejarlo una vez estuviera a salvo en otra ciudad.

Se hizo de noche, caminé hasta que me sentí fatigado, entonces divisé una taberna y entré. Bebí un par de cervezas, luego me hice con dos botellas de ginebra y volví a salir. Por un instante tuve la sensación de que era seguido de cerca. No sé por qué, de pronto me volvió a importar ser visto y me puse nervioso. Me alejé adentrándome por calles estrechas hediondas de sudor, pescado, suciedad de perro y a miseria.

Espié una casa que parecía abandonada, adentro estaba una anciana durmiendo en su cama. Me metí sigilosamente, tomé la almohada y asfixié a la mujer sin despertarla. Fue una muerte tranquila. No tenía intención de alimentarme de ella, sólo quería su casa y su silencio. Cerré la puerta de su habitación, ella se podía quedar en la cama. En la estancia había un sillón muy viejo pero que aún conservaba un poco de sus los colores. Me acomodé en el sillón con las botellas de ginebra y comencé a beber hasta que no quedó nada. Luego me quedé dormido.

Desperté alrededor de las 11:00 am del día siguiente. Afuera estaba lloviendo. Miré a mi alrededor, me tomó unos segundos recordar dónde estaba. Ya no me encontraba sobre el sillón, sino en el suelo, al parecer me había caído mientras dormía, pero estaba tan cansado y borracho que no lo noté.

Tuve la repentina sensación de que no estaba solo. Escuché el sonido del percutor de un revólver preparado para disparar. Me senté en automático, miré hacia el frente, vi una silla y a un hombre sentado en ella, con un revólver en la mano apuntando hacia mí. Yo lo conocía: era el enemigo de Rolando.

—Por tu propio bien, mejor que no intentes hacer nada de lo que te arrepientas —sentenció con sequedad—. Tengo muy buena puntería. Además —levantó el revólver y lo meneó como si quisiera que yo estuviera bien seguro de su presencia—, tú sabes muy bien de qué son estas balas.

Sentí la cara helada. No debía dejar que me intimidara ni mostrar el menor atisbo de temor frente a él. Mantuve una actitud confiada. Tantos años de tener una actitud lacónica frente a mis compañeros me habían hecho un experto en no mostrar nada.

—Stanislav —murmuré.

El crujir de la madera del suelo me hizo voltear la cabeza hacia una de las esquinas de la estancia; no había reparado en la presencia de un hombre alto, de piel muy morena y penetrantes ojos negros. Su aspecto era impecable, usaba saco y pantalón negro, muy bien cortado a la medida. Del tipo de traje que dice "soy un aristócrata". De su garganta salió un gruñido sobrenatural.

Me incorporé, Stanislav volvió a apuntarme con el revólver y su acompañante gruñó imponente.

—Siéntate —me ordenó Stanislav.

Me tomé unos segundos antes de obedecer, lo hice con calma.

—Llegas en un mal momento. Por ahora estoy un poco indispuesto, pero regresa en unos días y te ofreceré té y galletas.

Stanislav se rio entre dientes, su sonrisa era maliciosa.

—Déjame adivinar, aprendiste a hacer comedia de tu maestro. Por cierto, ¿dónde está? Debe necesitar ayuda; me enteré de que estaba herido y esperaba verlo para poder darle una mano.

El compañero de Stanislav se rio mostrando todos los colmillos. Yo permanecí completamente impasible,

—Qué simpático, lo dices por lo de su brazo —comenté con sarcasmo—. Chiste predecible. ¿Por qué mejor no dejas la comedia y me dices qué es lo que quieres?

Frunció el entrecejo, yo permanecí impávido, sin bajar la vista, sin moverme, sin respirar.

—Me agrada este cachorro —le dijo a su compañero—. No se anda con rodeos, va directo al grano. —Se volvió de nuevo hacia mí—. Muy bien, a mí tampoco me gusta perder el tiempo, así que voy a explicar esto en términos simples: yo hago las preguntas, tú respondes. Si intentas algo estúpido o me haces perder la paciencia, pierdes la cabeza. Así de simple.

—Te escucho.

—¿Dónde está la mujer?

No entendí que clase de pregunta era esa. ¿Estaba jugando conmigo o qué?

—¿Cuál mujer?

—No rompas las reglas. El que hace las preguntas soy yo, no tú. Contesta lo que te estoy preguntando. Tú sabes a quién me refiero, tu compañera.

Suspiré.

—Ella hace años que no es nuestra compañera.

—¡Ooh! ¿Se pelearon acaso?

—Ella se separó de nuestra jauría…

—Cuando aún vivían en México. Sí, eso fue lo que escuché.

Ahora dime, ¿en dónde está?

—Escuchaste que ya no era parte de nuestro grupo, supongo de tus compañeros, pero no escuchaste también que está muerta. ¿No deberías mejor estar apuntando a tus compañeros por no informarte bien?

Stanislav se rio, meneó la cabeza de lado a lado divertido. Luego levantó la mano y sonó un disparó que yo no esperaba. La bala fue a dar a mi pierna derecha. La explosión de dolor no se comparaba a nada que hubiera sentido antes. No pude contener un alarido. Me llevé la mano a la herida.

—Te dije que no rompieras las reglas —ronroneó Stanislav—. Yo soy el que hace preguntas.

Tomé una profunda bocanada de aire, volví a recuperar mi semblante estoico. No era sencillo, la herida quemaba. Contemplé al lobo que tenía delante de mí. El penetrante verde de sus ojos era tan brillante y claro que parecía como si sus ojos fueran de vidrio con un tono lechoso. Su cabello casi blanco le daba un semblante irreal. Su sonrisa era maliciosa, se veía que estaba disfrutando lo que ocurría.

—¿Dónde está la mujer?

—Dejamos su cadáver en el tren.

—¿Me estás mintiendo?

—No.

Se levantó.

—No estoy seguro. Yo creo que mienten. Quizá deba cerciorarme.

Apuntó hacia mi pecho, su pulgar tocó el percutor.

—¡Es la verdad! —Sentencié con aplomo—. Rolando la mató.

Sin dejar de apuntarme, Stanislav se movió por la estancia con la sensualidad de un felino. Parecía meditar cada una de mis palabras.

—Suenas bastante convincente. Admito que me gustaría creerte. Pero sucede que, cuando llegamos a la escena, su cadáver no se encontraba por ningún lado. Así que ahora explícame, si ustedes en verdad la mataron, ¿dónde está su cuerpo?

Me quedé pasmado, no podía creer lo que acababa de escuchar. ¿Sería acaso posible que Mónica estuviera con vida?

—Están jugando conmigo. Eso no es verdad, su cadáver se quedó en el mismo lugar en donde cayó cuando Rolando la apuñaló. Yo vi la daga, la hoja era de plata y le dio en el corazón.

Stanislav se volvió hacia su compañero.

—El cachorro piensa que esto es un juego.

El hombre negro se acercó. Algo en mí me dijo que no debía tomarlo a la ligera. Podía percibir que era un lobo experimentado con bastantes años encima. Por primera vez me habló, su voz era penetrante.

—Lucas contó una historia.

—¡Ridícula a mi parecer! —interrumpió Stanislav

—Según él, uno de los seguidores de la mujer tomó su cadáver y escapó. No entiendo por qué Lucas le permitió hacer eso, siendo que sabe que nosotros siempre queremos ver el cadáver para cerciorarnos de que el criminal está en efecto muerto. Además, una pieza tan importante de evidencia a favor de Rolando no debería desaparecer si lo que tanto le importa a Lucas es ayudarlo.

—Los demás le creyeron —prosiguió Stanislav—. Todos se marcharon. Yo no, a mí no me engañan tan fácil. Necesitaba cerciorarme, así que Jean Paul y yo nos quedamos a hacer nuestra propia investigación sólo para estar seguros. No fue difícil dar contigo, te vimos cuando entraste a aquella taberna. No sé si estabas tan despreocupado porque de verdad eres inocente o porque eres muy estúpido.

—Nosotros no sabemos nada —espeté irritado—. Ella está muerta, yo mismo la vi. Lo que haya ocurrido con su cadáver no lo sabemos.

—No me gusta el tono con el que me estás hablando.

Stanislav se acercó y me apuntó a la cabeza. Estaba acorralado y sin ganas de pelear. Cerré los ojos y me preparé para recibir otro disparo.

Escuché un ruido proveniente de la recámara, pasos que se acercaban, el suave rechinido de las bisagras de la puerta al abrirse y una voz familiar.

—Él te ha hablado con la verdad.

Abrí los ojos, ahí estaba Lucas de nuevo, con aquel semblante tan tranquilo que tenía.

—¿Cómo llegaste aquí? —rezongó Stanislav.

—Por la ventana —replicó con aire desenfadado.

Stanislav gruñó, Lucas se le acercó con calma, sus movimientos eran serenos, como si no tuviera ningún temor del arma.

—Stanislav, hermano, ¿por qué haces esto tan difícil? No hay necesidad de alargar este proceso. Yo ya les dije a ti y a tus compañeros todo aquello de lo que fui testigo. Tenemos el testimonio de uno de los seguidores de la loba que derribamos del tren, él corroboró la historia y ha sido ejecutado. Tienes el cadáver de la otra chica muerta. No hay nada más de qué hablar. La función terminó.

—La mujer, ¿dónde está?

—Ya te lo dije, uno de sus seguidores que sobrevivió al ataque se la llevó.

—Rompiste las reglas al permitirle hacer eso —dijo Jean Paul—. Además, dejaste que uno de sus seguidores escapara, todos ellos debían morir, la tal Mónica, Catalina, su protegida, y los otros cinco licántropos. Siete cadáveres en total, pero sólo tenemos cinco.

Me sorprendió escuchar aquello, así como ninguna mención específica del nahual. Por lo que aprendí de Frederica, los miembros de la Familia de Rómulo eran recelosos de otras especies de hombres lobos. Lucas no habló del nahual y entregó cinco de siete. Algo estaba mal, sin embargo, mi instinto me dijo que me callara. Lucas debía tener sus razones para haber narrado así los hechos.

—Jean Paul, mi querido hermano —contestó Lucas con aire amistoso—, lo hice porque el pobre en realidad nunca nos atacó, él incluso trató de detener a sus compañeros. Merecía una oportunidad. Sólo volvió cuando todo terminó por puro sentimentalismo. Debiste ver cómo aullaba de dolor, me dio tanta lástima, el pobre llegó a quererla como una madre. Tienes cinco cuerpos, uno dio un testimonio antes de morir y tienes el cabello cortado.

—No es suficiente —profirió Stanislav.

—Estás actuando fuera de las leyes de la Familia. Tú bien sabes que la Familia de Rómulo es estricta pero justa. Su legislación indica que una vez absuelto de común acuerdo un licántropo, el proceso no se ha de alargar y se le dejará marchar en paz. Rolando Solari es inocente, él y Ernesto pueden marcharse. De acuerdo con nuestras leyes, ustedes no deberían estar aquí, ¿o acaso me equivoco, Jean Paul?

Jean Paul apretó la mandíbula, luego relajó el semblante y asintió con la cabeza con la actitud de quien confirma algo obvio.

—Quedó probado que él no fue responsable de los crímenes de los que se le acusaba y por consenso se determinó su inocencia. Ni a él ni a Ernesto ya nadie debe molestarlos. Sin embargo, tú estás aquí, Stanislav. Estás actuando contrario a las leyes que juras amar y respetar. Basta ya, mi querido hermano. Por favor, déjalos ir.

Stanislav se veía furioso, pude percibir que la mano en la que sostenía el revólver le temblaba. Jean Paul emitió un gruñido, Stanislav pareció entender una orden implícita y bajó el revólver. Me dedicó una mirada de desprecio. Luego Stanislav se volvió hacia su acompañante.

—Andando, vamos a dormir.

—Eres un hombre razonable.

—¡Y tú un gran tonto! Respeto las leyes, Lucas, eso y nada más. Ni creas que esto se ha acabado para el lobo que dejaste escapar. En cuanto a Rolando, yo sé que va a cometer un error y ese día ni tú ni nadie va a detenerme.

—El día que Rolando vuelva a causar un escándalo y sea verdaderamente culpable, yo mismo le pondré una bala de plata en la cabeza.

—Sólo si llegas antes que yo.

Stanislav y Jean Paul se retiraron. Escuché sus pasos, no fue sino hasta que tuve la certeza de que se habían alejado que me di permiso de volver a quejarme por el dolor de la herida de la bala. Lucas se inclinó para revisarla.

—¿Te encuentras bien?

—Duele demasiado.

Tomó mi pierna con ambas manos.

—Cuenta hasta tres.

Apenas llegué al dos, apretó con una fuerza incomparable, exprimiendo la carne y la piel. Unos segundos después la pequeña bala de plata ya no estaba en mi carne sino en su mano. Él sonrió y me dio una palmada en el hombro.

Un sabor rancio con esencia de ginebra me llenó la boca. Me incliné hacia el otro lado y vomité todo el contenido de mi estómago. Lucas no se movió permaneció a mi lado hasta que terminé. Avergonzado, me limpié la boca con la manga de la camisa. Él se levantó y me ayudó a incorporarme. Me puse de pie tambaleándome.

—Debieron irse más lejos. Fue una mala idea volver a Liverpool.

—Al menos me encontró solo y no con Rolando.

—Se ve que te preocupa tu compañero.

—No es eso —respondí con frialdad—. Fue algo conveniente haber enfrentado a esos lobos yo solo. Rolando seguramente hubiera dicho algo que los hubiera hecho enojar y las cosas se hubieran puesto peor. Me alegra haber estado solo.

Lucas meditó un momento y luego asintió con un gesto comprensivo.

—Sí, eso suena como él. Mónica era muy parecida a Rolando, ¿no es así? Orgullosos e imprudentes.

—A ti te preocupa Rolando, llamas a todos "hermanos", pero a él lo llamas "hijo". Sin embargo, mantienes distancia con él, ¿por qué?

—Es verdad, lo quiero como a mi propio hijo. Me alejé de Rolando no por falta de amor, sino por hacerle un favor. Rolando era muy imprudente, impulsivo y rebelde. Cuando lo dejé, le dije que tenía que aprender a vivir solo, sin alguien limpiando sus desastres. Si era capaz de controlarse y mantener un perfil bajo, entonces sobreviviría. Le dije que incluso tratara de ser mentor de alguien más, que necesitaba ser el alfa de una manada; eso le enseñaría a ser responsable y lo haría fuerte.

—Y así fue como yo terminé aquí —repliqué con ironía.

Lucas se encogió de hombros.

—Llegaste justo a tiempo para auxiliarme con esos lobos. Nos has estado siguiendo, ¿no es así? Me imagino que has estado al pendiente de Rolando desde hace ya bastante tiempo, o, ¿el que llegaran a ayudarnos sobre el tren fue casualidad?

Frunció el ceño, levantó la mano de manera solemne, con ese gesto serio de mármol, como un padre que debe dar una explicación.

—Lo admito, a donde quiera que voy, siempre me detengo a saludar a otros licántropos y en todas partes siempre hago averiguaciones por si saben algo de Rolando, me interesa saber que sigue bien. Como ya te expliqué antes, Frederica te apreciaba. Lorcan no hubiera movido ni un dedo de no ser por ella. Cuando descubrieron la verdad, Lorcan le dijo que tenía un buen amigo que podría ayudar, ese es Matthew, quien da la casualidad es mi mejor amigo en todo el mundo, así que tan pronto supo que el lobo que necesitaba ayuda era un pelirrojo de nombre Rolando, me contactó y aquí estoy.

—Y pensar que Rolando criticaba mi amistad con Frederica y Lorcan. Decía que relacionarnos con otros nos arruinaría y en cambio eso fue lo que nos salvó.

—Algunos lobos somos bastante sociables, porque, como ves, establecer relaciones con otros tiene sus ventajas. Después de lo acontecido en el tren y que hablé con la familia de Rómulo, volví para acá temiendo que regresarías a este puerto, en cuyo caso tenía que cerciorarme de que ustedes estarían a salvo, sobre todo sabiendo que Stanislav se encontraba aquí. Yo sabía que podía convencer a los demás de que me escucharan, lo suficiente para probar la inocencia de Rolando. Stanislav es otro asunto. Él buscaría la menor excusa para enfrentarlos; odia a Rolando.

—Y la excusa fue, al parecer, la desaparición del cuerpo de Mónica. Dime algo, ¿qué es todo eso de que se llevaron su cadáver?

—Simplemente la verdad.

—¿Uno de sus seguidores?

Él solo meneó la cabeza en una negativa. Recordé como Matthew, el ulfhednar, se quedó hipnotizado contemplando a la loba. Mi expresión fue de asombro. Iba a abrir la boca para decir algo, cuando Lucas se llevó el dedo índice a los labios en señal de que guardara silencio.

—Dime, ¿qué ha hecho con ella?

—Donde quiera que esté, eso a ustedes ya no les importa. Ella está fuera de sus vidas. No necesitas saber de un asunto que ya no te concierne más y por cuya causa no estás dispuesto a hacer nada, sobre todo cuando no hay un beneficio o sentido práctico en ello. Rolando la mató y ese es el final con el que se escribe la historia de ustedes tres. Además, en este momento tienes un asunto más importante que atender, que es el ponerte a salvo, lejos de Stanislav.

—¿Él va a volver?

—Eso temo. Él no ha olvidado el enfrentamiento en París. Escuché que trató de detenerlos a ustedes tres con ayuda de licántropos poco experimentados y que Mónica, Rolando y tú les dieron una tunda. Stanislav subestimó sus fuerzas, su orgullo está herido. A él ha estado esperando por años a que cometa un error para detenerlo.

—Pudo haber tratado de seguirnos, pero no lo hizo.

—Lo sé, por la ley de Destierro Voluntario. Escuché que el buen Gilbert firmó su salida inmediata. El protocolo dice que un licántropo que es buscado tiene la opción de alejarse y no volver al lugar de sus crímenes, en cuyo caso se le da una oportunidad de vivir, siempre y cuando no reincida. Si es el caso, entonces es perseguido. A quien querían esa noche era a Mónica, sin embargo, Stanislav iba a buscar la forma de arruinar a Rolando por su asociación con ella.

—Lucas, hay algo que quiero saber.

—¿De qué se trata?

—Rolando nunca me confesó cuál fue el error que cometió

cuando era joven y que puso a la Familia de Rómulo en su contra. ¿Qué pasó?

Lucas sonrió y su rostro se mostró relajado, menos con ese semblante fijo de estatua y más como un hombre con cierta tristeza.

—Es una verdadera ironía, porque es algo más que él y Mónica tienen en común.

—Lo último que sé es que tras la muerte de su padre tú y él viajaron por varias partes antes de que ustedes se separaran. ¿Qué pasó en esos años?

Tomé asiento. Lucas parecía pensativo, luego acercó una silla y se sentó frente a mí.

—La muerte del padre humano de Rolando lo afectó profundamente. Él siempre había sido como un niño malcriado, buscando su propia diversión, apostaba, bebía, seducía mujeres y hombres. Al morir su padre él se tornó arisco, ya nada lo divertía, se mostraba irritado todo el tiempo y reaccionaba con violencia a la menor provocación. Era como si estuviera buscando alguien en quien desquitarse. Ese alguien fui yo.

Recorrimos casi toda la costa del Mediterráneo. Viajamos hasta Arcadia. Rolando decía que tenía curiosidad por Licaón y el origen de nuestra estirpe y yo accedí. Lo que no sabía era que en realidad quería saber cuánto pudiera de mí, de mi origen y del humano que fui hace tantos siglos. Yo ya le había dicho que alguna vez tuve una esposa y una hija. Rolando quería saber más de ellas y ver si de alguna forma podía herirme a un nivel emocional.

¿Sabes, Ernesto?, fue un plan estúpido. El tiempo tiene la capacidad de diluir las pasiones como tinta en el agua, y cuando se ha vivido tanto tiempo como yo, incluso hasta los recuerdos más queridos se tornan borrosos. Amé mucho a mi esposa y a mi hija, pero he tenido más de dos mil años para superar esos sentimientos. Eso sólo pareció irritar más a Rolando, él quería vengarse de la maldición que había compartido con él.

Fue en su rabiosa desesperación, que comenzó a volverse indiscreto para actuar. Él esperaba que de alguna forma encontraría la forma de alterarme, que quizá la siguiente cosa que hiciera me escandalizaría o me ofendería. Yo he visto toda clase de horrores en mi andar por el mundo, créeme cuando te digo que el ser humano puede ser el más ruin y cruel de los monstruos y tiene su propia historia para probarlo. En comparación, las acciones de Rolando me parecían como ver a un niño berrinchudo haciendo una pataleta.

Fue entonces que rompió las reglas del anonimato. Tan pronto se reveló como alguna clase de monstruo asolando la región, miembros de la Familia de Rómulo lo pusieron bajo su radar. Le advertí que se detuviera, que fuera sensato, pero él no escuchaba.

A pesar de todo, yo lo amaba. Lo elegí para ser mi compañero porque lo encontraba fascinante, tan guapo, tan descarado, pero a la vez tan hambriento de saberlo todo, de verlo todo, de probarlo todo, de aprenderlo todo. Pensé que había pasado tanto tiempo solo que sería bueno elegir a un humano a quien pudiera amar como a un hijo e ilustrarlo con paternal devoción. Pude haber escogido un hijo más dócil, pero a quien quise fue a él.

Una noche, lobos de la Familia visitaron nuestra casa, yo los dejé cantar sus advertencias, ni siquiera intervine cuando amenazaron con poner una cuchilla de plata en su corazón. Sabía que no le harían nada, sólo amonestarlo.

Tan pronto se fueron, él volvió a su lectura, como si no hubiera ocurrido nada. Fue entonces que me cansé y le dije:

—No puedo más, renuncio a seguir con esto. Van a matarte y yo no quiero mirarlo. Has tratado por meses de remover algún recuerdo de una familia humana que perdí hace tanto que apenas y recuerdo sus rostros, sin darte cuenta de que, a estas alturas de mi vida, lo único que podría herirme es verte a ti muerto

—No me hagas reír —respondió con cinismo—. Tú no eres mi padre.

Luego se burló de mi amor por él, me dijo cosas que me lastimaron. Fue así sin más, que por fin dio en el clavo, logró lo que quería, hacerme daño. Discutimos, nos golpeamos. No llegamos a nada. Al final le grité:

—Suficiente, si lo que te fastidia es escucharme, ¡sal de mi vida!

Él se levantó y se marchó sin decir una palabra y yo me derrumbé y lloré como no lo había hecho en mucho tiempo.

No supe nada de Rolando por algunos meses. Yo no quería escuchar más de él, así que al día siguiente me deshice de todo y me fui a otra región. Seis meses después, él me encontró en una posada. Estaba diferente. Me dijo que quería hablar conmigo y yo no me pude negar, es más, admito que secretamente, estaba esperando que el volviera. Me contó que cuando me fui, a fin de hacerse con algo de capital, se casó con una chica por su dote, tomó todo y luego se fue sin mirar atrás. Por un tiempo estuvo bien, pero luego se dio cuenta de que me extrañaba.

—Siento lo que pasó. Yo estaba enojado por mi pasada vida humana, pero no más. No quiero estar solo, una vida eterna en soledad, creo que me asusta más de lo que pensé en un principio. Te necesito, Lucas, padre, ¡por favor!

—¿Rolando se disculpó? —interrumpí asombrado.

—¿Te sorprende acaso?

—Mucho. Él rara vez se disculpó conmigo. Con otros jamás.

—Sin duda le importas mucho —ronroneó Lucas.

—Entonces lo aceptaste de vuelta.

—Así es, aún tenía esperanza de que podía guiarlo como a un hijo. Volvimos a vivir juntos. Decidimos regresar a París. Fue entonces que Rolando cometió aquella gran falta con la que se ganó la antipatía de Stanislav y la Familia de Rómulo.

»Vivimos tranquilos por un tiempo. Rolando fue madurando, se volvió más sensato, o eso me pareció. Pensé que era un licántropo con un perfecto control de sus impulsos más salvajes, lo que no sabía es que, en realidad, no había tenido la oportunidad de ponerse a prueba con algo que lo afectara con intensidad.

Rolando se interesó en la alta sociedad. Comenzamos a acudir a reuniones. Fue en una de ellas que conoció a una joven aristócrata llamada Delphine. Ella parecía una joven recatada, sin embargo, tenía un lado apasionado e intrépido. A Rolando le gustó, decía que había algo en ella que encontraba divertido y encantador.

La cortejó. Le dije que, si le gustaba bastante, podía convertirla en mujer lobo para que se uniera a nosotros, pero él se negó. Decía que le gustaba tal y como era, con su fragilidad humana. Además, no estaba seguro de si le gustaba para algo más que una temporada, necesitaba tiempo para decidirlo.

Se enamoró como un adolescente y se casó con Delphine. Le dije que era algo arriesgado, pero eso no le importó, al contrario, le excitaba la idea de ver cuánto tiempo podía mantener su secreto antes que ella sospechara. Para él, enamorarse, casarse y llevar una doble vida era un juego que le placía probar.

Una noche acudió a verme, estaba muy emocionado. Creo que jamás lo he visto sonreír así.

—Tengo noticias —anunció—. ¡Oh, Lucas, mi querido padre! Esto es extraordinario. ¡Voy a ser papá!

—¡¿Qué?! —pregunté sin salir de mi asombro.

—Sí, tal y como lo oyes, ¡Delphine está embarazada! ¿No crees que es maravilloso? Voy a tener un hijo.

Lo contemplé tan eufórico como estaba y tuve una horrible sensación en el estómago. Él estaba feliz por el bebé que creía suyo. Hasta ese entonces nunca le había explicado cierto detalle respecto a nuestra sexualidad. Detestaba tener que hacerlo en un momento como ese.

—Rolando, hijo mío, creo que tenemos que hablar.

—Me pregunto si será humano o licántropo, quizá alguna clase de híbrido. Sería lindo si tiene sus ojos y mi cabello.

—Escúchame, esto es importante.

—¿Pasa algo?

—Es sobre ese bebé.

—¿Hay algo que deba saber sobre niños mitad humano, mitad licántropo?

—A decir verdad, sí, eso es que no existen.

Él estaba atónito.

—¿Quieres decir que este será el primero? Me sorprende que no hayas visto algo así en todos tus años.

—No he visto algo así en más de dos mil años porque es un imposible. Rolando, oye bien lo que te voy a decir: los licántropos somos estériles.

Él parecía petrificado, como si no pudiera creer lo que le acababa de escuchar.

—No es posible, nuestros sexos son funcionales.

—Eso es porque somos animales y porque el sexo es un instinto poderoso. Pero la realidad es que somos estériles. No hay manera en que un licántropo pueda concebir jamás. Ni siquiera las mujeres lobo pueden engendrar.

Él tomó asiento, su expresión se tornó de horror.

—Eso quiere decir…

Asentí con la cabeza.

—Lo siento, pero no eres el único que oculta algo en esa casa.

Rolando parecía fuera de sí, estaba furioso y dolido, pero no dijo nada. Se dirigió a la puerta y salió. Traté de llamarlo. Él no se detuvo.

Le tomó algunas semanas reaccionar. No podía creer que su esposa lo engañara, eso era algo que su orgullo no podía soportar. Creo que una parte de él se rehusaba a creerlo. Poco a poco no le quedó más remedio que aceptar que la dulce Delphine, gracias a la doble vida de él y sus ausencias de casa, tenía tiempo suficiente para llevar a otro a la alcoba de ella. No detectó el olor porque era un empleado de la familia, el cual visitaba la casa con frecuencia.

Rolando la confrontó, ella lloró e insistió que no era verdad. No hubo manera de hacerla confesar. Él no la iba a perdonar, así que la echó de su casa. Repudiada, Delphine fue a refugiarse a casa de sus padres. Luego comenzó el escándalo. Ella era una joven de una de esas familias entrometidas que, además, tiene miembros en importantes cargos políticos. Pronto, el hermano amenazó públicamente con asesinarlo por dudar que el embarazo ya de cinco meses que cargaba su hermana no fuera de Rolando.

Una noche Rolando se entrevistó con ella en casa de sus padres. Ella se mantuvo firme, él la detestó por mentirle. Delphine le dijo que él se arrepentiría y le rogaría perdón tan pronto viera que su hijo era igual a él. Entonces el lobo explotó y en un arrebato de ira, le abrió el vientre para sacar al bebé y demostrar de una buena vez que no tenían ningún parecido con él. Luego se marchó, sin reparar en los testigos en casa que lo vieron entrar y salir y que dieron la alarma a las autoridades.

La revelación de Lucas me dejó pasmado, no podía creer lo que acababa de escuchar. No sabía qué pensar. Rolando había sido imprudente para actuar en un arrebato y no pensar en consecuencias. De pronto comprendí la furia de Rolando por tener que lidiar con alguien que cometía un error similar, pero también pensé que había sido un hipócrita con Mónica.

Recordé cuando nos enteramos del ataque a la mujer embarazada, Rolando se había reído amargamente, ahora entendía todo, por la absurda casualidad.

—Pronto tuvo a la Familia de Rómulo tras él —prosiguió Lucas—. Stanislav fue quien se encargó de su arresto. Rolando probó ser más fuerte. Aun así, se lo llevaron.

»Cuando presentaron Rolando ante la corte de la Familia de Rómulo se comportó con descaro. Esto hizo enfurecer aún más a Stanislav. Rolando lo retó frente a todos a un combate cuerpo a cuerpo. El entonces patriarca estaba ahí, opinó que sería divertido de ver y los dejaron pelear. Rolando derrotó a Stanislav, hubieras escuchado sus carcajadas. El patriarca llamó de nuevo al orden y pidió que sujetaran a Rolando, lo había divertido la pelea, pero igual debían juzgarlo.

Yo hablé por él, apelé a la buena voluntad de cuantos me conocen y pedí destierro voluntario de cincuenta años para Rolando. Me comprometí a sacarlo de París antes que las autoridades humanas dieran con él. Al final logré convencerlos. Sin embargo, Stanislav insistió que no podía irse sin recibir algún castigo. Este fue que le quemaron todo el cabello y el cuero cabelludo.

Después de eso nos marchamos. Mi pobre hijo parecía un gorrión desplumado. Tan pronto estuvimos lejos, le hice curaciones en la cabeza usando mi propia sangre, eso ayudaría a regenerar su cabello. Él quedó conmovido por ese gesto de mi parte.

—Soy un gran tonto —murmuró—. Lo siento tanto, no por esa zorra, sino por ti, Lucas.

—Jamás hubiera pensado que te doliera tanto el engaño.

—Hubiera sido lindo ser padre. Soy un monstruo.

—Eres un animal. ¿Sabes?, hace años estuve en África. Cuando un león derrota a otro macho y se apodera de sus hembras, la primera cosa que hace es matar a todos los cachorros del rey anterior, luego se encarga de dejar preñadas a las hembras, esta vez con su propia descendencia. Tus acciones me hicieron recordar eso. Ahora descansa.

Rolando durmió mucho los primeros días. Él se recuperó, gracias a mi sangre, el pelo comenzó a salirle de nuevo, como el plumón de un pichón recién nacido. No tardó en crecer, más brillante y suave de lo que fue antes. Mi querido hijo era toda docilidad y gratitud hacia mí. Sin embargo, yo ya había tomado una decisión en cuanto a nuestra relación.

Tuve una conversación muy seria con él. Le dije que ya no podíamos estar juntos, que por su propio bien lo dejaría a su suerte para que aprendiera a controlarse. Si era sensato y maduraba, sobreviviría, en cuyo caso quizá nos reuniríamos algún día. Como regalo de despedida le dejé una daga de plata, para que se protegiera de otros hombres lobo. Después de eso me marché.

Él trató de buscarme, yo procuré alejarme y que no me encontrara. Mantuve mi distancia, aunque siempre que podía trataba de enterarme sobre cómo estaba. Jamás esperé volverlo a ver en estas circunstancias. Quizá nuestro próximo encuentro sea mejor.

Me incorporé despacio, dando vueltas a todo esto en la redondez de mi cabeza. Rolando ya me había dicho aquello de los leones. Ahora me daba cuenta lo cruel, hipócrita e injusto que había sido con Mónica. Él debió haberla entendido mejor que nadie y aunque la ayudó a escapar, no fue comprensivo ni buscó ayudarla a controlar sus instintos. Pero eso ya no importaba.

Anuncié lacónico:

—Ya debo marcharme. Tienes razón, debemos irnos lejos. Gracias por todo, Lucas.

—Si hay algo más que pueda hacer por ti, hermano, sólo tienes que pedirlo.

—Estoy bien, puedo arreglármelas.

—Cuida de Rolando, por favor... al menos hasta que esté en un lugar seguro.

—Está bien —respondí sin ganas.

—Ha sido un verdadero placer, Ernesto. Ojalá volvamos a vernos.

Asentí y me retiré sin decir ni una palabra más. Salí de aquella casa, aún con el dolor del balazo en la pierna. La lluvia fue mi compañera. Estaba nervioso, temía que en todas partes había alguien observándome. Apresuré el paso.

Para cuando llegué a donde Rolando estaba escondido, yo me encontraba completamente empapado. Me guardé de que no se diera cuenta de la herida que tenía en la pierna. Cuando preguntó dónde había estado, le dije que había salido a beber alcohol hasta quedarme dormido y que me había topado con Lucas. Él se mostró enfadado.

—Yo estoy en una posición vulnerable y tú decides emborracharte. No entiendo por qué cada vez que algo te altera tienes que hacer esto. No pudiste elegir peor momento. Al menos Lucas te encontró, ¿te dijo dónde está?

—No. Me pidió que me despidiera de ti por él y se marchó.

Rolando suspiró abatido. No le dije nada más, ni de lo que hablé con Lucas, ni de que Matthew se había llevado el cuerpo de

Mónica, ni de mi encuentro con Stanislav.

Al día siguiente busqué recuperar lo que pudiera de nuestras pertenencias. Tomé lo más básico. También fui a una taberna y me dediqué a espiar las conversaciones de las personas. Escuché a dos hombres que tenían pasajes de barco de tercera clase, decían estar listos para un viaje en busca de una nueva vida, con destino hacia una tierra que me interesaba porque ya habíamos estado ahí. Así que los seguí y me valí de mi fuerza y velocidad para asaltarlos y tomar sus boletos.

Fue así como comenzamos la que sería una larga travesía de vuelta a Buenos Aires. En todo el trayecto no tuve ganas de conversar con Rolando. A fin de evadirlo, me las ingenié con asfixia para dormir lo más posible.

Mientras dormía tuve una visión, quizá más auténtica que la realidad misma. Tal vez fue un vistazo de una realidad alterna y eso fue lo que realmente sucedió, mientras que todo lo demás, lo que ocurrió con Mónica, la Familia de Rómulo y el accidente de tren no fue sino el delirio febril de un loco.

Justina estaba entre mis brazos tras caerse del caballo. Estaba herida, la vida escapaba de su cuerpo a cada segundo. No tenía más opción, así que hice lo único que podía hacer para mantenerla viva. Me llevé la mano a la boca y la mordí hasta que mi sangre brotó, luego derramé gotas en la herida que le había hecho cuando la ataqué, después le lamí la herida para dejar también mi saliva.

Su cuerpo se estaba aflojando más, tenía los ojos cerrados. Temí que mi intento por salvarla había llegado demasiado tarde.

«Vamos, por favor, reacciona», le supliqué mentalmente.

Mi sangre parecía no ser suficiente, así que le abrí la boca y vertí más de mi sangre en ella. No podía dejarla morir, yo la amaba, ¡sí, la amaba con cada rabiosa célula de mi ser!

Ya estaba perdiendo las esperanzas cuando ella despertó de golpe, primero me miró con los ojos desorbitados, luego se sujetó a mí con la desesperación de una gata tratando de evitar la caída. Todo su cuerpo se convulsionó, yo me abracé a ella, murmuré algunas palabras en su oído.

—Aguanta, mi amor, todo pasará y después estaremos juntos, sólo aguanta.

Trató de gritar. Luego, todo su cuerpo se detuvo en un violento espasmo, se puso rígida y después de eso quedó tan inmóvil como un cadáver, sin embargo, yo sabía que no era así, sino al contrario.

Llevé a Tina dentro de la casa y me encargué de curarla. Después mandé llamar a su familia y dije que la había atacado uno de mis perros, el cual ya había mandado sacrificar. Su madre insistió en quedarse a cuidarla. Yo no me aparté de Justina en ningún momento, quería ser el primero en hablar con ella.

Cuando recuperó el conocimiento, sus padres y su hermano se alegraron mucho. Yo estaba ahí, les dije que la dejaran descansar, que estaba agotada. Ella me miró con recelo, sin embargo, no dijo nada. Un rato después entré a la habitación en la que descansaba y le dije que me dejara explicarle todo.

Le conté lo que era, le aseveré que no era malo, sino un ser dominado por impulsos animales; le pedí perdón por haber perdido el control con ella y le aseguré que la amaba más allá de lo que podía expresar con palabras. Sentía mucho haberla atacado, pero si me detuve fue por amor y le expliqué que también por amor había salvado su vida de la única forma que conocía. Le expliqué que eso también la convertiría en licántropo, pero que entendiera que no quería perderla.

Ella primero pareció muy consternada, luego me arrojó lo primero que tuvo a la mano y me gritó que me largara. De nada sirvió tratar de calmarla, sólo se enojó más y más. Me alejé de ahí con lágrimas en los ojos, yo pensé que ella entendería, en cambio me odiaba, me despreciaba por haberla contaminado con mi sangre.

Al día siguiente ella partió con su familia de vuelta a su casa, su salud estaba bastante restablecida, como por un milagro y eso tenía muy contento a mi hermano y a su esposa. Yo los miré desde la ventana. Rolando a mis espaldas solo murmuró:

—Si quieres le podemos dar un par de días para reconsiderar. Pero si nos mete en problemas, tendremos que marcharnos lejos.

—De acuerdo —murmuré cabizbajo.

—Además —prosiguió con aquella indiferente manera que tenía de decir las cosas—, no podemos dejarla suelta por ahí si no quiere lo que le has dado. Yo no quiero problemas por su causa; no me quedará más remedio que matarla antes de que se transforme.

Noté que cuando dijo esto último sonó casi como si lo que más deseara fuera deshacerse de ella. Yo no supe qué decir. Me dolía la idea de que él hiciera eso, sin embargo, tuve que aceptar que era lo mejor; no era justo que ella viviera como una loba si se sentía bajo una maldición. Mejor que Rolando se hiciera cargo, yo no podía hacerlo.

Por fortuna no fue necesario. Unos días después Justina llegó a mi casa y pidió hablar conmigo. En cuanto estuvimos frente a frente, a solas, de sus labios escapó una frase maravillosa:

—Yo también te amo. Prefiero ser un monstruo como tú y que estemos juntos, a morir humana y perderte para siempre.

Sin decir nada más me acerqué a ella y nos besamos. Posteriormente tuvimos una larga charla, hablamos de nosotros. Ella me confesó que había soñado con ese momento muchas veces. Yo le dije que siempre la había amado. Le hablé de la posibilidad que ahora teníamos de ser una pareja de licántropos, le expliqué como sería el cambio, le aseguré que estaría bien y que yo permanecería a su lado todo el tiempo.

—Ser un licántropo tiene ventajas; no envejecerás, no volverás a padecer enfermedad y la sensación de poder es adictiva. Sin embargo, eso no es ahora lo que más me agrada de ser un hombre lobo, sino la idea de estar vivo en este mundo y tenerte a ti a mi lado como compañera por la eternidad.

Al decirle estas palabras ella se mostró emocionada, no dejaba de apretar mis manos y acariciar mi cabello con sus delicados dedos. Aunque sabíamos que quedaba otro problema por resolver: ¿qué sucedería después de su transformación? ¿Cómo haríamos para estar juntos y alejarnos de todos? Ella quería que viviéramos juntos lo antes posible.

Rolando tuvo una buena idea. Los días previos a la transformación son cuando uno se siente peor, todos alrededor del futuro nuevo licántropo pueden ver el deterioro de la persona. Al *día siguiente de su primera noche lobuna sólo tenía que fingirse muerta. Eso sería fácil, nosotros podemos detener el movimiento de la respiración por largos periodos, dado que no lo necesitamos para vivir. Teníamos que asfixiarla para que ella cayera en un profundo letargo. Luego, nosotros sólo teníamos que ir a despertarla en la noche.*

Todo sucedió de acuerdo con el plan, la salud de Tina se deterioró, ella cayó enferma en un estado que todos creían era de muerte. La noche de su transformación, le pagamos al doctor para que le dijera a su familia que la dejaran sola, que era imperativo dejarla descansar y que nadie debía importunarla ni estar cerca de ella. Justina insistió en eso. Su familia no puso objeciones y la dejaron sola en su habitación.

Esa noche yo subí por la ventana hasta su cuarto, la saqué de ahí con los ojos vendado para que no viera la luna. Su cuerpo, sensible a la luz que nos bañaba, se retorcía entre mis brazos, apenas pude alejarme lo suficiente, adentrándome en el bosque y permitirle contemplar la luna llena. Ella vivió el bien conocido estado de trance, luego el dolor, los espasmos, la muerte y el renacer como una mujer licántropo de pelaje castaño y estilizadas figuras.

Rolando estaba ahí para darle la bienvenida, ella lo saludó con respeto; ahora que lo entendía, sus sentimientos hacia él no eran tan antagónicos como antes, en que lo creía un ser perverso. Salimos a cazar, ella se comportó a la altura de su nueva especie, parecía una niña sin ninguna clase de remordimiento, sin temor, sólo se aventuraba a actuar de acuerdo con su instinto. Ambos estábamos felices.

—Ahora sí somos iguales —exclamó al tiempo que me abrazaba—, nunca podré separarme de ti.

La besé mucho, una y otra y otra vez. Nos hubiera gustado consumar por fin nuestra unión, nuestros cuerpos ardían de deseo y nuestra condición de licántropos hacía más intenso el impulso de lujuria latente. Yo estaba loco por tomarla, pero lo que me detuvo fue la voluntad de ella, Justina me dijo que sería mía hasta que huyéramos juntos. Además, había algo importante que teníamos que hacer: arreglar la farsa de su muerte para el día siguiente. Ella tenía razón, así que me contuve y nos concentramos en ello.

Rolando trató de enseñarle a aparentar estar muerta, le explicó cómo reprimir por completo el movimiento abdominal que tiene cualquier persona que respira. Ella lo intentó, se concentró en hacerlo, sin embargo, no podía lograrlo en una noche, apenas era una loba recién nacida.

—La forma más fácil de hacerlo es si te asfixias —comentó Rolando—. En los tiempos de la gran cacería, cuando algún licántropo era ahorcado, la asfixia provocaba que el condenado cayera en un estado de letargo. Escuché la historia de un individuo que estuvo colgado durante varios días, hasta que se ordenó bajar los cuerpos de los condenados. Despertó en el carro con los cadáveres y se escabulló lejos de ahí. Lo que quiero decir es que si no puedes fingir tu muerte controlando los movimientos de tu cuerpo para parecer que no respiras, la asfixia es mejor opción.

Así lo hicimos. Cerca del amanecer devolvimos a Tina a su habitación. Rolando se ofreció a sofocarla, pero lo detuve, prefería hacerlo yo. Le pregunté si estaba lista, ella asintió, nos dimos un beso, luego cerró los ojos y yo procedí a poner una de mis manos sobre su nariz y boca. Toda ella se fue relajando hasta que se quedó desmayada, sin respiración ni pulso.

El olfato de Rolando le indicó que venía alguien.

—Rápido, tenemos que irnos.

Él saltó por la ventana, yo le di un beso a Justina.

—Volveré por ti, princesa… mi reina.

Qué golpe tan duro fue para sus padres encontrarla sin vida. Su funeral se celebró con todas las ceremonias acostumbradas. Yo fingí estar devastado. Dentro de mí, lo único que me preocupaba de verdad era que se fuera a despertar, Rolando me tranquilizo.

—Aun si se despierta, ella sabe que no debe moverse. Ya fue dada por muerta, que era lo importante. No te preocupes, ella sabe bien lo que debe hacer.

Justina fue enterrada. Esa misma noche, Rolando y yo acudimos al cementerio. Apaleé tierra muy rápido, como un avaro que no puede esperar más para sacar un tesoro, porque eso era ella para mí, la más deslumbrante joya. Cuando abrí el ataúd, ella seguía inmóvil, estaba tan bella. Mis dedos rozaron su mejilla. Ella de golpe abrió los ojos y se arrojó a mis brazos. Me tomó por sorpresa, ella se rio divertida y me besó.

—Estaba ansiosa de que llegaras, quería verte.

La cargué en mis brazos para sacarla de ahí. Deseaba irme de una vez, pero antes teníamos que dejar todo como estaba. Ella nos ayudó; me dejó sorprendido ver lo fuerte que era ahora en comparación a sus femeninas fuerzas humanas de antes.

Fuimos hacia mi casa. En el camino hablamos de estar juntos siempre, entonces yo le pedí al oído que se casara conmigo. Ella sonrió y dijo que cuanto antes mejor. Una vez que estuvimos en casa los tres solos, ella se dirigió a Rolando.

—Necesito que hagas algo por nosotros. Tú eres ahora nuestro líder licántropo, ¿no es así?

—Así es, siendo el más experimentado, soy el alfa de esta manada.

—Siendo así, por favor, cásanos.

Yo la miré consternado, ella insistió. Tras meditarlo un momento le dirigí una sonrisa de complicidad y me volví hacia Rolando.

—Ella tiene razón, tú eres él más adecuado, nuestro alfa según has dicho. Me gustaría que lo hicieras ahora mismo.

Justina estaba radiante, con un movimiento rápido tomó mis manos, ambos miramos a Rolando como esperando que iniciara la ceremonia. Él parecía molesto y frustrado, pero al final accedió. Pronunció un pequeño discurso respecto al espíritu animal que nos unía y al amor que nos profesábamos, luego le preguntó si quería ser mi esposa, ella aceptó; me preguntó a mí si quería ser su esposo, yo casi grité:

—¡Sí, ahora y siempre!

—Entonces yo los declaro marido y mujer.

Los brazos de Tina fueron como ramas retorciéndose en torno a mi cuello, la atraje hacia mí por la cintura y la besé. Esa misma noche, en mi alcoba, ella se convirtió en mi mujer y yo supe, cuando el ardor y el éxtasis envolvieron nuestros cuerpos, que nuestro amor sería eterno, que mi corazón sería de ella para siempre y que ella jamás se separaría de mí.

Justina permaneció escondida en mi casa los siguientes días en que preparamos el viaje. Despedimos a la servidumbre, vendimos nuestras propiedades y nos fuimos hacia Veracruz. Rolando quería probar fortuna invirtiendo en la minería, en Zacatecas, pero ella y yo no aceptamos. Teníamos que irnos muy lejos, donde no corriéramos el riesgo de que alguien me viera paseando del brazo con ella. Rolando pensaba que no debíamos temer, aun así, aceptó a nuestras demandas y nos fuimos a Veracruz, para después partir a España.

Antes de abordar, compré un regalo para ella, el cual le entregué en nuestra primera noche a bordo, mientras contemplábamos el mar, le di un anillo de oro como símbolo de mi amor. También compré otro para mí. Eran nuestros anillos de esposos.

Recorrimos el continente, conocimos gente, ganamos dinero, nos codeamos con la sociedad, pero muchas de esas cosas eran insignificantes para mí, lo que verdaderamente me hacía sentir pleno era Justina. La sensación que abrigaba en mi pecho era que todo era perfecto, como un justo balance en el que yo tenía un lugar y un propósito en esta vida.

Los tres éramos una familia, compartíamos pasatiempos y noches de caza. Rolando le enseñó a Justina a tocar el piano. Ella, a nuestro lado, aprendió mucho sobre historia y cultura general, yo a su lado aprendí a ser feliz.

Los años corrieron, se fueron escurriendo como un agua de manantial fresco. Nos mudamos a París, estando ahí, Rolando conoció una joven por la que quedó prendado, habló incluso de casarse con ella y agregar un matrimonio más a su lista.

—¿Por qué te casas y pretendes vivir como humano, en vez de transformarla y traerla a vivir con nosotros? —le preguntó Justina.

—El amor me divierte —explicó el pelirrojo—. Sin embargo, no estoy convencido de ella al punto de quererla como compañera permanente.

—Rolando es ciclotímico —interrumpí al tiempo que le

guiñaba un ojo—; un minuto le gusta actuar como intelectual y al siguiente como un vividor; un día se apasiona de amor y al otro se aburre y se va. Para él, el cortejo es un pasatiempo.

Rolando llevó su pasatiempo hasta el final, se casó y se fue a vivir con su nueva esposa, quien, por supuesto, no imaginaba siquiera la verdadera naturaleza de mi amigo. Para Justina, lo que Rolando hacía era una pantomima absurda. Justina creía que uno debía seguir a su corazón y llevar una vida congruente con su persona y manera de ser. Fue este pensamiento el que la había hecho una hija rebelde y la razón por la que yo me enamoré perdidamente de ella. No juzgábamos a Rolando, simplemente no lo comprendíamos y tanto Justina como yo sentíamos que no teníamos nada en común que nos atara a él.

Tomamos una decisión, nos despedimos de Rolando y le dijimos adiós. Él parecía consternado y dolido porque teníamos que alejarnos.

—Así es mejor —le expliqué—, tú tienes tus ideas y tu estilo de vida y nosotros las nuestras. Justina tiene razón, ella y yo debemos hacer nuestra vida acorde a nuestro sentir y nuestros deseos.

Rolando se molestó, él no quería que yo me alejara de él, sin embargo, no le quedó más remedio que aceptarlo, incluso me confesó que ya esperaba este día desde el momento en que le dije que había contaminado a Justina con mi sangre. Así fue como terminó mi vida al lado de Rolando Solari. Los tres nos despedimos como buenos amigos y prometimos estar en contacto.

—Nunca dejes de buscarnos a cada lugar que vayas, que nosotros haremos lo mismo contigo —le suplicó Tina al tiempo que le apretaba las manos—. Y si acaso nos encontramos, saldremos a compartir una buena cena.

—Será un placer, Justina —respondió Rolando con respeto.

Transcurrió el tiempo, Justina y yo nos asentamos en diferentes lugares, disfrutando de cuanto estuvo a nuestro alcance, gozando de nuestro amor.

A veces vivíamos entre los humanos, otra vivíamos apartados de todos. Así fue como recibimos la llegada del siglo XX, viviendo en una cabaña en el sur de Francia. Criábamos a nuestros animales de los que nos alimentábamos. A veces nos llevábamos alguna presa humana, siempre que se presentara la oportunidad de encontrar alguna persona sola, sobre todo vagabundos. A Tina no le gustaba mucho la compañía de humanos, ella solía decir:

—No veo por qué tenemos que vivir como lo que no somos. Somos depredadores, estamos por encima del tiempo al ser inmortales. Somos animales, estamos mejor entre ellos. No tenemos por qué seguir las reglas humanas, no es lo que somos.

Al principio, cuando la oía hablar así, trataba de imitar a Rolando y le decía:

—La supervivencia está en poder mimetizarnos con los humanos.

Entonces ella respondía:

—De alguna forma tienes razón, después de todo, estando en Roma, vístete de romano. Sin embargo, es una farsa; es absurdo y agotador no ser tú mismo. Eso lo han descubierto otros lobos solitarios con los que nos hemos topado y te aseguro que, a su retraída manera de ser, son mucho más auténticos y felices que otros lobos altamente sociales y enfrascados en actividades humanas como Rolando. ¿Tú por qué crees que su comportamiento es cíclico? Tiene que ir de un extremo a otro, de lo intelectual o aristócrata, a lo francamente burdo y vulgar, porque se aburre, porque no encuentra su lugar en ninguna parte. Creo que al final lo que importa es que, aunque somos personas y animales, sólo tenemos lo peor de ambos.

—Somos una gran contradicción.

—Somos viajeros errantes por el mundo, tratando de descubrir quiénes somos y encontrar nuestro lugar. Como inmortales que somos, hemos de dar muchos pasos y sólo siendo honestos con nosotros podremos soportar el peso de esta existencia, sin dejarnos arrastrar por el hastío y la vacuidad del aburrimiento.

Lo que dijo me llegó muy dentro, hasta sembrar un pensamiento en la cabeza de otro Ernesto, uno irreal, de otra vida en la que yo jamás hubiera sido capaz de controlarme a su lado, la hubiera asaltado y devorado, pero eso no ocurrió porque antes de un segundo encuentro funesto, ella murió tras caer del caballo y ahora *ella era un cadáver convertido en polvo hacía mucho tiempo.*

No hice más comentarios. Si así era feliz, era lo único importante, además, si por algo la amaba era por su apasionado carácter, por su temperamento invencible y por la fuerza de su espíritu. A ella nunca le gustó ser una dama recatada, ni salir a cazar a dos patas con algo de ropa; a ella le agradaba cuestionar todo, decir con franqueza si algo le gustaba o no y salir a cazar desnuda marchando como si se moviera en cuatro patas.

Ella era un terremoto y yo no podía más que caer a sus pies rendido una y otra vez, tal y como siempre lo había hecho desde que ella era aquella consentida, incorregible y temperamental niña pequeña.

Nuestros años juntos estuvieron llenos de dicha. El tiempo pasó y nuestro amor no menguó ni una sola vez. Cuando estalló la Primera Guerra Mundial, decidimos alejarnos de aquel continente. Nos embarcamos con rumbo a los Estados Unidos de América, un lugar al que llamaban la Tierra de las Oportunidades.

Llegamos a la Isla Ellis, vimos la Estatua de la Libertad y nos entusiasmamos al pensar en un nuevo comienzo. Justina y yo disfrutábamos de un día nublado en cubierta, sentía la brisa salada besando mis mejillas con su aliento húmedo. De repente, eso fue lo único que sentí, la brisa del mar mientras que todo lo demás a mi alrededor parecía desvanecerse, incluso la sensación tibia de la mujer que adoraba entre mis brazos. Aquella vida comenzó a diluirse. Tenía la tibia brisa del mar en mi cara y eso fue lo único que me quedó, mientras que las imágenes parecían escaparse en la oscuridad. Una voz emergió de las sombras, era la voz de ella diciendo "estoy contigo, mi amor".

Los sonidos del puerto disiparon las últimas imágenes de aquel sueño. Era de mañana. Afuera no estaba Nueva York, sino Buenos Aires. Justina estaba muerta. El viento marino terminó de despertarme, la ventana del camarote estaba abierta, Rolando permanecía sentado junto a ella, con la vista fija en el cielo. Desde que comenzamos el viaje parecía melancólico.

No lo entendía, desde la muerte de Mónica había demostrado diferentes reacciones; alegría, repudio, tristeza, indiferencia.

—Ya llegamos —comentó con un hilo de voz.

Yo no respondí nada, casi no había hablado con Rolando desde que nos embarcamos rumbo a Argentina. A fin de verlo lo menos posible, había optado por dormir casi todo el tiempo. Qué diferente es la realidad de los sueños y la de este mundo material. Los días que había permanecido dormido, había vivido años de intensa dicha al lado de Justina. Nunca comenté nada al respecto hasta ahora que lo escribo.

Busqué una habitación en un conventillo en el barrio de la Boca. No era opulento como otros lugares en los que habíamos vivido en el pasado, pero al menos Rolando ahí estaría seguro.

Mi compañero seguía muy débil, el brazo derecho seguía casi tan mal como cuando se lo arrancaron. Al menos los huesos por fin se habían conectado y había vuelto a fijarse en su lugar, pero todavía teníamos que sujetarlo con el vendaje.

Ya era de noche, el lugar estaba tranquilo. La habitación olía a polvo, a sudor, a muebles viejos. Adentro, el mobiliario era sencillo. Coloqué a Rolando en un sillón, luego me di a la tarea de meter nuestras pocas pertenencias. Una vez que finalicé, eché un vistazo a nuestro alrededor, no estaba tan mal. A Rolando le pareció horrible, no lo dijo, pero me bastaba contemplar su gesto de reprobación para saberlo.

—Hay que buscar una casa en un barrio mucho mejor que este, Ernesto —comentó Rolando.

No tenía deseos de escucharlo quejarse de ese lugar. Ya bastante había tenido con todo lo que se había quejado del viaje en barco.

—Por ahora esto es lo que hay, así que tendrás que conformarte —sentencié con el tono con el que un padre agotado reprende a un niño malcriado.

Él suspiró. Con la mano que podía mover, se pasó los dedos por el cabello para acomodárselo. Ahí estaba el Rolando vanidoso que yo conocía.

—Bien, supongo que por ahora esto será suficiente. Admito que la variedad de colores en las fachadas de este lugar tiene su atractivo.

Rolando permanecía envuelto con una frazada. Desde aquella pelea siempre tenía frío.

—Estoy débil —comentó—, necesito que me traigas una presa humana, quizá una linda jovencita. No hemos comido bien desde antes de aquella noche.

No respondí ni me moví. Él se abrazó más a la frazada.

—Tengo frío, ¿te importaría cerrar la ventana?

Por primera vez despegué la vista de la puerta y me dirigí a la ventana. La cerré con un movimiento mecánico. Mis ojos se desplazaron de la ventana al pelirrojo, a la puerta, a mi equipaje, de nuevo a Rolando y mi equipaje. Me pregunté qué debía llevarme de aquello, entonces me di cuenta de que no quería nada de lo que estaba ahí, todo me estorbaba. Había algunos afectos que conservaba por los recuerdos que me traían, pero incluso hasta el rebozo de Justina era un estorbo.

—Cuando esté mejor —prosiguió mi compañero—, debemos salir a socializar; ansío aprender a bailar tango; un ritmo tan sensual como ese definitivamente es para mí. Por ahora mi aspecto no es muy agradable, pero en cuanto me recupere, conquistaré a alguna solterona rica, la haré mi esposa y volveremos a vivir como merecemos. Necesito un cambio de ropa, un buen traje.

—¿Alguna vez la quisiste? —murmuré.

—¿De qué hablas? —preguntó con descaro.

—Mónica. Tú la llevaste a nuestra casa, la transformaste, le diste educación. Fuiste lo que ella más deseó. Dime, ¿algo de eso alguna vez significó algo para ti?

—La llevé a nuestra casa para ti, Ernesto. La transformé por ti. Esperaba que te enamoraras de ella, que fuera la sustituta de Justina y no fue así. Si buscas un culpable, mírate en el espejo. Tú la despreciaste.

—Ella no era una muñeca a la que se le pudiera mandar, ¡era

un ser independiente, con sentimientos!

Rolando suspiró y levantó una ceja con la actitud arrogante de quien acaba de escuchar algo muy estúpido.

—Al parecer ya se te olvidó que ella trató de arruinarme. Esa perra usó mi cabello. Lo que ella haya sentido antes es irrelevante. Se convirtió en una amenaza y pagó caro por atreverse a enfrentarse a mí.

—¿Alguna vez por lo menos la amaste o tú solo vives el momento y utilizas a todos?

—¡Eso qué importa! Ya está muerta. Fue bueno mientras duró y antes de que perdiera la cabeza.

Apreté los puños, bajé la vista al suelo sin querer volver a levantarla, como si estuviera buscando algo que se me hubiera perdido y que ni yo mismo sabía qué era. Me tomé un minuto antes de volver a levantar la cara y enfrentarlo.

—Eres un hipócrita de lo peor. Tú pudiste comprenderla mejor que nadie. Tú y ella incluso cometieron un crimen muy similar.

—¿Qué clase de tontería dices?

—Lucas me contó de Delphine.

La mención de ese nombre puso una expresión sorprendida y furiosa en su cara.

—Él no se atrevió.

—Me dijo lo que le hiciste a tu esposa. Tú fuiste un experto en perder la cabeza, tú también enloqueciste por un cierto orgullo e instinto paternal y no pudiste soportar el engaño. Mónica pudo aprender mucho de ti y tú te negaste a enseñarle algo de tu propia experiencia.

Irguió la cabeza, altanero, su gesto derrochaba desdén y descaro. Aun después de todo lo que había pasado, mantenía una actitud arrogante, intocable. Dobló el brazo que podía mover bien y apoyó la barbilla sobre el puño.

—¿Y…?

—Ella tenía tanto en común contigo, ella…

Me interrumpí, la manera fija y descarada con que miraba dejaba claro que le importaba un carajo cualquier cosa que dijera.

Le dediqué una larga mirada a mi compañero antes de decirle:

—Olvídalo, no tiene caso. Ya estás a salvo. Yo no tengo nada más que hacer a tu lado. Es hora de partir.

Se hizo el silencio, no hubo necesidad de más palabras, él pudo ver en la expresión de mi rostro cuál era mi intención y que era definitiva.

—¿A dónde irás? —preguntó.

—Todavía no lo sé.

—Entonces, no tienes por qué irte.

—El que no tenga un destino, no cambia el hecho de que sé dónde ya no quiero estar. Ya no tengo nada más que hacer contigo.

—No serás capaz de dejarme, tú me perteneces.

—Óyelo bien, esto se acabó.

Me encaminé a la puerta.

—¿Y qué vas a hacer?

—Eso ya no es asunto tuyo.

—¿No te llevas tu equipaje?

—No hay nada aquí que me interese, puedes quedarte con todo.

Abrí la puerta.

—¡Ernesto! —me llamó, por primera vez mostró algo de emoción, sonaba casi desesperado, me detuve y lo miré— ¿Ni siquiera me das un beso de despedida? Sólo eso, por los buenos tiempos.

Me causó gracia su comentario, mis labios se arquearon en media sonrisa, era como una mueca rota dedicada al Rolando que alguna vez aprecié, al burlón, al arrogante, al que cambiaba de pasatiempos igual que una veleta, al que sabía conquistar con una mirada, al asesino, al intelectual, al mundano, al carismático, al voluble, a mi maestro, a mi amigo y mi amante. Crucé el marco de la puerta y respondí:

—Adiós, Rolando.

Cerré la puerta y me marché sin mirar atrás. Eché a andar. Pronto el conventillo se perdió en la distancia. En el fondo sentía tristeza, pero también estaba satisfecho.

Así tenía que ser, vivir junto a Rolando ya no era posible, nuestra relación estaba demasiado fracturada, sobre todo después de lo que había ocurrido con la loba. Mónica, su nombre, su cara, su voz, su olor, toda ella estaba en mi mente. Mónica, la mujer más bonita que hubiera visto jamás. Mónica angelical, Mónica fragante como campo de lavanda, cautivadora como luz de luna. Mónica temperamental, Mónica desquiciada, Mónica caprichosa, Mónica mala, Mónica animal, Mónica violenta, endemoniadamente complicada, Mónica niña, Mónica mujer. La loba, la seductora, la que era simple y franca como noche clara y constelada, la que a veces fue egoísta y otras tantas dio a manos llenas, la que jugaba con mi pelo cuando descansaba mi cabeza en su regazo. Mi compañera, mi hermana.

Por un momento tuve la sensación de que me seguía una presencia malherida. Casi pude visualizarlo, caminando con cierta cojera, con sus heridas que estaban tardando en sanar, quizá por la falta de alimentación, quizá porque la fortuna así lo quería, o tal vez por la forma en que fue herido. No sé si de verdad esa presencia fue real o si fue producto de mi imaginación afectada por la culpa. Decidí ignorarlo. No aceleré el paso, seguí caminando como si nada. Fue mi manera de decir que ya no me importaba más. Al cabo de un rato, aquella presencia se desvaneció y volví a sentir que caminaba solo.

«Adiós, Rolando», le dije con el pensamiento y seguí adelante.

No sé cuánto tiempo vagué por las calles pensando en ella. La culpabilidad me picaba como un buitre. Quizá pude haber hecho algo más por Mónica. Me pregunté a dónde se la había llevado Matthew, sólo esperaba que le hubiera dado un hermoso funeral, o que si acaso tenía salvación, que él fuera mejor alfa y compañero de lo que fuimos Rolando y yo. Aunque eso era imposible, yo sabía bien lo que la plata nos hacía.

Me dije que me hubiera gustado haber hecho algo bueno por ella. No lo sé, tal vez lo mejor que hice por la loba fue no decirle nada de lo que pasó con su cuerpo a Rolando.

Me pregunté a dónde debía de ir. No podía andar sin rumbo fijo para siempre. Medité eso cuando me di cuenta de que estaba en las afueras de la ciudad. Tal vez debía ir al sur, atravesar la Patagonia y seguir hasta la Tierra del Fuego para mirar de cara al mar Antártico. La idea sonaba tentadora, pero al final me dije que no era al sur a donde debía ir, sino al norte, de vuelta hasta mi país, hasta la ciudad que me vio nacer como humano. Así que comencé a caminar hacia el norte.

No tomé ningún tipo de transporte, me moví impulsado únicamente por mis piernas. Atravesé la selva Amazonas, ahí me alimenté de pirañas, monos, reptiles y otros animales que estuvieron a mi alcance. Nunca busqué una presa grande, prefería saciar mi apetito a medias con presas pequeñas. Me sentí tentado a probar la carne de los nativos que viven en la selva, pero al final preferí dejarlos en paz. No me les acerqué ni permití que ellos lo hicieran.

Seguí caminando sin prisa de llegar a ningún lado, a veces me asentaba por semanas en un mismo lugar, otras veces caminaba desde el ocaso hasta el amanecer y buscaba cualquier espacio para dormir en el día. Pensaba mucho en Rolando, en Mónica y en Justina, en lo que debió haber sido. Una y otra vez escuchaba la voz de mi princesa en mis sueños diciendo "estoy contigo", aquel murmullo resonaba en la circunferencia de mi cabeza como una promesa.

Me sentía como un forajido, llegué a creer que ya no había cabida en el mundo para mí. En un escenario perfecto, mi lugar debió haber sido junto a Justina, pero en vista de que eso no ocurrió y que ya no tenía tampoco un lugar junto a mis compañeros, no quedaba más que buscar mi sitio en el mundo. Pensé que quizás, una vez que estuviera de vuelta en mi tierra lo sabría. Al mismo tiempo, tenía temor de que no fuera así.

Seguí adelante, rumbo al norte. Atravesé poblados. Evitaba el contacto humano. Un par de veces, maté a humanos, siguiendo siempre el estricto régimen de alimentarme en noches de luna llena.

No tenía prisa de llegar al norte, algunas veces me desviaba para ir a ver algún lugar o visitar una población. Casi no hablaba con nadie. Vagué por los caminos de América del Sur durante un largo tiempo. Cuando tocaba alguna población, leía mucho, sobre todo el periódico.

Mi travesía se prolongó muchas lunas. Así, en noviembre de 1934 llegué a la ciudad de Puebla. Ahí me encontré un lugar que ya no conocía. Las casas que en pasado habían sido de mis hermanos, una ya no existía y la otra estaba en manos de extraños que la mantenían en mal estado. Fui al cementerio, di con la tumba de Tina, estaba abandonada y la lápida casi ilegible. Algo me dijo que sería cuestión de tiempo antes de que desapareciera.

No tardé en sentirme como un perro forastero, deambulando en una ciudad desconocida. Me abstuve de entablar contacto con otros, no quería a nadie cerca. Algo que ayudó a alejar a la gente de mi fue que no había hecho ningún esfuerzo en todo ese tiempo de siquiera asearme. Mi aspecto era muy sucio, con el cabello largo, uñas crecidas y la ropa hecha harapos. Había quienes me miraban con compasión. Otros en cambio me miraban con desprecio y otros pretendían ignorarme.

Recordé cuando Rolando y yo éramos observados y saludados al salir por aquellas calles, mientras fuimos sólo él y yo, recibíamos simpatía. Cuando Mónica llegó a nuestras vidas, algunos la miraban con desprecio, otros con embelesamiento y envidia por la belleza deslumbrante que floreció cuando se convirtió en la depredadora más bella del mundo. Estos recuerdos me llenaron de amargura. Mónica, aquella criatura extraordinaria ya no existía más y mientras más lo pensaba, más me dolía. Yo no había sido mejor que Rolando con ella.

Mónica fue un ave tan rara y espectacular, que no fue sino hasta después de que emitió las notas de su último canto, que me di cuenta de lo que perdí. Ella merecía ser amada, Rolando hubiera querido que yo la amara, pero eso nunca ocurrió, además

Mónica lo prefirió a él, al carnicero que le perdonó la vida, que le ofreció una existencia maravillosa y que al final fue quien acarreó su desenlace fatídico.

Salí de Puebla con la intención de no regresar nunca. Me encaminé hacia la capital. Al llegar quedé deslumbrado, la Ciudad de los Palacios se estaba modernizando. Viví un tiempo ahí, como pordiosero. Pedía limosna, dormía en las calles y me alimenté de quienes cruzaron mi camino.

Me gustaba la capital. Cavilé sobre la posibilidad de quedarme, pensé que quizá debía encontrar un empleo y la forma de establecerme ahí, lo único que necesitaba era buscar a algún solitario de cuya identidad pudiera apropiarme, devorarlo, asearme y contestar cualquier anuncio de trabajo.

No lo hice por dos razones: en primer lugar, porque en todas partes estaban mis recuerdos; en la arrogancia de cada caballero había un Rolando, en el júbilo de cada joven, una Justina; en cada dama humilde de bello rostro y misterioso encanto había una Mónica. Ellos me perseguían en el ruido de los motores de los autos, en las muñecas de aparador y en el olor de las panaderías.

La segunda razón es que ya no soportaba la convivencia humana. La sola idea de volver a entablar contacto con otros me repugnaba. Por una vez quería dejar de fingir y gritar "No sientan lástima por mi aspecto andrajoso, yo no soy como ustedes, ¡soy un asesino! Soy un monstruo que antes vivía con otros monstruos a los que amé pese a sus defectos y conflictos, y ahora que ya no están, siento que ya no encajo en ninguna parte".

No, ya no podía convivir con humanos como si fueran mis iguales, prefería estar solo. Me dije que, si acaso encontraba un amigo, sólo podía ser otro igual, como Frederica y Lorcan, mis buenos amigos a los que les debía mi vida y la de Rolando.

Consideré la posibilidad de establecerme de todas formas y buscar un trabajo cualquiera, algo que no implicara hablar mucho con otras personas y vivir como un huraño, a la espera de algún día encontrar otro inmortal y hacer un nuevo amigo. Desistí también de eso, pues, aunque la vibrante capital me gustaba, no me sentía cómodo.

Fue entonces que una voz hizo eco en mi memoria, "Destierro Voluntario", por alguna razón tenía sentido. Yo no tenía a ninguna familia de lobos tras mis pasos, pero si tenía a mi consciencia gritando "¡culpable!". "Yo no he hecho nada", le dije a mi sombra, "Ese es justamente tu pecado", me contestó mi reflejo, "el de omisión. Eres culpable de quedarte callado, de contemplar, de no hacer nada". Merecía un castigo. La idea del exilio me pareció atractiva.

Salí de la Ciudad de México una noche a buen paso, sin más compañía que el ruido de mis pisadas. Seguí mi camino hacia el norte. Evité los asentamientos humanos, no me acerqué ni siquiera para alimentarme. Ayuné por semanas, sólo tomaba agua de los ríos y rocío de la mañana. Me dije que algún día, cuando silenciara el clamor de mi alma, volvería para buscar una ciudad donde me establecería entre humanos, mientras tanto quería estar solo.

Seguí hacia el norte, siempre hacia el norte. No esperaba encontrar o llegar a ningún lado, iba hacia allá porque nunca había estado en esa parte del continente y porque, dado que Rolando estaba en el sur, yo quería avanzar en dirección contraria, lo más lejos de él.

Atravesé el desierto de Arizona. Del suelo árido siguió uno con árboles, los ecosistemas variaron, el clima cambió. Al mismo tiempo, llegó el invierno y sentí mucho frío. Tuve hambre, rompí mi ayuno, necesitaba presas a las que pudiera quitarles ropa para cubrirme del frío y carne que me diera energía para seguir.

Deambulé por muchas partes, vi ciudades. Continué siguiendo los pasos de la estrella polar; al norte, al norte, siempre al norte. Cuando el invierno se hizo insoportable y la nieve no me permitió andar más, busqué una granja, maté a sus moradores y me escondí ahí a pasar el invierno, alimentándome de los cadáveres.

Cuando volvió la primavera, salí y continué al norte. Me interné en bosques de pinos. Llegó un punto en que ya no encontré asentamientos en kilómetros a la redonda, sólo bosque en tierra virgen canadiense. Aspiré profundamente el aire tibio cargado de esencia de coníferas, cerré mis ojos y me llené de la calma de aquel lugar. La nieve ya casi se había derretido y la vida volvía al bosque.

Una noche, así sin más, ya no quise caminar más. Decidí asentarme ahí. La madrugada se acercaba, trepé a un árbol para pasar el día acurrucado en un espacio cubierto por el follaje, estaba cansado. Desperté horas más tarde al caer el ocaso, estaba famélico. Busqué una presa, di con un oso macho joven, nunca había atacado un animal como ese, no podía imaginar siquiera el sabor de su carne, pero cuando uno tiene hambre, cualquier carne es buena. Me transformé y me preparé a cazar. Fue un buen combate, aquel animal era admirable.

La lucha despertó mis instintos carniceros más primitivos y me sentí más lobo que nunca. Mientras combatíamos, me dio un zarpazo terrible y sus garras desgarraron mi carne y me dieron una inyección de dolor que me hacía sentir vivo. Disfruté nuestro combate, tanto que cuando lo maté, me sentí triste porque un animal así era digno de mucho respeto, pero también feliz y agradecido.

Aquel lugar me gustaba, ahí debía quedarme. Mientras me alimentaba, me puse a pensar en que tenía que procurarme un lugar para vivir, una madriguera personal. Me dije que primero debía encontrar un punto en el bosque, luego reuniría madera e improvisaría una cabaña. Lo único que me molestaba era que quizá tendría que buscar alguna población humana para procurarme de herramientas.

Tomé la piel del oso para cubrirme, era mejor que el abrigo que tenía, el cual tomé de la granja donde pasé el invierno. Mis pantalones estaban todos raídos, lo mismo que la camisa que llevaba puesta y hacía tiempo que iba descalzo. Tenía el cabello y la barba crecidos y las uñas de manos y pies muy largas y sucias.

Anduve por el bosque, olfateé rincones, recorrí brechas. El lugar era vasto, pero en aquella enormidad yo solamente quería un punto que me agradara para construir mi casa y lo encontré.

Una tarde, mientras permanecía inmóvil, sentado en mi espacio elegido, ellos llegaron.

Descansaba a las sombras de los árboles, me encontraba ensimismado en mis pensamientos y mis recuerdos. Tanto era el ruido que hacían los demonios en mi alma, que no los oí llegar. Percibí sus pisadas hasta que los tuve cerca, levanté la vista, ahí estaban cuatro lobos con actitud fiera, listos para cazar. Me puse de pie, ellos me tenían rodeado, pero yo no temí siquiera un poco. Si una cosa había aprendido al encontrarme con otros licántropos era a no demostrar temor frente a otros lobos, porque los lobos olemos el miedo de una presa.

Me pregunté qué debía hacer para salvar aquella situación sin recurrir al combate, pues no quería pelear con ellos ni hacerles daño. Con la vista localicé al alfa, recordé cómo era cuando hablaba con mis perros y traté de hacer lo mismo, hablarle desde mi mente para transmitirle conceptos.

«No soy un humano perdido, no soy una presa, soy como ustedes. No quiero pelear».

Su líder parecía no comprender, hice otro intento. Me mantuve lo más sereno posible. Miré al lobo a los ojos como una forma de dejarle ver quién era yo. Esto pareció funcionar, de nuevo traté de establecer un vínculo mental a la vez que adoptaba una postura sumisa. Entonces, el alfa dejó su postura de ataque y los otros lobos lo imitaron.

Se acercó para olerme, no me moví, lo dejé que me reconociera, después de todo, yo era un extraño en su territorio. Los otros también se acercaron a olfatearme. Tras unos minutos de reconocimiento, el líder indicó la retirada y los suyos lo siguieron.

Ese fue el principio de mi relación con aquellos lobos. Con el paso del tiempo y los encuentros esporádicos, fueron confiando en mí. En todo ese tiempo mantuve una actitud sumisa.

Un día, en cuanto el ocaso desplegó en el cielo sus plumas rojas de pavorreal carmesí, me mostré ante ellos con mi forma lobuna por primera vez. Ellos se pusieron defensivos, yo seguía sumiso, haciendo mi mejor esfuerzo por dejarles ver que no quería ser su enemigo. El alfa hizo que su jauría se controlara y yo hice mi mejor esfuerzo por mostrarle respeto.

Al principio algunos lobos me miraban con recelo. Con el tiempo se fueron acostumbrando a mí. Levanté mi casa sin necesidad de buscar herramientas humanas, construí las mías con piedras y me valí de mis fuerzas de licántropo.

También con el tiempo fui aprendiendo a comunicarme mejor con los lobos. Mi relación con ellos mejoró hasta sentirme un igual. Pasé muchas horas en su compañía. De día vestía con la piel de oso, por las noches me sentía más cómodo desnudo, en mi forma de hombre lobo.

La Tierra dio una vuelta alrededor del sol, las estaciones cambiaron, los meses se escurrieron y volvió el invierno con sus largas noches. Los inviernos siempre me han gustado porque sus noches largas me dan más tiempo de estar bajo mi forma animal. En este lugar, el invierno era duro, pero los días eran muy cortos, lo que me daba más horas que podía pasar despierto convertido en lobo, mi verdadero yo, sin más abrigo que mi pelaje.

Volvió la primavera, con sus olores frescos y el renacer del bosque. Luego vino el verano, con sus largos días, el otoño y de nuevo el invierno. Yo, al igual que todas las demás criaturas, me adapté a los ciclos marcados por los cambios de estación. Así transcurrieron muchas lunas.

No pensé mucho en los humanos y su civilización sino hasta años después. Un día simplemente me puse a recordar las ciudades, las guerras, los avances tecnológicos, las corrientes ideológicas, el arte, la moda y tantas cosas que había visto en mis años de vida. Entonces sentí curiosidad por acercarme a los humanos para saber qué había ocurrido en su reino en aquel tiempo.

Así que me levanté y emprendí el paso fuera de mi querido bosque. Esto ocurrió en febrero de 1943, por supuesto, yo no supe con certeza qué año y mes era hasta que me acerqué al primer poblado que encontré. Una vez ahí, percibí el olor de la sangre humana, aroma que no había olfateado en años, y se me abrió el apetito. Maté a un hombre para alimentarme y apoderarme de su ropa y sus zapatos. En el camino me hice de algunos accesorios de aseo personal, me corté el pelo y me rasuré. También me corté debidamente las uñas hasta dejarlas presentables.

Descubrí la televisión, me topé por primera vez con uno de esos aparatos y despertó mi interés. Era increíble contemplar algo así. Sin duda que la tecnología no parecía tan distinta de la magia.

Mientras atravesaba los Estados Unidos, me enteré de muchas cosas, que había estallado un enorme conflicto bélico en Europa y que el presidente Roosevelt había declarado la guerra a Alemania y Japón tras el ataque de Pearl Harbor dos años atrás. Eran tiempos difíciles.

Seguí mi camino hacia el sur con la intención de volver a mi país, sin embargo, una vez estuve en tierras mexicanas, algo me detuvo de adentrarme en aquel territorio hasta la capital. No sabría decir qué fue, era una sensación de recelo que me decía que no avanzara mucho.

Me quedé en el norte. No viajé más lejos porque yo solo quería tener un vistazo de lo que hacían los humanos. Leer los periódicos ayudaba, pero también sirvió algo que había evitado en mucho tiempo, la compañía de otras personas.

Hice uso de mi vieja habilidad para conversar y socializar. Esa cualidad fue una de las cosas que a Rolando le gustó de mí cuando me conoció. No me costó entablar plática con otros a pesar de que me sentí raro cuando forcé a mi boca a articular palabras, en lugar de los sonidos que emitía en compañía de los lobos e ideas trasmitidas mentalmente.

Leía mucho, prestaba mis oídos a quien quisiera contarme sus historias y me hice con un radio. Eventualmente me animé a visitar la ciudad más cercana, quería ver los autos, mirar una película. Sin embargo, el interés inicial que tenía de saber de lo que ocurría en el mundo civilizado pronto se vio opacado. Los demonios de recuerdos volvieron cargados de la misma culpa y melancolía de antaño. Los vientos de la memoria despertaron torbellinos que giraban a una velocidad vertiginosa mostrando recuerdos.

Pensé mucho en el pasado, en el hombre que había sido, en mis padres y en mis hermanos. Pensé mucho en la noche en que conocí a Rolando, en la forma en que me cautivó. Pero sobre todo pensé en Justina, de niña, de mujer, en lo mucho que la había amado y cuánto había sufrido cuando expiró en mis brazos.

Recordé a Mónica, lo bonita que era, su voz, su compañía, su malicia. En ese torbellino de recuerdos todo se volvió una sola cosa, Justina hablaba a través de Mónica y Mónica expiraba en mis brazos en lugar de Justina, con el pecho atravesado por un puñal de plata. Recordaba con tristeza a Rolando, su cabello, su olor, su porte mientras caminaba por la calle entonando alguna melodía de Mozart. Un instante después, jugaba ajedrez con Lorcan, quien se convertía en Frederica, mientras que Frederica transformada en Lorcan preparaba café.

El torbellino fusionaba memorias, las cenas en familia con mis hermanos se transformaban en tertulias a las que acudían Julen, Stanislav, Lucas y Matthew, ellos se saludaban como viejos conocidos y se sentaban a la mesa a repartirse un cadáver traído por Rolando. Frederica insistía en tomar una fotografía de la reunión, Lorcan refunfuñaba, pero accedía a sonreír a insistencia de Matthew. La puerta se abría, entraba Gilbert seguido por Catalina, detrás de ella venía Mónica perfumada de lavanda. Rolando la miraba lascivo, pero era Matthew el que captaba su atención y ella se sentaba a su lado.

No quería pensar en el pasado, me dolía. Quise acallar las voces y estas gritaron más alto. Esto hizo que se despertara en mí un impulso muy poderoso, una necesidad de contar mi propia crónica, no porque deseara compartirla con nadie, sino a manera de catarsis. Así que este lobo se hizo con algunos cuadernos y bolígrafos.

Me alejé hasta una población en el norte del México, un lugar que ni siquiera me interesó saber cómo se llamaba, me encerré en una posada y me puse a escribir para mí, aunque sin intención de llevarme los cuadernos, o destruirlos, o compartirlos. Sólo quise escribir y abandonar estas letras a su suerte, como un padre que vomita a un hijo bastardo en el mundo, sin importarle su nombre, ni su destino, ni el impacto que pueda causar con sus revelaciones, o si ese hijo nunca le importa un carajo a nadie.

Bien, creo que ya casi es momento de poner el punto final, luego, emprenderé el camino de vuelta a casa. Mi curiosidad por el mundo civilizado ya está satisfecha. La próxima vez que vuelva a sentirme así procuraré no viajar tan lejos, quizá haga una exploración por los Estados Unidos.

El mundo civilizado y sus leyes ya no son para mí. Podría volver y de nuevo acatar sus reglas y su educación, igual que un animal amaestrado que recuerda cómo sentarse, saludar dando la pata y obedecer a sus amos. Es sólo que no sé si quiero ser ese animal. El ser humano necesita de la seguridad y estructura de la sociedad, hombres y mujeres son animales que ya nacieron en cautiverio, descendientes de generaciones de otros animales nacidos y educados en este mismo circo que es la sociedad. No conocen otra cosa y por ende necesitan vivir así y está bien, no digo que no lo esté, digo que simplemente ya no es para mí, al menos no por ahora.

Yo no soy igual a ellos, soy de una naturaleza ambivalente, mitad hombre y mitad lobo. En este punto de mi vida me he inclinado hacia el lado animal y me gusta. Añoro la paz del bosque, extraño a los lobos, ansío estar de vuelta en Canadá. Me gusta cuando aullamos a la luna, peleamos, incluso las veces en que me uno a ellos para cazar, siguiendo su dinámica, siempre bajo mi forma de licántropo.

La Justina de aquel sueño tenía razón, se vive mejor cuando se tiene libertad de ser uno mismo. Ángel mío, soy un animal y viviendo como tal soy feliz. Así debo permanecer en mi querido bosque, mi terruño. Es entre sus árboles que siento que soy yo mismo sin inhibiciones. Creo que por fin encontré mi lugar.

Fin
Segundo cuaderno de Ernesto

EPÍLOGO

Una carta enviada sin remitente.

Querido hermano:

Siento mucho si te he metido en problemas con los de tu estirpe. Sé que estarás bien, si alguien sabe sobrevivir, eres tú. Espero comprendas mis acciones y no guardes ningún resentimiento hacia mí. Te debo una explicación, estoy consciente de ello. ¿Por qué lo hice si ni siquiera la conocía? No lo sé, tal vez por compasión, tal vez algo de ella me atrajo, tal vez fue por mi odio hacia la Familia y me asqueó la idea de que ellos destruyeran algo tan hermoso.

Nosotros estamos bien. Ella no habla mucho. Los primeros meses no pronunciaba ni una palabra y no hacía más que mirar al cielo en busca de la luna. Su silencio e inmovilidad me llevaron a pensar que, tras haberla traído de vuelta del umbral de la muerte, había quedado dañada de sus facultades cognitivas. Temí que ella ya no sería muy diferente a un cascarón vacío. Lo único que la hizo reaccionar de manera violenta fue cuando dije el que antes era su nombre, uno que no pienso volver a pronunciar porque se lo he jurado.

Al principio pensé que ella estaba mal, pero nada más lejos de la realidad, estaba perfectamente lúcida, tan sólo estaba deprimida. Respecto a cómo hice para que despertara, eso fue algo inesperado. Yo no sabía lo que hacía, le di mi sangre y ella reaccionó. No sé si me aborrece por ello o si me agradece, a veces no la comprendo y no pretendo hacerlo.

Tomó tiempo ganarme su confianza. Entonces comenzó a hablar más y me contó su historia. Quizá algún día te la cuente a detalle, de momento, quisiera compartir contigo lo suficiente para satisfacer tu curiosidad.

Tras separarse de tu hijo y su compañero, ella se alejó en compañía de la moza humana llamada Catalina, a la que amaba como su propia hija. Compartió su saliva y su sangre con ella y a la siguiente luna llena, Catalina se convirtió. Poco tiempo después estalló la Revolución mexicana. Se perdieron en la guerra, iba disfrazadas, a veces de soldaderas, a veces de hombres. Recorrieron pueblos y campos de batalla. Se saciaron de los caídos. Ya vez que los periodos de conflicto son épocas de bonanza para nosotros, es fácil desaparecer personas sin que nadie se alarme, pues para los humanos son sólo otra tragedia más que ocurren en tiempos de guerra y no sospechan.

Fue durante esta época que dieron con un nahual, otro depredador oportunista de la guerra. Ella notó su presencia, quiso atacarlo, pero Catalina no lo permitió. Era una muchacha entusiasta, alegre e ingenua, no quería pelear, en cambio le ofreció que se acercara a compartir la comida con ellas y él, aunque receloso, accedió. Fue así como se convirtió en su aliado incondicional. Los tres fueron felices, sin embargo, Catalina no podía olvidar, quería venganza contra tu hijo por lo que le hizo a su hermana y a su abuela humanas. Catalina suplicó y ella accedió porque la amaba y deseaba darle gusto a su hija. El nahual también estuvo de acuerdo, ya para entonces había tomado a Catalina por mujer y estaba dispuesto a todo por hacerla feliz.

Los tres consiguieron otros seguidores, los cuales les servirían hasta exterminar al pelirrojo. Luego se largarían a donde quisieran. Todos ellos la adoraban a ella como a una madre. El resto de la historia ya la sabes, nosotros arruinamos sus planes. No me atrevo a preguntarle si me odia más por haberla reanimado o por haber interferido en su venganza. Prefiero no preguntar.

Escucha, no estamos del todo a salvo. Nos hemos estado moviendo de un lugar a otro. Esa es la razón por la que apenas hasta ahora me arriesgué a mandarte esta carta. Tenemos un aliado, el nahual ha logrado encontrarnos. Creo que después de lo que pasó en el tren yo no le agrado, además está muy dolido por la muerte de su esposa. Me basta notar la forma en que me mira para saber que me odia. Sin embargo, no hace nada en mi contra porque ella se lo ha pedido y él la adora como a su propia madre. De cualquier forma, está en desventaja conmigo. Sus heridas no han sanado por completo.

Ahora no sé qué va a pasar. Temo que la Familia de Rómulo la encuentre, tú bien sabes que, si eso ocurre, la matarán. Ella ya no piensa en venganza, ya lo hizo una vez y pagó muy caro al perder a la que veía como su verdadera hija. Quisiera poder alegrarla, hacer algo porque vuelva a ser feliz. No sé qué encanto ejerce sobre mí. Estoy decidido a no permitir que le ocurra nada y a mostrarle que la vida continua y puede ser incluso mejor de lo que era antes.

Hay una cosa que debo dejar en claro; nosotros no queremos pelear, sino vivir en paz. Los he convencido de que es lo mejor. Ella está de acuerdo; el nahual, no sé. La llevaré lejos, a donde podamos empezar de nuevo, la ayudaré por el tiempo que ella y su leal hijo adoptivo y yerno me lo permitan. ¿Sabes?, he escuchado que América es la tierra de las oportunidades, quizá vayamos allá. Lo principal es alejarnos a donde podamos estar seguros. Por cierto, no te preocupes por tu hijo ni el estúpido de su compañero. *Violet* no quiere volver a saber de ellos jamás. En lo que a ella respecta, prefiere que la crean muerta.

De momento no hay más que contar, o tal vez sí lo haya, pero escribir tanto es un ejercicio exhaustivo que no sé si valga la pena, pues no sé si lo leerás. Quizá algún día, cuando las circunstancias sean más favorables, volvamos a reencontrarnos y entonces hablaremos de tantas cosas. Eso espero.

Atentamente

M.

AGRADECIMIENTOS

En primer lugar a mi esposo que siempre me ha apoyado en todas mis locuras y que sigue creyendo en mí aun en momentos en que yo he dejado de creer en mí misma.

Gracias a Carlos Díaz y a Letras al Gusto por su gran trabajo en las correcciones de este libro.

A mi querida amiga y lectora beta Joselyn. Gracias por estar ahí.

La talentosa Ana Limón. Gracias por tu amistad y tu apoyo. Ana, hermosa, te quiero un montón.

OTROS TÍTULOS

Dulce amor funesto es una recopilación de once relatos donde los personajes se enfrentan a los peligros de amar a un monstruo a la espera de que el amor lo pueda todo, cuando la realidad es que muchas veces no es así. Desde la perspectiva de seres fantásticos se aborda la realidad de las relaciones tóxicas en diferentes niveles. El amor es adictivo, pero tiene un lado fatal.

Sus personajes son únicos y diversos. Mientras un joven chofer de transporte público conoce a una bruja a la que lleva cada noche, una joven es testigo de la horrible transformación de su novio. Unos aman sin pensar en consecuencias y otros son presas de la obsesión y los celos. Humanos y monstruos se dan cita en distintos escenarios; desde el desierto de Arizona, a la ciudad Guadalajara, pasando por una playa bajo la luna, hasta un mundo azotado por una pandemia fuertemente controlada por el gobierno.

Existen siete castas de seres mágicos llamados eukids. Desde la antigüedad se han escondido entre las personas. Sin embargo, en la era actual el anonimato se ha vuelto muy difícil y muchos ya no quieren hacerlo.

Pearl Kearney y su familia son eukids. Ellos están felices por el regreso de una hermana perdida, pero su alegría se ve arruinada cuando Pearl descubre a una misteriosa mujer espiando a la familia. Al mismo tiempo, su hermana Tanya la psíquica tiene visiones de guerra. Es entonces que los jóvenes Kearney son afectados por una magia maligna que bloquea sus poderes para dejarlos indefensos en situaciones peligrosas. El novio de Pearl es asesinado y ella sufre un ataque traumático que la deja herida y emocionalmente devastada.

El futuro se muestra oscuro. ¿Quién está tratando de destruirlos y por qué a ellos?

Pearl, sus hermanas y su hermano deberán encarar sus problemas personales e inseguridades, a fin de despertar el potencial de sus poderes y luchar contra sus enemigos.

Adéntrate en esta aventura de fantasía, aventura, misterio y romance.

SOBRE LA AUTORA

 Miriam García, originaria de Guadalajara, México. Es autora de Dulce Amor Funesto y la Dama de la Ciudadela.

Actualmente vive en Texas con su esposo y su gato.

Sígueme en
TikTok: @miriamgarcia.autora
Instagram: @miriamgarcia.autora
Facebook: /MiriamGarcia.Autora